O QUE RESTOU DE MIM

KAT ZHANG

O QUE RESTOU DE MIM

Tradução de
JOANA FARO

1ª edição

— **Galera** —

RIO DE JANEIRO

2014

CIP-BRASIL. CATALOGAÇÃO NA PUBLICAÇÃO
SINDICATO NACIONAL DOS EDITORES DE LIVROS, RJ

Zhang, Kat

Z1q   O que restou de mim / Kat Zhang; tradução Joana Faro. – 1ª. ed. –
Rio de Janeiro: Galera Record, 2014.

(As crônicas híbridas; 1)

Tradução de: What's left of me
ISBN 978-85-01-09836-8

1. Ficção americana. I. Faro, Joana. II. Título. III. Série.

                                    CDD: 813
14-10677   CDU: 821.111(73)-3

Título original em inglês:
WHAT'S LEFT OF ME

Copyright 2012 © Kat Zhang

Todos os direitos reservados. Proibida a reprodução, no todo ou em parte, através de quaisquer meios. Os direitos morais do autor foram assegurados.

Texto revisado segundo o novo Acordo Ortográfico da Língua Portuguesa.

Direitos exclusivos de publicação em língua portuguesa somente para o Brasil adquiridos pela
EDITORA RECORD LTDA.
Rua Argentina, 171 – Rio de Janeiro, RJ – 20921-380 – Tel.: 2585-2000, que se reserva a propriedade literária desta tradução.

Impresso no Brasil

ISBN: 978-85-01-09836-8

Seja um leitor preferencial Record.
Cadastre-se e receba informações sobre
nossos lançamentos e nossas promoções.

EDITORA AFILIADA

Atendimento e venda direta ao leitor:
mdireto@record.com.br ou (21) 2585-2002.

*Para minha mãe e meu pai,
como agradecimento por tudo o que
me ensinaram sobre a vida.*

Prólogo

Addie e eu nascemos dentro do mesmo corpo, os dedos fantasmagóricos de nossas almas entrelaçados antes de inspirarmos o ar pela primeira vez. Os primeiros anos que passamos juntas foram também os mais felizes. Depois vieram as preocupações, as rugas de tensão em torno da boca de nossos pais, os olhares de censura de nossos professores do jardim de infância, a pergunta que todos sussurravam quando achavam que não estávamos escutando.

Por que elas não estão se definindo?

Definindo.

Tentávamos pronunciar a palavra com nossa boca de 5 anos, experimentando-a na língua.

De-fi-nil-do.

Sabíamos o que significava. Mais ou menos. Significava que uma de nós deveria assumir o controle. Que a outra deveria se desvanecer. Hoje eu sei que é muito, muito mais do que isso. Porém, aos 5 anos, Addie e eu ainda éramos ingênuas, ainda não tínhamos consciência.

O verniz da inocência começou a se desgastar no primeiro ano. Nossa orientadora pedagógica de cabelos grisalhos fez o primeiro arranhão.

— Sabem, queridas, a definição não é assustadora — dissera ela enquanto observávamos sua boca fina pintada com batom vermelho. — Agora pode parecer que é, mas acontece com todo mundo.

A alma recessiva, seja de quem for, simplesmente vai... dormir.

Ela nunca mencionou quem achava que sobreviveria, mas não precisava. No primeiro ano, todos acreditavam que Addie tinha nascido como a alma dominante. Ela podia nos mover para a esquerda quando eu queria ir para a direita, recusar-se a abrir a boca quando eu queria comer, gritar *Não* quando eu queria desesperadamente dizer *Sim*. Ela podia fazer tudo isso com pouquíssimo esforço e, conforme o tempo passava, eu ficava cada vez mais fraca enquanto o controle dela crescia. Mas às vezes eu ainda conseguia forçar minhas aparições, e o fazia. Quando mamãe perguntava sobre nosso dia, eu reunia todas as minhas forças para contar a ela a *minha* versão das coisas. Quando brincávamos de esconde-esconde, eu nos fazia abaixar atrás das cercas em vez de correr para bater no pique. Aos 8 anos, eu nos sacudi quando estávamos levando café para o papai. As queimaduras deixaram cicatrizes em nossas mãos.

Quanto mais minha força diminuía, mais ferozmente eu lutava para ficar, avançando de todas as maneiras que podia, tentando convencer a mim mesma de que não desapareceria. Addie me odiava por isso. Eu não conseguia evitar. Lembrava da liberdade que costumava ter; nunca de forma completa, é claro, mas me lembrava de quando *eu* podia pedir a nossa mãe um copo d'água, um beijo quando caíamos, um abraço.

Desista, Eva, gritava Addie sempre que brigávamos. *Simplesmente desista. Vá embora.*

E, por muito tempo, acreditei que um dia iria.

Fomos ao nosso primeiro especialista aos 6 anos. Os especialistas eram muito mais insistentes do que a orientadora pedagógica. Eles faziam seus testezinhos e suas perguntinhas e cobravam honorários que não eram nada diminutos. Quando nosso irmão menor chegou à idade de se definir, Addie e eu já tínhamos passado por dois terapeutas e quatro tipos de medicamento, todos tentando fazer o que a natureza já deveria ter feito: livrar-se da alma recessiva.

Livrar-se de mim.

Nossos pais ficaram muito aliviados quando minhas aparições começaram a desaparecer, quando os médicos vieram com laudos positivos nas mãos. Eles tentavam esconder, mas nós ouvíamos os *finalmente* sussurrados do lado de fora de nossa porta horas depois de terem nos colocado para dormir. Durante anos, tínhamos sido o incômodo da vizinhança. O segredinho sórdido que não era tão secreto. As garotas que simplesmente não se definiam.

Ninguém sabia que no meio da noite Addie me deixava emergir e andar pelo nosso quarto com minhas últimas forças, tocando os vidros frios da janela e chorando minhas próprias lágrimas. *Sinto muito*, sussurrava ela nesses momentos. E eu sabia que sentia mesmo, apesar de tudo o que tinha dito antes. Mas aquilo não mudava nada.

Eu estava apavorada. Tinha 11 anos, e embora durante toda a minha curta vida tivesse ouvido que era natural a alma recessiva se desvanecer, eu não queria ir. Queria mais 20 mil nasceres do sol, mais 3 mil dias de verão na piscina. Queria saber como seria dar o primeiro beijo. Os outros recessivos tinham sorte por desaparecer aos 4 ou 5 anos. Eles sabiam menos.

Talvez tenha sido por isso que as coisas acabaram desse jeito. Eu queria demais a vida, me recusava a abrir mão dela. Não desvaneci completamente.

Meu controle motor desapareceu, sim, mas eu fiquei, presa em nossa cabeça. Observando, ouvindo, porém paralisada.

Ninguém além da Addie e de mim tinha conhecimento disso, e ela não contaria. Nessa época, sabíamos o que esperava as crianças que nunca se definiam, que se tornavam híbridas. Nossa cabeça estava cheia de imagens das instituições onde elas eram amontoadas e de onde nunca mais voltavam.

Por fim, os médicos atestaram nossa saúde. A orientadora pedagógica se despediu de nós com um sorrisinho satisfeito. Nossos pais estavam em êxtase. Eles empacotaram tudo e nos mudamos para um lugar novo, uma nova vizinhança a quatro horas de distância, onde ninguém sabia quem éramos e podíamos ser mais do que Aquela Família Com a Menininha Estranha.

Eu me lembro de ver nosso novo lar pela primeira vez quando olhei por cima da cabeça de nosso irmão menor e pela janela do carro para a pequena casa bege com telhado escuro de madeira. Lyle chorou quando a viu, tão velha e malcuidada, com o jardim repleto de ervas daninhas. Enquanto nossos pais estavam no frenesi de acalmá-lo, descarregar as coisas do caminhão de mudança e arrastar as malas para dentro, Addie e eu fomos deixadas sozinhas por um instante e ganhamos um minuto para ficar simplesmente paradas no frio do inverno, respirando o ar cortante.

Depois de tantos anos, as coisas finalmente estavam do jeito que deveriam. Nossos pais podiam olhar os outros nos olhos novamente. Lyle podia ficar perto de Addie em público outra vez. Entramos em uma turma do sétimo ano que não sabia de todos os anos que tínhamos passado encolhidas em nossa carteira, querendo sumir.

Eles podiam ser uma família normal, com preocupações normais. Eles podiam ser felizes.

Eles.

Eles não percebiam que não eram *eles*. Ainda éramos *nós*. Eu ainda estava ali.

— Addie e Eva, Eva e Addie — cantava nossa mãe quando éramos pequenas, nos pegando no colo e nos girando no ar. — Minhas menininhas.

Agora, quando ajudávamos a fazer o jantar, papai só perguntava:

— Addie, o que você gostaria de comer hoje?

Ninguém mais usava meu nome. Não éramos Addie e Eva, Eva e Addie. Era só Addie, Addie, Addie.

Uma menininha, não duas.

Capítulo 1

O sinal tocou anunciando o fim da aula e arrancou todo mundo das carteiras. As pessoas afrouxaram as gravatas, fecharam os livros, enfiaram cadernos e lápis dentro de mochilas. Um murmúrio de conversa praticamente abafou a voz da professora, que gritava lembretes sobre a excursão do dia seguinte. Addie estava quase do lado de fora quando eu disse: *Espere, temos de perguntar à Srta. Stimp sobre nossa segunda chamada, lembra?*

Faço isso amanhã, disse Addie, abrindo caminho pelo corredor. Nossa professora de história sempre nos lançava olhares, como se conhecesse o segredo em nossa cabeça, contraindo os lábios e franzindo as sobrancelhas para nós quando achava que não estávamos olhando. Talvez fosse apenas paranoia minha. Mas talvez não. Mesmo assim, ir mal na matéria dela só causaria mais problemas.

E se ela não deixar?

A escola reverberava de barulho: portas de armários batendo, pessoas rindo, mas eu ouvia a voz da Addie perfeitamente no espaço silencioso que ligava nossas mentes. Ali ainda estava tranquilo, embora eu conseguisse sentir o começo da irritação de Addie como uma mancha escura em um canto.

Ela vai deixar, Eva. Sempre deixa. Não seja chata.

Não sou chata, eu só...

— Addie! — gritou alguém, e ela virou-se um pouco. — Addie... espere!

Estávamos tão perdidas em nossa discussão que não tínhamos sequer percebido a garota vindo atrás de nós. Era Hally Mullan, com uma das mãos ajeitando os óculos e a outra tentando prender os cachos escuros com um elástico. Ela passou pelo meio de um grupo apertado de alunos antes de chegar ao nosso lado, então deu um suspiro exagerado de alívio. Addie gemeu, mas em silêncio, para que só eu pudesse ouvir.

— Você anda muito rápido — disse Hally, e sorriu como se ela e Addie fossem amigas.

Addie deu de ombros.

— Eu não sabia que você estava me seguindo.

O sorriso de Hally não enfraqueceu. Mas ela era o tipo de pessoa que riria até se estivesse no meio de um furacão. Em outro corpo, em outra vida, ela não estaria condenada a correr atrás de alguém como nós no corredor. Ela era bonita demais para isso, com aqueles cílios longos e aquela pele morena, além de bem-humorada demais. No entanto havia uma diferença estampada em sua fisionomia, no formato de suas maçãs do rosto e na curva de seu nariz. Isso apenas aumentava a estranheza dela, uma aura que anunciava Alguma Coisa Estranha. Addie sempre havia se mantido distante; já tínhamos problemas suficientes ao fingir que éramos normais.

Mas não seria fácil evitar Hally naquele momento. Ela começou a nos acompanhar, a mochila sobre um dos ombros.

— Então, animada para a excursão?

— Na verdade, não — disse Addie.

— Nem eu — falou alegremente Hally. — Você está ocupada hoje?

— Um pouco — respondeu Addie. Ela conseguiu manter nosso tom monótono, apesar da animação obstinada de Hally, mas nossos dedos puxavam a barra da blusa para baixo. Ela vestia bem no começo do ano, quando tínhamos comprado novos uniformes para o ensino médio, mas havíamos crescido desde então. Nossos pais não perceberam, não com tudo o que estava acontecendo com Lyle, e não falamos nada.

— Quer ir na minha casa? — perguntou Hally.

O sorriso de Addie era treinado. Até onde sabíamos, Hally nunca convidava ninguém para ir à casa dela. Provavelmente, ninguém iria. *Será que ela não se toca?* Em voz alta, Addie disse:

— Não posso. Preciso ficar de babá.

— Para os Woodard? — perguntou Hally. — Rob e Lucy?

— Robby, Will e Lucy — disse Addie. — Mas, sim, os Woodard. As covinhas de Hally se aprofundaram.

— Adoro aquelas crianças. Elas sempre usam a piscina do meu condomínio. Posso ir?

Addie hesitou.

— Não sei se os pais deles iriam gostar.

— Eles ainda estão em casa quando você chega? — perguntou Hally, e quando Addie confirmou com um aceno de cabeça, ela acrescentou: — Então podemos pedir, não é?

Será que ela não percebe como está sendo mal-educada? disse Addie, e eu sabia que tinha de concordar. Mas Hally continuava sorrindo sem parar, embora eu tivesse consciência de que nossa expressão estava ficando cada vez menos amistosa.

Talvez a gente não tenha noção do quanto ela é solitária, falei.

Addie tinha amigos, e eu, pelo menos, tinha Addie. Hally parecia não ter absolutamente ninguém.

— Não espero ser paga por isso nem nada, claro — insistia Hally. — Só vou para fazer companhia, sabe?

Addie, falei. *Deixe-a ir. Pelo menos deixe-a pedir.*

— Bem... — disse Addie.

— Que ótimo! — Hally pegou nossa mão e não pareceu notar quando Addie se retraiu de surpresa. — Tenho muito para conversar com você.

A TV estava aos berros quando Addie abriu a porta da frente dos Woodard, com Hally logo atrás. O Sr. Woodard pegou sua pasta e as chaves quando nos viu.

— As crianças estão na sala de estar, Addie. — Ele saiu apressado, falando por cima do ombro enquanto andava. — Ligue se precisar de alguma coisa.

— Esta é Hally Mul... — tentou dizer Addie, mas ele já tinha ido, deixando-nos sozinhas com Hally no vestíbulo.

— Ele nem me notou — disse ela.

Addie revirou os olhos.

— Não fico surpresa. Ele é sempre assim.

Já tomávamos conta de Will, Robby e Lucy havia algum tempo, mesmo antes de a mamãe ter reduzido sua carga horária no trabalho para cuidar do Lyle. Mesmo assim, às vezes o Sr. Woodard ainda esquecia o nome de Addie. Nossos pais não eram os únicos na cidade com muito trabalho e pouco tempo. Na TV da sala de estar estava passando um desenho animado com um coelho cor-de-rosa e dois ratos enormes. Lyle assistia à mesma coisa quando era mais novo, mas aos 10 anos disse que já estava velho demais para isso.

Mas, aparentemente, crianças de 7 anos ainda tinham permissão para assistir a desenhos animados, porque Lucy estava deitada no carpete com as pernas balançando para a frente e para trás. O irmão mais novo estava sentado ao lado dela, igualmente absorto.

— Ele é o Will agora — disse Lucy sem se virar. O desenho terminou, sendo substituído por um anúncio de utilidade pública, e Addie desviou os olhos. Já tínhamos visto muitos anúncios desse. No antigo hospital para onde havíamos ido, eles passavam sem parar, sucessões intermináveis de homens e mulheres bonitos com vozes amigáveis e belos sorrisos lembrando-nos de sempre ficar atentos a híbridos escondidos em algum lugar, fingindo ser normais. Pessoas que tinham escapado da hospitalização. Pessoas como Addie e eu.

Basta ligar para o número que está na tela, eles sempre diziam, exibindo dentes brancos e perfeitos. *Apenas uma ligação em prol da segurança de nossas crianças, família e país.*

14

Nunca diziam exatamente o que aconteceria depois daquela ligação, mas acho que não era preciso. Todo mundo já sabia.

Híbridos eram instáveis demais para simplesmente ficar sem supervisão, então as ligações normalmente davam origem a investigações, que às vezes levavam a inspeções. Só tínhamos visto como era no noticiário e nos vídeos que nos mostravam na aula de política, porém foi mais que suficiente.

Will se levantou com um pulo e veio até nós, lançando um olhar confuso e bastante desconfiado a Hally, que sorriu para ele.

— Oi, Will. — Ela se agachou apesar de estar de saia. Tínhamos ido direto da escola para a casa dos Woodward, sem parar nem para trocar o uniforme. — Eu sou a Hally. Você se lembra de mim?

Lucy finalmente desviou os olhos da tela da TV. Ela franziu a testa.

— Eu me lembro de você. Minha mãe falou...

Will puxou a barra de nossa saia e interrompeu Lucy antes que ela pudesse terminar.

— Estamos com fome.

— Não estão, não — disse Lucy. — Acabei de dar um cookie a eles. Eles querem outro. — Ela se levantou, revelando uma caixa de cookies que estava escondendo. — Você vai brincar com a gente? — perguntou a Hally.

Hally sorriu para ela.

— Estou aqui para ajudar a tomar conta de vocês.

— De quem? Will e Robby? — perguntou Lucy. — Eles não precisam de duas pessoas. — Ela nos encarou, desafiando alguém a dizer que ela, aos 7 anos, ainda precisava de uma babá.

— Hally está aqui para me fazer companhia — disse Addie rapidamente. Ela pegou Will no colo e ele envolveu nosso pescoço com os braços, apoiando o queixinho em nosso ombro. Seu cabelo fino de bebê nos fez cócegas na bochecha.

Hally sorriu e balançou os dedos para ele.

— Quantos anos você tem, Will?

15

Will escondeu o rosto.

— Três e meio — disse Addie. — Eles devem se definir em mais ou menos um ano. — Ela reacomodou Will nos braços e forçou nosso rosto a sorrir. — Não é, Will? Vocês vão se definir logo?

— Ele é o Robby agora — explicou Lucy. Ela havia recuperado a caixa de cookies e mastigava um enquanto falava.

Todas nós olhamos o menininho. Ele estendeu os braços para a irmã, alheio a nosso escrutínio.

Ela está certa, falei. *Eles acabaram de se alternar.* Eu sempre tive mais facilidade em diferenciar Robby e Will, mesmo que Addie discordasse. Talvez fosse porque eu não precisava ficar concentrada em movimentar nosso corpo ou falar com outras pessoas. Podia apenas observar, ouvir e reparar em todos os mínimos detalhes que distinguiam uma alma da outra.

— Robby? — chamou Addie.

O menino se contorceu de novo, e Addie o colocou no chão. Ele correu para a irmã, que balançou o que havia sobrado do cookie diante do rosto dele.

— Não! — disse ele. — Não queremos esse. Queremos um novo.

Lucy lhe mostrou a língua.

— Will teria aceitado esse.

— *Não* teria! — gritou ele.

— Teria, sim. Não é, Will?

O rosto de Robby contraiu.

— Não.

— Eu não perguntei a *você* — disse Lucy.

Melhor agir logo, falei. *Antes que Robby tenha um chilique.*

Para minha surpresa, Hally chegou antes de nós, pegando um cookie da caixa e o colocando nas mãos espalmadas de Robby.

— Pronto. — Ela se agachou de novo, envolvendo os joelhos com os braços. — Está melhor assim?

Robby parecia surpreso. Seus olhos iam de Hally para seu novo prêmio. Então ele sorriu timidamente e mordeu o cookie, deixando migalhas caírem pela camisa.

— Diga "obrigado" — falou Lucy.

— Obrigado — sussurrou ele.

— De nada — disse Hally. Ela sorriu. — Você gosta de cookies com gotas de chocolate? Eu gosto. São meus favoritos.

Um pequeno aceno de cabeça. Até mesmo Robby ficava um pouco quieto perto de estranhos. Ele deu outra mordida em seu cookie.

— E o Will? — perguntou Hally. — De que tipo de cookie ele gosta?

Robby deu de ombros levemente, depois disse em um tom suave:

— Do mesmo tipo que eu.

A voz de Hally estava ainda mais baixa quando ela falou novamente:

— Você sentiria saudades dele, Robby? Se Will fosse embora?

— Que tal irmos para a cozinha? — Addie puxou a caixa de cookies das mãos de Lucy, provocando um grito de indignação.

— Vamos, Lucy. Não deixe Robby comer isso na sala de estar. Sua mãe vai me matar se vocês deixarem migalhas no tapete.

Addie pegou a mão de Robby, puxando-o para longe de Hally, mas não foi rápida o bastante. Robby teve tempo de se virar, tempo de olhar para Hally, ainda agachada ali no chão, e sussurrar:

— Sim.

Capítulo 2

Estava ficando escuro quando o Sr. e a Sra. Woodard chegaram em casa; no céu se diluíam camadas de dourado, pêssego e azul. Addie insistiu em dividir o dinheiro do trabalho de babá com Hally. Quando comentei sobre isso, ela deu de ombros: *Bem, ela foi mais útil do que eu esperava.* Tive de concordar. Tanto Robby quanto Will (eles tinham se alternado mais duas vezes ao longo daquela tarde) a adoraram. Até Lucy havia nos seguido até a porta, perguntando se Hally voltaria da próxima vez. A despeito do que a mãe dela tivesse falado sobre Hally — e a julgar pela maneira como a mulher olhou-a quando chegou em casa, não tinha sido nada de bom —, Lucy parecia ter esquecido.

Nossas casas ficavam na mesma direção, então Hally disse que ia andando conosco. Saímos ao sol do final da tarde, o ar repleto de umidade e mosquitos. Ainda era abril, mas uma recente onda de calor fez com que a temperatura alcançasse níveis recordes. A gola de nosso uniforme estava úmida contra nosso pescoço.

Elas andavam lentamente e em silêncio. A luz do sol poente destacava traços de vermelho no cabelo preto de Hally e fazia sua pele morena parecer ainda mais escura. Já tínhamos visto pessoas com aquela cor; quase nunca, mas o bastante para não ser estranho demais. No entanto nunca tínhamos visto ninguém com aquele formato de rosto, aqueles traços. Só em fotos, e ainda assim raramente. Também nunca tínhamos visto ninguém agir como ela fizera com Will e Robby. Ela era mestiça. Metade estrangeira, mesmo que tivesse nascido nas Américas. Será que aquela era a razão para sua estranheza? Não se permitiam mais estrangeiros no país, era assim havia muito tempo, e todos os refugiados de guerra que tinham chegado muito antes já estavam mortos. A maioria do sangue estrangeiro que ainda existia no país estava diluído a ponto de ser uma gota no oceano. Mas dizia-se que havia grupos. Pessoas que se recusavam a se integrar, preservando suas origens, sua *dessemelhança*, quando deveriam ter abraçado a segurança que as Américas ofereciam contra a destruição causada pelos híbridos no exterior.

Será que um dos pais de Hally viera de uma dessas comunidades?

— Eu queria saber... — disse Hally, depois se calou.

Addie não a pressionou. Estava envolvida demais com os próprios pensamentos. Mas eu estava ouvindo, e esperei que Hally continuasse.

— Eu queria saber... — repetiu ela após um momento. — Queria saber quem será o dominante quando eles se definirem, Robby ou Will.

— Hmm? — disse Addie. — Ah, acho que Robby. Ele está começando a controlar mais as coisas.

— Nem sempre é quem achamos — comentou Hally, tirando os olhos do chão. As pedrinhas brancas embutidas na armação dos seus óculos absorveram a luz amarela e cintilaram. — É tudo ciência, não é? Conexões cerebrais e força neural e coisas definidas antes mesmo do nascimento. Não dá para saber essas coisas só de olhar para as pessoas.

Addie deu de ombros e desviou os olhos.

— É, talvez não.

Ela mudou de assunto, e as duas conversaram sobre a escola e o filme mais recente até chegarmos ao condomínio de Hally.

Um grande portão negro de ferro fundido dava acesso a ele, e um garoto magro, mais ou menos da nossa idade, estava parado do outro lado das barras.

Ele levantou o olhar quando nos aproximamos, mas não disse nada, e Hally revirou os dela quando percebeu a presença dele. Ambos se pareciam; ele tinha a mesma pele morena, cachos escuros e olhos pretos. Já havíamos ouvido falar do irmão mais velho de Hally, mas nunca o tínhamos visto. Addie parou de andar a uma boa distância do portão, então também não conseguimos dar uma boa olhada nele.

— Tchau — disse Hally por cima do ombro, e sorriu. Atrás dela, o garoto terminou de digitar alguma coisa em um teclado e o portão se abriu. — Vejo você amanhã.

Addie acenou.

— Sim, até amanhã.

Esperamos até Hally e seu irmão já estarem quase fora de vista antes de nos virarmos e irmos para casa, sozinhas dessa vez. Mas não sozinhas de verdade. Addie e eu nunca estávamos sozinhas.

O que foi aquilo? Addie chutava com nossos pés enquanto andávamos. *Se convidar para ficar de babá conosco? Mal a conhecemos.*

Eu te disse, talvez ela seja solitária, falei. *Talvez queira ser sua amiga.*

De repente? Depois de três anos?

Por que não?

Addie hesitou.

Bem, não podemos ser amigas. Você sabe disso, Eva. Não posso ser amiga dela. Não na escola.

Não onde as pessoas pudessem ver.

E o que foi aquilo com Robby e Will? A irritação de Addie aumentava dentro de nós. Ela deixou um carro passar, depois atravessou correndo a rua. *Perguntar a Robby sobre Will? Aonde ela queria chegar com aquilo? Eles estão para se definir. Se deixarem os dois confusos, podem se atrasar. Eles podem...* Ela não quis completar a frase, mas não precisava. Podem acabar como nós.

Durante anos, nossos pais tinham lutado para descobrir por que suas filhas não estavam se definindo como deveriam. Eles culpavam todo mundo, desde nossa professora da pré-escola (muito desestruturada) a nossos médicos (por que nada funcionava?) e nossos amigos (eles tinham se definido tarde? Estariam encorajando esse comportamento estranho?). Nas horas mais sombrias da noite, eles disparavam a culpa um no outro e em si mesmos.

Mas pior que a culpa era o medo, o medo de que, se não nos definíssemos, chegaria o dia em que não poderíamos voltar do hospital. Crescemos com essa ameaça ressoando nos ouvidos, temendo a data limite de nosso 10º aniversário.

Nossos pais haviam implorado. Nós os tínhamos escutado através de portas de hospital, suplicando por mais tempo, só um pouco mais de tempo: *Vai acontecer. Já está funcionando. Vai acontecer logo, por favor!*

Não sei o que mais aconteceu por trás daquelas portas. Não sei o que convenceu aqueles médicos e funcionários do governo no final, mas nossa mãe e nosso pai saíram exaustos e pálidos daquela sala.

E nos disseram que tínhamos um pouco mais de tempo.

Dois anos depois, declararam que eu tinha partido.

Nossa sombra estava longa, nossas pernas, pesadas. Fios de nosso cabelo brilhavam dourados sob a luz fraca, e Addie os reuniu em um rabo de cavalo frouxo, afastando-o de nosso pescoço no calor implacável.

Vamos assistir a um filme hoje à noite, falei, fundindo um sorriso a minha voz. *Não temos muito dever de casa.*

Tudo bem, disse Addie.

Não se preocupe com Will e Robby. Eles vão ficar bem. Lyle ficou bem, não ficou?

Ficou, disse ela. *É, eu sei.*

Nenhuma de nós duas mencionou que Lyle não estava bem em vários sentidos; os dias em que ele não queria fazer nada além de ficar deitado na cama, semiacordado; as horas de cada semana que ele passava preso à máquina de diálise, com o sangue circulando fora de seu corpo antes de ser injetado de volta. Lyle estava doente, mas sua doença não era o hibridismo, e aquilo fazia toda a diferença.

Andamos em silêncio, direita e esquerda. Eu sentia a névoa escura dos pensamentos de Addie avolumando-se contra os meus. Às vezes, se me concentrasse o bastante, imaginava quase ser capaz de saber o que ela estava pensando. Mas naquele dia, não.

De certa forma, aquilo era bom. Significava que ela também não conseguia saber no que eu estava pensando.

Addie não tinha como saber que eu temia profundamente o dia em que Will e Robby *de fato* se definissem. O dia em que fôssemos tomar conta deles e encontrássemos apenas um menininho sorrindo para nós.

Lupside, onde tínhamos morado nos últimos três anos, não era conhecida por absolutamente nada. Sempre que alguém queria fazer alguma coisa que não podia ser resolvida no shopping ou nos poucos supermercados, ia a Bessimir, a cidade vizinha.

Bessimir era conhecida por apenas uma coisa, o museu de história.

Addie ria discretamente com a garota ao lado enquanto nossa turma esperava do lado de fora do museu, todos suando. O verão ainda nem tinha começado sua verdadeira batalha contra a primavera, mas os garotos já estavam reclamando de suas calças compridas obrigatórias enquanto a bainha da saia das garotas subia junto com o termostato.

— Ouçam — gritou a Srta. Stimp, o que fez metade da turma calar a boca e prestar atenção. Para qualquer um que tivesse crescido naquela área, visitar o museu de história de Bessimir era parte da vida, tanto quanto ir à piscina no verão ou ao cinema para a estreia de um filme. O prédio, oficialmente nomeado Museu Brian Doulanger da História das Américas por causa de algum homem rico que tinha doado dinheiro para sua construção, era quase universalmente chamado de "o museu", como se não existissem outros no mundo. Em dois anos, Addie e eu o tínhamos visitado duas vezes com turmas de história diferentes, e cada visita havia nos deixado enjoadas.

Eu já sentia uma rigidez em nossos músculos, uma tensão no sorriso de Addie enquanto a professora entregava nossos passes de estudante. Porque não importava como o chamavam, o museu de história de Bessimir era dedicado a apenas uma coisa: a história da batalha das Américas contra os híbridos, que durara um século e meio.

Quando entramos no prédio, a rajada do ar-condicionado fez Addie estremecer e deixou sua pele arrepiada, mas não amenizou o nó em nosso estômago. Com três andares, o museu irrompia em um grande saguão aberto logo depois do balcão de ingressos, e os dois andares superiores eram visíveis se colocássemos a cabeça para trás e olhássemos para cima. Addie havia experimentado fazer isso na primeira vez em que entramos. Tínhamos 12 anos, e a visão nos oprimira com o peso de toda aquela história, todas as batalhas, guerras e ódio.

Ninguém olhava para cima agora. Os outros, porque estavam entediados. Addie, porque nunca mais queria ver aquilo.

A amiga de Addie a havia trocado por alguém que ainda era capaz de rir. Addie deveria ter ido atrás dela, forçado um sorriso e uma piada e reclamado junto a todos os outros por ter de ir ao museu *de novo*, mas não o fez. Simplesmente foi para a parte de trás do grupo para que não precisássemos ouvir a guia começando o tour.

Eu não disse nada, como se ficar em silêncio me permitisse fingir que eu não existia. Como se por uma hora Addie pudesse

23

fingir que eu não estava ali, que os inimigos híbridos dos quais a guia não parava de falar quando entramos no Salão dos Revolucionários não fossem iguais a nós.

A mão de alguém segurou nosso ombro. Addie virou-se para empurrá-la, então se retraiu quando percebeu o que tinha feito.

— Desculpe, desculpe... — Hally levantou as mãos abertas, em sinal de paz. — Não quis assustar você. — Ela deu um sorriso hesitante. Só fazíamos uma aula com ela, então não tinha sido difícil para Addie evitá-la desde a noite anterior.

— Você me pegou de surpresa — explicou Addie, tirando o cabelo do rosto. — Só isso.

O resto da turma estava nos deixando para trás, mas quando Addie tentou alcançá-los, Hally tocou seu ombro novamente. Ela recolheu a mão quando Addie se voltou, mas disse rapidamente:

— Você está bem?

Uma onda de calor nos percorreu.

— Estou, claro — disse Addie.

Ficamos em silêncio no saguão por mais alguns instantes, rodeadas por retratos de todos os maiores heróis da Revolução, os fundadores de nosso país. Aqueles homens estavam mortos havia quase 150 anos, mas ainda olhavam para Addie e para mim com os olhos em brasa, com a acusação e o ódio que provocaram em toda alma não híbrida durante aqueles terríveis primeiros anos de guerra, quando a ordem era o extermínio de todos os que um dia tinham estado no poder, todos os homens, mulheres e crianças híbridos.

Dizia-se que esse fervor diminuíra ao longo das décadas, conforme o país se tornava negligente e confiante, esquecendo o passado. Crianças híbridas tiveram permissão de crescer. Imigrantes puderam pisar em solo americano outra vez, mudar-se para nossa terra e chamá-la de sua.

A tentativa de invasão estrangeira no início do século XX, durante o começo das Grandes Guerras, tinha posto um fim àquilo. Repentinamente, a velha chama brilhara mais do que nunca, juntamente com o juramento de nunca esquecer; nunca, jamais esquecer outra vez.

Hally deve ter visto nosso olhar mover-se em direção às pinturas. Ela sorriu, exibindo as covinhas, e disse:

— Imagine se os homens ainda andassem por aí usando esses chapéus idiotas? Meu Deus, eu nunca pararia de zoar meu irmão.

Addie conseguiu dar um sorriso amarelo. No sétimo ano, quando tivemos de escrever uma redação sobre os homens emoldurados nessas pinturas, ela tentou convencer o professor a deixá-la escrever a respeito dos retratos sob um ponto de vista artístico. Não deu certo.

— Melhor voltamos para perto do grupo.

Ninguém percebeu quando Addie e Hally voltaram para seu lugar à margem da turma. Eles já tinham entrado na sala que eu mais odiava, e Addie manteve nossos olhos fixos nas mãos, nos sapatos, em qualquer lugar menos nos retratos das paredes. Mas eu ainda me lembrava deles do ano anterior, quando nossa turma havia estudado história americana antiga e tínhamos ficado nessa seção do museu durante uma visita inteira em vez de simplesmente passar por ela como fazíamos agora.

Não havia muitas fotografias recuperadas daquela época, é claro. Mas os restauradores não tinham poupado nenhum detalhe, nenhuma careta de dor ou pedaço de pele descascada e queimada de sol. E as fotos que existiam pesavam nas paredes. Sua qualidade granulada em preto e branco não escondia a miséria dos campos. A dor dos nossos ancestrais, trabalhadores que eram pouco mais que escravos. Imigrantes do Velho Mundo que tinham sofrido durante tantos milhares de anos antes de cruzar um oceano turbulento dentro de navios para sofrer de novo em outra terra. Até a Revolução, quando os híbridos finalmente caíram.

A sala era pequena, com apenas uma entrada e saída. A aglomeração dos outros alunos fez Addie prender nossa respiração. Nosso coração batia contra as costelas. Para onde quer que ela se voltasse, esbarrávamos em mais corpos, todos se movimentando, alguns empurrando uns aos outros para a frente e para trás, outros rindo, a professora chamando a atenção de todos, ameaçando começar a anotar nomes se não demonstrassem um pouco mais de respeito.

Addie abriu caminho com os ombros através da sala, sem se importar com o que os outros pensariam, pelo menos daquela vez. Fomos uma das primeiras pessoas a passar pela porta. E estávamos andando tão rápido, nos esgueirando por entre os outros, que fomos as primeiras a pisar na água.

Capítulo 3

Addie parou de repente. A garota que vinha atrás não foi tão eficiente em interromper seu movimento e se chocou contra nós. Caímos para a frente no chão, nossa saia e parte de nossa blusa ficando imediatamente encharcadas no fluxo de água que jorrava através da sala. *Água?...*

— Que droga é *essa*? — perguntaram enquanto Addie tentava se levantar, com os joelhos e o cotovelo doendo por terem aparado a queda.

A água mal alcançava nossos tornozelos, mas não havia como salvar a saia, embora Addie tivesse se apressado em torcê-la. De qualquer maneira, ninguém estava prestando atenção; todos estavam boquiabertos olhando o salão de exposições inundado. Era uma das maiores salas do museu, repleta de artefatos dos tempos revolucionários protegidos por vidros e pinturas de época nas paredes. E, naquele momento, também repleta de vários centímetros de água turva.

A guia sacou um walkie-talkie e balbuciou alguma coisa às pressas. A Srta. Stimp fez o que pôde para levar todos de volta para a sala da qual tínhamos acabado de sair, que era um pouco mais elevada e continuava seca, por enquanto. Viesse de onde viesse, a água estava ficando mais forte, derramando-se pelo chão, encharcando as meias das pessoas. Era uma água suja, que certamente mancharia as paredes brancas.

As luzes oscilaram. Pessoas gritaram, algumas parecendo realmente apavoradas e outras quase se divertindo, como se aquilo fosse mais empolgante do que esperavam.

— São aqueles canos — resmungou a guia em voz baixa, passando furiosamente por nós. Suas bochechas estavam coradas, e seus olhos, tão brilhantes que pareciam quase selvagens.

— Quantas vezes falamos para consertar aqueles canos? — Ela prendeu o walkie-talkie de volta na saia, depois levantou a voz e disse: — Por favor, voltem todos por esta sala...

A luz se apagou novamente, deixando todo mundo na escuridão. Dessa vez, ela não voltou. No lugar dela, outra coisa ligou: os sprinklers. E com eles, o estrondo ensurdecedor de um alarme. Addie colocou as mãos sobre os ouvidos enquanto a água caía sobre nossos cabelos e corria pelo rosto. Em algum lugar do museu, alguma coisa pegara fogo.

Demorou quase 15 minutos para colocar todo mundo de volta no ônibus. Não havia muitos outros visitantes no museu naquela sexta-feira de calor, mas era gente o suficiente para formar uma multidão de tamanho considerável quando todos saíram pelas portas do museu, confusos e ainda segurando os canhotos dos ingressos. Mães guiando crianças pequenas à frente, homens com marcas escuras nas pernas das calças por terem se arrastado na água. Alguns estavam encharcados. Todos reclamavam ou exigiam respostas e reembolso ou apenas olhavam incrédulos para o museu.

Incêndio elétrico, ouvi uma mulher dizer enquanto Addie nos levava de volta para os ônibus. *Podíamos ter sido todos eletrocutados!*

Quando chegamos à escola, nossa blusa ainda estava úmida e não era mais totalmente branca, mas a conversa tinha passado da inundação no museu para o baile de final de ano, para o qual ainda faltava mais de um mês. E quando a Srta. Stimp, exausta e irritada, desligou as luzes da sala de aula e colocou um vídeo, um quarto da turma adormeceu discretamente, embora devêssemos estar fazendo anotações.

Espero que os danos sejam irreparáveis, falei enquanto Addie olhava inexpressivamente para a tela. Bessimir tinha orgulho de muitas coisas naquele museu: pinturas; sabres e revólveres recuperados da Revolução; um pôster de guerra autêntico do começo das Grandes Guerras, datado do ano do primeiro ataque em solo americano. Ele estimulava os cidadãos a relatar todas as atividades híbridas suspeitas. Os professores não mencionavam isso nas aulas, mas eu imaginava quantos dedos tinham sido apontados. As pessoas daquela época não podiam ser tão diferentes das de hoje. *Tomara que as fundações desmoronem. Tomara que o prédio inteiro venha abaixo.*

Não seja idiota, disse Addie. *Havia no máximo uns cinco centímetros de água. Em uma semana vai estar resolvido. Houve um incêndio. E eu disse tomara.*

Addie suspirou, apoiando nosso queixo em uma das mãos e, com a outra, fazendo um esboço da garota a nossa frente, que dormia com a boca entreaberta. Não precisávamos assistir ao filme de verdade para preencher uma ou duas páginas de anotações. Tínhamos repassado as Grandes Guerras do século XX tantas vezes que conseguíamos narrar as batalhas principais, citar de cor o número de baixas, repetir os discursos que nosso presidente fizera enquanto rechaçávamos as tentativas de invasão. Por fim, é claro, havíamos demonstrado ser fortes demais para eles, que voltaram a atenção para seus próprios continentes, caóticos e arruinados. Era isso o que a guerra fazia. O que os híbridos faziam. O que ainda estavam fazendo.

É, disse Addie finalmente. *Tomara.*

Na televisão, um avião jogava bombas sobre uma cidade indistinta. O garoto que estava sentado ao nosso lado bocejou, fechando os olhos. Não havia muitos filmes da última parte das Guerras, pois ela havia acontecido muito longe, mas os registros que existiam eram exibidos incessantemente até eu ter vontade de gritar. Nem imagino ao que teríamos sido submetidos se existissem noticiários de TV durante as invasões, algumas décadas antes.

Eva?, disse Addie.

Escondi minhas emoções de Addie, protegendo-a de minha frustração.

Estou bem, falei. *Estou bem.*

Ficamos assistindo enquanto o fogo varria uma cidade mergulhada no caos. Oficialmente, a última Grande Guerra tinha acabado quando Addie e eu éramos um bebê, mas os híbridos do resto do mundo nunca deixaram de lutar entre si. Como poderiam? Addie e eu brigávamos bastante, e nem sequer compartilhávamos o controle. Como uma sociedade fundamentada em duas almas para cada corpo poderia algum dia ter paz? Os indivíduos que formariam o país não estariam sequer em paz consigo mesmos, o que levaria a todo tipo de problema: *frustração constante, falta de paciência com os outros e, para aqueles com a mente fraca, insanidade.* Eu via o sombrio prognóstico nos panfletos dos consultórios médicos, impresso em negrito.

Então entendia por que os líderes revolucionários tinham fundado as Américas como um país livre de híbridos, por que haviam se esforçado tanto para erradicar aqueles que existiam na época, para que pudessem ter um recomeço limpo e imaculado. Eu até conseguia entender, com as partes mais racionais de mim, por que pessoas como Addie e eu não podiam, de forma geral, ter rédeas frouxas. Mas compreender e aceitar são coisas muito diferentes.

Addie rabiscou algumas anotações sem muito empenho quando o filme terminou, e o sinal tocou. Normalmente eu a ajudaria, acrescentando os fatos dos quais me lembrava aos dela, mas não estava com humor naquele momento. Saímos antes que as nossas anotações chegassem à parte da frente da sala.

Mas antes de darmos mais do que alguns poucos passos pelo corredor, uma segunda pessoa saiu às pressas da sala e chamou o nome de Addie.

— O que foi, Hally? — perguntou Addie, reprimindo um suspiro.

Para minha surpresa, o sorriso de Hally vacilou, mas apenas por um instante. Foi o bastante, entretanto, para que eu dissesse:

Addie, não se irrite com ela.

Ela não para de nos seguir, disse Addie. *Primeiro quando ficamos de babá, depois no museu. Eu...*

— Quer ir jantar na minha casa? — perguntou Hally.

Addie a encarou. O corredor estava se enchendo de pessoas, mas nem ela nem Hally saíram do meio do caminho.

— Meus pais vão sair — acrescentou Hally depois de um instante. Seu cabelo grosso ainda não estava completamente seco, e ela enrolava um cacho com o dedo. — Estaremos só o meu irmão e eu. — Ela ergueu as sobrancelhas, e o sorriso voltou com força total. — E prefiro evitar comer sozinha com ele.

Addie, falei. *Pare de ficar encarando. Diga alguma coisa.*

— Ah — disse Addie. — Ah, bem... eu... eu não posso.

Eu nunca tinha ouvido Addie recusar um convite para ir à casa de alguém, não sem uma razão muito boa. Muitos alunos de nossa escola eram da mesma turma desde o ensino fundamental; ter entrado mais tarde havia nos causado muitas dificuldades para fazer amigos. Todos já tinham uma posição, um grupo, um lugar na mesa do almoço, e Addie aprendera a aproveitar todas as chances que conseguíamos. Mas acho que o fato de Hally Mullan ser Hally Mullan era motivo suficiente para recusar qualquer oferta de amizade.

— É a minha camisa — disse Addie, olhando para a mancha no tecido branco. — Preciso chegar em casa antes dos meus pais e lavá-la. Se eles... — Se eles vissem, perguntariam o que tinha acontecido. E onde. Então aquele olhar recairia sobre seus olhos, aquele que se esgueirava por seus rostos toda vez que viam mais uma matéria sobre um híbrido sendo descoberto em algum lugar ou um lembrete para vigiar seus vizinhos, para estar sempre alerta ao inimigo escondido. Aquilo fazia nosso estômago revirar. Dava vontade de sair de perto deles.

— Você pode lavar na minha casa, se não quer que seus pais vejam — disse Hally. Sua voz havia ficado mais suave, menos radiante em seu bom humor, entretanto mais dócil. — Pode usar alguma coisa minha enquanto ela seca, sem problema. Você poderia colocá-la novamente antes de ir, e nunca ninguém vai ficar sabendo.

Addie hesitou. Nossa mãe devia estar indo para casa. Certamente chegaríamos antes dela, mas não daria tempo de secar a camisa, e foi isso o que eu disse a Addie.

Posso mentir, disse Addie. *Posso dizer que caí e sujei. Posso...*

Por que você simplesmente não vai?, falei.

Você sabe por quê.

Hally deu um passo em nossa direção. Tínhamos quase a mesma altura, espelhando... ou invertendo uma à outra. O cabelo escuro, quase preto de Hally, e nosso louro sujo. Sua pele morena e nossos braços claros e sardentos.

— Addie? Tem alguma coisa errada?

Novamente essa pergunta. Você está bem? Tem alguma coisa errada?

— Não — disse Addie. — Não, nada.

— Então você pode ir? — perguntou Hally.

Deixe disso, Addie, falei. *Vamos. Ninguém vai saber. Ninguém nem fala com ela. Que mal pode fazer?*

Senti que ela hesitava e pressionei mais. Addie podia não gostar daquela garota que perguntara a Robby sobre Will e que não hesitava em falar sobre definição, mas eu gostava. No mínimo, ela me intrigava.

É sexta-feira. E não vai ter ninguém em casa para o jantar.

Addie mordeu lábio inferior, então deve ter percebido o que estava fazendo e disse rapidamente:

— Ah... está bem.

Capítulo 4

Addie precisou correr até o telefone público para dizer à mamãe que não estaríamos em casa para o jantar. Assim, quando chegamos ao ponto combinado para o encontro, a maioria dos outros alunos já tinha ido embora. Hally estava sozinha perto das portas da escola. Ela não nos notou até estarmos bem do lado dela, então pulou como se a tivéssemos surpreendido em algum devaneio silencioso.

— Está pronta? — perguntou assim que conseguiu falar.

Addie confirmou.

— Ótimo. Então vamos.

A solene contemplação do minuto anterior desaparecera. Ela era só entusiasmo e energia. Addie mal dizia uma palavra enquanto Hally tagarelava sem parar, contando que estava feliz por finalmente ser sexta-feira, que era legal as férias de verão estarem chegando, sobre o quanto havia sido cansativo o primeiro ano do ensino médio.

Sim, disse Addie. Sim, tirando os mosquitos e a umidade.

Sim, mas foi divertido, não foi? Nem ela nem Hally tocaram no assunto da visita fracassada ao museu de história.

Esperávamos que a casa de Hally fosse maior do que de fato era, especialmente depois de toda a pompa do portão de ferro fundido protegendo o condomínio. Era maior do que a nossa, claro, porém menor do que as das outras garotas que tínhamos visitado depois da aula. Fosse qual fosse o tamanho, o lugar era impressionante, todo de tijolos desgastados e venezianas pretas, além de uma árvore delgada com flores cor-de-rosa no jardim. O gramado era bem cuidado e a porta parecia ter sido pintada recentemente. Addie olhou por uma janela enquanto Hally procurava suas chaves. A mesa de jantar lá dentro tinha um tom profundo de mogno. A família Mullan certamente não precisava de uma bolsa de estudos para mandar Hally e o irmão para nossa escola.

— Devon? — chamou Hally, abrindo a porta. Ninguém respondeu, e ela revirou os olhos para Addie. — Não sei por que me dou ao trabalho. Ele nunca responde.

Eu me lembrei do garoto que tínhamos visto ao portão no dia anterior, parado atrás das barras pretas. Como estava duas séries à frente, Devon não era um tópico comum de fofoca como Hally, mas nossos professores o mencionavam de tempos em tempos, e sabíamos que ele tinha pulado uma série.

Hally tirou os sapatos, então Addie a imitou, desfazendo os laços e arrumando nossos Oxfords lado a lado no tapete de boas-vindas. Quando levantamos os olhos outra vez, Hally estava na cozinha com a porta da geladeira aberta.

— Refrigerante? Chá? Suco de laranja? — perguntou ela.

— Refrigerante está bom — disse Addie.

A cozinha era linda, com armários de madeira escura e polida e bancadas de granito. Uma estatueta pequena e de colorido exuberante ficava em um canto, com uma vela meio queimada de cada lado, feito sentinelas. Uma pequena tangerina estava aos pés da estatueta.

Addie a olhava fixamente, e até eu estava curiosa demais para lembrá-la de não fazer isso. A aparência de Hally era uma coisa; ela não podia fazer nada quanto a isso. Mas anunciar o caráter estrangeiro da família dessa maneira...

— Estava pensando em pedir comida — disse Hally. Addie se virou bem a tempo de pegar a lata de refrigerante que ela jogou para nós. Estava tão gelada que quase a deixamos cair. — A não ser que você seja uma cozinheira maravilhosa ou coisa do tipo.

— Eu cozinho bem — disse Addie.

Mentirosa. Nós cozinhamos muito mal.

— Mas pedir comida parece ser uma boa — acrescentou.

Hally concordou sem olhar para nós. A menina tinha virado um pouco a cabeça, e seus olhos estavam focados em algum ponto a distância. Addie deu outra olhada no pequeno altar. Será que tinha sido a mãe ou pai de Hally que arrumara as velas e a estatueta com tanto cuidado?

— Devon? — chamou Hally outra vez. Mas não houve resposta. Pensei ter visto sua boca se contrair.

— Não conheço seu irmão — disse Addie, desviando os olhos do altar quando a atenção de Hally voltou para nós.

— Não? — indagou Hally. — É, acho que não. Então vai conhecer hoje. Ele já deveria estar em casa... não sei por que está atrasado.

Addie colocou seu refrigerante na bancada e puxou a barra de nossa camisa.

— Bem, enquanto ele não está aqui, será que eu poderia...

— Ah, claro — disse Hally. Ela piscou e se animou, toda sorrisos novamente. — Vamos. Você pode escolher alguma coisa no meu quarto. Essa mancha não deve ser muito difícil de tirar.

Addie a seguiu escada acima. Era coberta por um grosso carpete creme que se prolongava pelo corredor do segundo andar. Nossas meias, percebi, tinham sido encharcadas pela aquela água também. Pareciam sujas demais para aquela casa, para aquela brancura. Addie olhou para trás para ter certeza de que não estávamos deixando marcas no carpete. Hally não parecia se importar nem um pouco. Saltitava em direção ao que devia ser o próprio quarto no final do corredor, e Addie a seguia.

Veja, sussurrei, embora ninguém mais pudesse ouvir. *Eles têm um computador.*

Nós o vimos em um dos cômodos no caminho para o quarto da Hally, uma coisa grande e de aparência complicada em cima de uma escrivaninha. Tínhamos usado computadores uma ou duas vezes na escola, e muito tempo atrás papai havia falado em comprar um quando eles ficassem mais baratos. No entanto, como não tínhamos nos definido e Lyle ficara doente, não se tocou mais no assunto.

Addie se deteve para observá-lo e, como consequência, o restante do cômodo. Um quarto, percebi. Um quarto de garoto com uma cama desfeita e... chaves de fenda sobre a escrivaninha. Mais estranho ainda era o fato de que havia um computador desmontado no canto mais afastado, ou pelo menos achei que fosse um computador. Eu nunca tinha visto um com todos os fios aparecendo, as partes prateadas e brilhantes nuas e expostas. Era o quarto de Devon. Tinha de ser, a menos que houvesse outro membro da família Mullan de quem eu nunca tivesse ouvido falar. Mas que garoto de 16 anos tinha computadores no quarto?

— Addie? — chamou Hally, e Addie continuou, apressada.

O quarto de Hally era dez vezes mais bagunçado que o do irmão, mas ela não parecia nem um pouco envergonhada quando nos convidou para entrar e fechou a porta. Abriu o armário e indicou com um gesto as roupas penduradas ali dentro.

— Escolha o que quiser. Acho que vestimos mais ou menos o mesmo tamanho.

O armário dela era cheio de coisas que Addie jamais usaria. Coisas que diziam *olhe para mim*: blusas grandes demais que deixavam aparecer um dos ombros, cores vivas, estampas chamativas e joias que talvez ficassem bem com os óculos de moldura preta e o cabelo cacheado escuro de Hally, mas que teriam parecido uma fantasia em nós. Addie procurou alguma coisa simples enquanto a dona da casa se acomodava na beirada da cama, mas ela não parecia ter nada simples.

— Será que eu poderia, sei lá, vestir sua blusa extra do uniforme ou coisa assim? — perguntou Addie, virando-se.

Foi então que percebi que havia alguma coisa errada.

Hally olhava para nós de sua cama, mas havia algo em seus olhos, algo sombrio e solene que me fez parar e dizer *Addie*. *Addie*, sem nem saber por quê.

Então, lentamente, tão lentamente que parecia deliberado, houve uma *alteração* no rosto de Hally. Essa era a única forma que eu conseguia explicar aquilo. Algo minúsculo, algo que ninguém teria percebido se não estivesse olhando diretamente para ela como Addie e eu estávamos fazendo, algo que ninguém teria notado, não teria nem *pensado* em notar, se não fosse...

Addie deu um passo em direção à porta.

Uma alteração. Uma troca. Como quando Robby trocava com Will.

Mas era impossível. Hally se levantou. Seu cabelo estava bem-arrumado sob a faixa azul. As minúsculas pedrinhas de strass branco incrustadas em seus óculos cintilavam à luz da lâmpada. Ela não sorriu, não inclinou a cabeça e falou: *O que você está fazendo, Addie?*

Em vez disso, ela disse:

— Nós só queremos falar com você. — Havia algo triste em seus olhos.

Nós?, repeti.

— Você e Devon? — perguntou Addie.

— Não — disse Hally. — Eu e Hally.

Um calafrio percorreu nosso corpo, tão alheio ao meu controle ou ao de Addie que podia ter sido uma reação compartilhada. Outro passo para longe do armário.

Nosso coração tamborilava, não com rapidez, mas com força, muita força.

Batendo.

Batendo.

— O quê?

A garota parada diante de nós sorriu, uma contração dos lábios que não alcançou os olhos.

— Desculpe — disse ela. — Vamos começar de novo. Meu nome é Lissa, e Hally e eu queremos falar com você.

Addie correu para a porta, tão rápido que nosso ombro bateu contra a madeira. A dor percorreu o braço. Ela a ignorou, agarrando a maçaneta com ambas as mãos. Ela se recusava a girar. Só chacoalhava e balançava. Havia um buraco de fechadura bem acima da maçaneta, mas a chave não estava ali.

Algo indescritível estava surgindo dentro de mim, algo imenso e sufocante, e eu não conseguia pensar.

— Hally — disse Addie. — Isso não é engraçado.

— Eu não sou a Hally — disse a garota.

Apenas uma de nossas mãos estava segurando a maçaneta. Addie pressionava as costas na porta, as omoplatas doendo contra a madeira. As palavras saíam com dificuldade de nossa garganta.

— Você é. Você está definida. Você é...

— Eu sou a Lissa.

— Não — disse Addie.

— Por favor. — A garota estendeu a mão em direção ao nosso braço, mas Addie se afastou. — Por favor, Addie, nos ouça.

O quarto ficava cada vez mais quente, sufocante e pequeno. Aquilo não era possível. Aquilo estava *errado*. Alguém deveria tê-la denunciado. Aquilo não podia ser real. Mas *era*. Eu tinha visto. Eu tinha visto a troca. Eu tinha visto a alteração. Mas não fazia sentido. Não fazia sentido que Hally fosse...

— *Você* — insistiu Addie. — *Você*, não *nós*.

— *Nós* — disse ela. — Eu e Hally. *Nós*.

— Não... — Addie virou-se outra vez. A maçaneta chacoalhava tanto em nossas mãos que parecia a ponto de ser arrancada da porta. Lissa começou a nos puxar, tentando fazer com que Addie a encarasse.

— Addie — disse Lissa. — Por favor, me escute...

Mas Addie não escutava. Não ficava quieta, não tirava as mãos da maçaneta. E eu estava ali, perplexa, incapaz de acreditar, até que Hally — Lissa — finalmente desistiu de puxar nossas mãos e gritou:

— Eva... Eva, faça com que ela escute!

O mundo se despedaçou ao som da voz dela, do nome que saiu de sua boca.

Eva.

Meu. Meu nome.

Eu não o ouvia ser dito em voz alta havia três anos.

Addie retribuiu o olhar da menina que nos encarava, paralisada. Tudo estava muito claro, muito nítido. A faixa escorregando de seu cabelo. Suas unhas perfeitas e lustrosas capturando a luz do teto. Os sulcos entre suas sobrancelhas. A pinta perto de seu nariz.

— Como...? — perguntou Addie.

— Devon descobriu — disse Lissa. Sua voz estava branda. — Ele invadiu os arquivos da escola. Eles mantêm registros sobre tudo quando a definição não acontece até o primeiro ano. Seus arquivos mais antigos têm ambos os nomes.

Eles tinham? Sim, precisavam ter. Nos primeiros anos de ensino fundamental, quando Addie e eu tínhamos 6, 7, 8 anos, nossos boletins chegavam em casa com dois nomes impressos em cima: Addie, Eva Tamsyn. Nos últimos anos, *Eva* fora excluído.

Eu não tinha me dado conta de que meu nome sobrevivera às quatro horas de viagem, à mudança de escola.

— Addie? — chamou Lissa. Então, após uma longa e arrepiante hesitação: — Eva?

— *Não.* — A palavra explodiu de nosso peito, queimou nossa garganta e atingiu o ar com o estalido de um relâmpago.

— Não. Não diga isso. — Uma dor golpeou nosso coração. Dor de quem? — Meu nome é Addie. Só Addie.

— *Seu* nome — disse Lissa. — Mas não existe só você. Existe...

— Pare — gritou Addie. — Você não pode fazer isso. *Você não pode falar assim.*

Nossa respiração estava curta, e nossos olhos, embaçados. Nossas mãos se fecharam em punhos, tão apertados que nossas unhas deixaram semicírculos marcados nas palmas.

— É assim que tem de ser — disse Addie. — *Sou* apenas eu. Sou a Addie. Eu me defini. Agora está tudo bem. Sou normal agora. Eu...

Mas os olhos de Lissa repentinamente se tornaram ardentes, e suas bochechas ficaram vermelhas.

— Como você pode dizer isso, Addie? Como pode dizer isso sabendo que Eva ainda está aí?

Addie começou a chorar. As lágrimas entravam em nossa boca, salgadas, quentes, metálicas.

Shhh, sussurrei. Tudo estava confuso. *Shhh, Addie. Por favor, não chore. Por favor.*

— E a Eva? — A voz de Lissa estava aguda. — E a *Eva*?

Tristeza. Tristeza, dor e culpa. Nenhum dos sentimentos era meu. As emoções de Addie me dilaceravam. Independentemente do que acontecesse, do que disséssemos ou fizéssemos uma com a outra, Addie e eu ainda éramos duas partes de um todo. Mais próximas impossível. Mais ligadas impossível. A tristeza dela era a minha.

Não ouça o que ela diz, Addie, falei. *Ela não sabe o que está dizendo.*

Mas Addie continuava chorando, e Lissa continuava gritando, e o quarto se encheu até o teto de lágrimas, raiva, culpa e medo.

Então o mundo cedeu.

Alguém devia ter aberto a porta, porque de repente estávamos caindo, caindo de costas, e eu gritava para Addie nos segurar antes de batermos no chão, e ela agitava os braços, e eu retesava por nós duas, preparando-me para a dor, porque era tudo o que eu podia fazer, até que a queda foi interrompida.

A queda foi interrompida e olhamos para cima, para o teto, e Addie ainda chorava em seu — nosso — medo, e como ela estava chorando, eu estava chorando, e tudo era secundário às nossas lágrimas. Mas alguém tinha nos segurado. Seus braços estavam ao redor de nosso corpo, nos mantendo de pé.

— O que foi que você *fez*? — perguntou ele.

Capítulo 5

Shh, Addie, eu dizia. Shh, shh. Está tudo bem. Vai ficar tudo bem.

Agora não estávamos exatamente chorando, mas nossa respiração era curta e rápida. Addie não queria, não conseguia, falar comigo. Mas sua presença se pressionava contra a minha, quente e fraca por causa das lágrimas.

Shh, falei, *Shh... Shh...*

— Não foi minha intenção — dizia alguém. — Ela não queria me ouvir. Eu não sabia o que fazer. Você não teria feito melhor, Ryan, não me diga que teria... Você nem estava em casa e disse que estaria...

— Eu teria feito melhor que *isso*.

Eu os ouvia falar, mas Addie tinha fechado nossos olhos, e nossa dor suplantava todo o resto.

Addie, diga alguma coisa. Diga alguma coisa, por favor.

— Addie? Addie, por favor, pare de chorar. Sinto muito. De verdade. — Era Hally. Ou Lissa? Não importava. Tudo o que importava era Addie. Addie, que finalmente deu um longo e trêmulo suspiro e limpou as últimas lágrimas. — Você está bem?

Addie não disse nada, apenas olhou o chão, soluçando. Eu senti o calor do constrangimento que crescia nela, seu horror por ter desmoronado desse jeito na frente de alguém, por ter reagido de tal forma.

Está tudo bem, eu dizia sem parar. *Não se preocupe. Não pense nisso. Está tudo bem.*

Finalmente, Addie olhou para a garota agachada ao nosso lado, que exibia um sorriso incerto.

— Hally? — Nossa voz estava rouca.

A garota franziu a testa. Ela hesitou, depois balançou a cabeça uma vez.

— Não — respondeu ela suavemente. — Não, eu sou a Lissa. *Não acho que ela esteja mentindo, Addie,* falei. Mas ela não precisava que eu dissesse isso.

— E a Hally? — sussurrou Addie.

— Está aqui também — afirmou Lissa. — Hally andou com você para casa. Hally parou você depois da aula. — Ela deu um sorriso triste e torto. — Ela é melhor nesse tipo de coisa. Eu pedi a ela que lhe contasse, mas ela disse que deveria ser eu. Estava errada, obviamente.

Nossa boca ficava se abrindo e fechando, mas nada saía. Aquilo parecia um... um sonho. Que tipo de sonho? Um pesadelo? Ou...

— Isso não pode... — Addie balançou a cabeça. — Isso não pode acontecer.

— Pode, sim — disse o irmão de Hally. Ele estava a alguns metros de distância, ainda usando a calça e a camisa da escola, o nó da gravata ainda feito. Eu mal me lembrava de ter me desvencilhado dos braços dele, sequer me lembrava de vê-lo, apenas a chave de fenda em sua mão e a maçaneta brilhando no chão. Ele a tinha desmontado. — Nós...

Nós, pensei, perplexa. Ele estava falando de si mesmo e de Hally? Ou dele, de Hally e de Lissa? Ou dele e de suas irmãs e de outro garoto que também estava dentro dele, algum outro ser, alguma outra alma. Olhando para ele, vendo a maneira como nos observava, eu soube que era a última opção.

— Nós sabemos que Eva ainda está aí — afirmou. — E podemos ensiná-la a se movimentar novamente.

Addie enrijeceu. Eu estremeci, um fantasma tremendo dentro da própria pele. Nosso corpo não fez qualquer movimento.

— Você quer saber como se faz? — perguntou o garoto.

— Agora você a está assustando, Devon — alertou Lissa. Devon. Certo, o nome do irmão dela era Devon. Mas eu tinha certeza de que outro nome fora dito poucos minutos antes.

— Isso é ilegal — disse Addie. — Vocês não podem fazer isso. Eles virão, se descobrirem...

— Eles não vão descobrir — falou Devon.

Os anúncios de utilidade pública. Os vídeos a que assistíamos todos os anos no Dia da Independência, descrevendo o caos que tinha varrido a Europa e a Ásia. Os discursos dos presidentes. Todas aquelas visitas aos museus.

— Preciso ir — disse Addie. Ela se levantou tão repentinamente que Lissa continuou agachada e apenas seus olhos nos acompanharam.

— Preciso ir — repetiu Addie.

Addie...

Ela balançou nossa cabeça.

— Preciso ir embora.

— Espere. — Lissa se levantou com um salto.

Nossas mãos se ergueram, com as palmas viradas para fora, repelindo-a.

— Tchau, Hally... Lissa... Hally, desculpe, mas vou para casa agora, OK? Preciso ir para casa. — Ela se afastou e cambaleou até o final do corredor. Lissa tentou segui-la, mas Devon segurou seu ombro.

— Devon... — chamou Lissa.

Ele balançou a cabeça e voltou-se para nós.

— Não conte a ninguém. — Suas sobrancelhas se contraíram. — Prometa. Jure.

Nossa garganta estava seca.

— *Jure* — disse Devon.

Addie, falei. *Addie, não vá embora. Por favor.*

Mas Addie apenas engoliu em seco e assentiu.

— Prometo — sussurrou ela, então virou-se e disparou escada abaixo.

Correu até chegar em casa.

— Addie? É você? — perguntou nossa mãe quando abrimos a porta. Addie não respondeu, e depois de um instante, mamãe enfiou a cabeça para fora da cozinha. — Achei que você fosse comer na casa de uma amiga.

Addie deu de ombros. Ela limpou os sapatos no tapete de boas-vindas, achatando as cerdas.

— Aconteceu alguma coisa? — perguntou mamãe, enxugando as mãos em um pano de pratos enquanto se aproximava.

— Não — disse Addie. — Nada. Por que você e Lyle ainda não foram para o hospital?

Lyle também saiu da cozinha, e o examinamos automaticamente, procurando marcas roxas em seus braços e pernas magros. Estávamos sempre com medo de que cada marca se tornasse algo pior. Parecia ser sempre assim com Lyle: intoxicação alimentar que tinha virado problema renal e resultara em falha renal. Ele estava pálido como sempre, mas fora isso parecia bem.

— Ainda não são nem cinco da tarde, Addie — disse ele, jogando-se no chão e calçando os sapatos. — Estávamos assistindo à TV. Você viu as notícias? — Ele levantou os olhos, seu rosto num misto de ansiedade e animação, avidez e medo. — O museu pegou fogo! E também foi inundado! Disseram que todo mundo podia ter sido eletrocutado, tipo tzzzz... — Ele se enrijeceu e se sacudiu para a frente e para trás, imitando os espasmos de alguém atingido por eletricidade. Addie se sobressaltou. — Disseram que foram os *híbridos*. Só que ainda não os pegaram...

— Lyle. — A mamãe lançou um olhar para ele. — Não seja mórbido.

Havíamos ficado geladas.

— O que significa *mórbido*? — perguntou Lyle.

Parecia que mamãe ia explicar, mas então reparou em nosso rosto.

— Addie, você está bem? — Ela franziu a testa. -- O que aconteceu com sua blusa?

— Estou bem — disse Addie, evitando seu toque. — Eu... acabei de lembrar que tenho muito dever de casa hoje. — Ela ignorou completamente a segunda pergunta. Tínhamos ficado tão preocupadas com a camisa, e agora pouco importava.

Híbridos? Híbridos eram responsáveis pela destruição no museu?

Nossa mãe levantou a sobrancelha.

— Numa sexta-feira?

— É — disse Addie. Ela não parecia perceber o que estava dizendo. Ambas olhamos mamãe, mas acho que Addie não enxergou nada. — Eu... eu vou subir.

— Tem comida de ontem na geladeira — gritou ela para nós. — Seu pai vai chegar em casa lá pelas...

Addie fechou nossa porta e caiu na cama, chutando os sapatos e enfiando a cabeça entre os braços.

Ah, meu Deus, sussurrou, e aquilo foi quase uma súplica.

Se os híbridos estavam sendo responsabilizados pela inundação e pelo incêndio no museu de história, e eles ainda não tinham sido presos, então... eu nem podia imaginar o frenesi que varreria a cidade. Ele nos alcançaria ali nos subúrbios, com certeza. Todos estariam em alerta, com os nervos à flor da pele, prontos para acusar. Esse era o problema com os híbridos. Era impossível identificá-los só de olhar.

Os Mullan seriam os primeiros suspeitos, com seu sangue estrangeiro e seus comportamentos estranhos. Ninguém com o mínimo de bom senso se aproximaria deles nesse momento.

Mas ainda assim, *ainda assim...*

Eu via o irmão de Hally parado no corredor, me lembrava dos olhos dele sobre nós, de cada palavra que tinha saído de sua boca. Ele dissera que eu podia me mover outra vez. Tinha dito que podia me *ensinar*.

E se ele e a irmã *fossem* levados embora? Eu passaria cada segundo do resto da minha vida pensando nesse dia, lamentando as coisas que não disse, a atitude que não tomei, a chance que não aproveitei.

Vamos voltar lá, falei calmamente.

Addie sequer respondeu. Ficamos apenas deitadas, com o rosto pressionando a dobra de nosso cotovelo.

Nós vamos voltar lá, Addie, falei.

As palavras de Devon eram como carvões em brasa dentro de mim, incinerando três anos de uma tênue aceitação. O fogo exigia sair, escapar pela garganta, pela pele, pelos olhos que eram tão meus quanto de Addie. Mas ele não podia.

Você sequer ouviu o que está dizendo?, perguntou Addie.

Normalmente, eu não responderia. Tinha aprendido a não falar quando me sentia assim. A ficar quieta e me obrigar a fingir que não me importava. Era a única maneira de não enlouquecer, de não morrer por causa do desejo, da *necessidade* de mover meus próprios membros. Eu não podia chorar. Não podia gritar. Só podia ficar quieta e me deixar entrar num estado de torpor. Assim pelo menos não precisava mais sentir, não precisava ansiar eternamente pelo que nunca teria.

Mas não naquele dia. Eu não conseguiria ficar quieta naquele dia.

Sim, falei. *Estou ouvindo, e você também. Mas ninguém mais ouve, não é?*

Addie se virou de frente para a parede. *Eva, você é capaz... capaz de imaginar o que aconteceria se alguém descobrisse?*

Eu sei, falei. *Eu sei, mas...*

Estamos seguras, disse Addie. *Pela primeira vez desde os 6 anos, estamos seguras, e você quer jogar isso fora?*

Minha voz se tornara suplicante, mas eu estava desesperada demais para me importar.

Essa pode ser minha única chance, Addie. Eu preciso arriscar...

O risco não é só seu, disse Addie.

Você não entende, Addie, falei. *Não tem como. Nunca vai entender.*

Nossos olhos se estreitaram.

Eu não posso voltar, disse Addie. *Simplesmente não posso. Não posso.*

Mas eu preciso!

Bom, você não tem exatamente uma escolha, não é?, disse Addie.

Era como se ela tivesse cortado os tendões que nos conectavam, deixando-me ferida e cambaleante. Por um momento extremamente longo, não consegui encontrar as palavras.

Tudo bem, finalmente falei. *Faça como quiser. Obviamente eu não tenho a mínima importância.*

Certa vez, alguns meses depois de nosso 13º aniversário, eu desapareci.

Foi apenas por cinco ou seis horas, embora eu não tenha sentido o tempo passar. Foi no ano em que Lyle ficou doente. No ano em que descobrimos que os rins dele estavam falhando, que talvez nosso irmão mais novo jamais crescesse.

De repente, estávamos de volta àqueles corredores de hospital. Só que dessa vez, Addie e eu não éramos o paciente, e sim Lyle. E por mais horrível que a primeira vez tivesse sido, a segunda conseguiu ser dez vezes pior. Os médicos eram todos diferentes, os testes eram diferentes, a maneira como o tratavam era diferente. Mas nossos pais estavam igualmente mortos de preocupação, e Lyle, sentado na mesa de exames, estava tão pálido e silencioso quanto nós duas tínhamos ficado.

Certa noite, ele havia sussurrado uma pergunta em nosso ouvido quando Addie estava sentada na beira de sua cama e se inclinou para desligar o abajur.

Se ele morresse, isso significava que reencontraria Nathaniel?

Addie precisou vencer o nó em nossa garanta para conseguir respirar, quanto mais responder. Como de costume, ninguém falava de Nathaniel desde que ele tinha se desvanecido, três anos antes. *Você não vai morrer*, dissera ela.

Mas se... Lyle dissera antes que ela o cortasse.

Você não vai morrer, Lyle. Você vai ficar bem. Você vai melhorar. Vai ficar bem.

Ela ficou irritadiça pelo resto da noite, e nós discutimos por coisas idiotas, que foram piorando até ela gritar para mim que nosso irmão mais novo estava *doente* e perguntar se eu não podia ser *humana* e deixá-la em paz. Em resposta, eu gritara que Addie tinha superado muito bem a morte de um de nossos irmãos menores, não tinha? Porque eu queria magoá-la como ela havia me magoado.

E eu estava muito assustada, muito assustada.

Tão assustada que apenas por um instante não quis estar ao lado de Addie. Não quis saber o que o amanhã traria, o que Addie diria em seguida, o que aconteceria com nosso irmão que naquele dia nos perguntara se veria Nathaniel outra vez.

Eu passei a vida inteira me segurando ali. Ir na direção oposta de repente, me encolher para ficar cada vez menor e cortar meus laços com nosso corpo e com Addie era apavorante. Mas eu estava tão zangada, tão magoada e com tanto medo...

E antes que me desse conta do que estava fazendo, estava feito.

Passei aquelas horas em um mundo de sonhos incompletos enquanto Addie entrava em pânico e gritava para que eu voltasse. Ela só admitiu isso para mim mais de um ano depois, no entanto eu tinha sentido o medo dela quando retornei, confusa e com os olhos enevoados. Havia percebido seu alívio.

E nunca mais desapareci, não importava quão ruins fossem nossas brigas. Não importava o quão assustada estivesse.

Mas nesta noite eu estava chegando perto. Experimentava ficar à margem daquele mundo, assustada demais para dar o salto, porém furiosa o bastante para pensar que poderia.

Não sei quem sofre mais quando Addie e eu não estamos nos falando. Para mim, ficar em silêncio durante toda a noite de sexta-feira e o sábado tornou o tempo irreal. O mundo passava como um filme, distante e intangível.

Por outro lado, Addie não tinha ninguém para lembrá-la das pequenas coisas. Ela se esqueceu de pegar uma toalha antes de entrar no chuveiro. Nosso alarme nos acordou às 7 horas no sábado. Ela procurou nossa escova de cabelos em todo lugar menos na estante. Eu não disse nada. Sempre soube que ela podia se virar sem mim, não é?

Eu estudava quando ela estava ocupada demais sonhando acordada ou nervosa demais para fazer qualquer coisa além de manter nossos olhos no texto e virar as páginas quando eu pedia. Eu colocava palavras em nossa boca quando ela estava perturbada demais para falar.

Assim, toda vez que caíamos em silêncios obstinados e nos recusávamos a falar uma com a outra, era sempre Addie quem cedia depois de algumas horas, um dia no máximo, e falava primeiro.

Mas o sábado se transformou em domingo e Addie continuou muda. Eu sentia o vazio a meu lado, a dureza e o vazio daquele nada, que indicava que Addie estava lutando para manter suas emoções sob controle.

— Você está bem? — perguntou mamãe quando descemos para tomar café na manhã de domingo. Senti seus olhos sobre nós enquanto Addie abria o armário e pegava uma tigela para o cereal. — Você está esquisita o final de semana inteiro.

Addie se virou. Nossas bochechas se contraíram, esticando os lábios em um sorriso.

— Estou, mãe. Estou bem. Meio cansada, eu acho.

— Não está ficando doente, não é? — perguntou ela, largando a caneca para sentir nossa testa. Addie se afastou.

— Não, mãe. Estou bem. Sério.

Ela assentiu, mas continuou com a testa franzida.

— Bom, não beba na mesma xícara que Lyle nem coisa do tipo, só por precaução. Ele...

— Eu sei — disse Addie. — Mãe, eu também moro aqui. Eu sei.

Nosso cereal não passava na garganta. Addie jogou o resto no lixo.

Quando ela voltou lá para cima a fim de escovar nossos dentes, eu me mexi o bastante para olhar nosso reflexo no espelho do banheiro. Addie também olhava. Lá estavam nossos olhos castanhos, nosso nariz curto, nossa boca pequena. Nosso cabelo ondulado e de um louro opaco. Sempre dissemos que faríamos alguma coisa diferente com ele, mas nunca nos atrevemos. Então Addie fechou nossos olhos e não pude mais olhar. Ela enxaguou a boca com os olhos ainda fechados, tateou até achar a toalha e a pressionou contra nosso rosto. Fria. Úmida.

Você não pode. Não pode querer voltar lá, Eva.

Addie sempre cedia primeiro. Eu esperei ter algum tipo de satisfação, algum tipo de prazer por ter ganhado e por mais uma vez ela ter perdido. Mas tudo o que senti foi um grande suspiro de alívio.

Pense no que poderia acontecer, disse ela. Nosso rosto continuava enfiado na toalha. *Podemos ser normais agora. Podemos apenas ser assim.*

Eu não quero ser assim, falei.

A definição acontece com todos. Ela...

Mas nós não nos definimos. Não completamente. Eu ainda estou aqui, Addie.

Ficamos paradas na quietude daquela manhã de domingo, uma garota descalça, usando camiseta e uma calça de pijama vermelha desbotada, com água pingando do queixo e um terrível segredo na cabeça.

E se alguém descobrir, Eva? E se nos levarem embora e...

Addie, falei. *Se fosse você... se fosse você presa aqui dentro. Se fosse você que não conseguisse se mover, eu voltaria lá. Voltaria sem pensar duas vezes.*

De repente, a toalha ficou quente de lágrimas.

Capítulo 6

Durante toda a manhã de segunda-feira, não se falou de outra coisa além da inundação do museu de Bessimir. De repente, aqueles que estavam na turma de história da Srta. Stimp se tornaram os alunos mais procurados da escola, até mesmo entre os veteranos, que normalmente só prestavam atenção nos calouros quando queriam que saíssemos do caminho.

Addie se esquivou o melhor que pôde das ávidas perguntas das pessoas, mas não conseguiu evitar todas. Precisou descrever a cena no museu várias vezes, estimar a quantidade de água que tinha aparecido, como fora a reação de nossa guia, se alguém gritara. Addie suspeitara que fosse um ataque? Tinha visto alguém suspeito? Daniela Lowes disse que sim. E o incêndio? Alguém tinha visto o incêndio? Ah, você foi a única que caiu, não foi?

Todos pareciam sempre se decepcionar com as respostas de Addie. Pelo visto, todos os outros tinham ficado com água na altura dos joelhos e visto homens suspeitos nos cantos, ou pelo menos um relance das chamas.

Híbridos; o sussurro percorria os corredores, os banheiros e as salas de aula enquanto todos fingiam prestar atenção aos professores. *Híbridos*. Híbridos escondidos, livres. *Aqui.*

— Eles podiam estar na sala ao lado e você nem ficaria sabendo — disse a garota sentada a nossa frente na aula de matemática, com a voz cheia de admiração e animação. Outros não eram tão corajosos. Encontramos uma veterana chorando no banheiro depois do segundo período, convencida de que seu pai, que trabalhava na prefeitura de Bessimir, corria um perigo terrível. Addie fugiu de suas lágrimas.

No terceiro tempo de aula, estávamos pálidas, quase trêmulas. Nossas mãos agarravam as laterais da carteira para ficarem paradas e nos manterem sentadas até a hora do almoço. Ambas tínhamos esquecido o dinheiro naquela manhã, mas nenhuma de nós estava com vontade de comer, então não importava.

Finalmente, o sinal tocou. Addie praticamente voou para o corredor. Gritos enchiam o ar, reverberando em cartazes, colidindo contra armários de metal amassados. Addie saltou de lado para evitar o cotovelo de um garoto que arrancava a gravata.

Onde é a sala da Hally?, perguntei. Quase não me atrevi a fazer a pergunta, considerando tudo o que tinha acontecido naquela manhã, considerando a força com que nossos punhos estavam apertados. Mas era preciso.

Addie olhou pelo corredor.

É a 506, respondeu suavemente.

Abrimos caminho até lá, ganhando velocidade conforme a multidão diminuía. Addie andava com rigidez, colocando um pé na frente do outro com a força deliberada de alguém que precisava seguir em frente sem nunca parar, por medo de não conseguir começar de novo. Logo estávamos trotando, depois correndo pelos corredores.

Entramos na sala 506 com um estrondo e uma pancada tão fortes que a professora gritou e se levantou de repente. Addie esticou os braços, apoiando-se em uma carteira para não cair.

— Desculpe, desculpe — disse. Ela se inclinou para endireitar uma cadeira que havíamos derrubado. — Eu... eu estou procurando Hally Mullan. Ela está aqui?

— Ela acabou de sair — falou a professora. Sua mão ainda estava pressionada contra o peito. — É uma emergência assim tão grande?

Addie já estava quase do lado de fora.

— Não, não é. Desculpe.

Para onde vamos agora?, disse ela, e eu senti uma onda de gratidão. A escola fervilhava de um sentimento anti-híbrido. Nosso peito estava tão apertado que eu sentia o ar se espremendo para dentro e para fora de nossos pulmões. Addie podia ter dito *Ela não está lá. Eu tentei. Talvez amanhã.* Mas ela só perguntou: *Para onde vamos agora?*

Não sei. Para o refeitório, acho. Depois lá para fora. Então talvez para aquele café do outro lado da rua.

Examinamos os rostos no refeitório, procurando pelos óculos de armação preta de Hally, buscando um vislumbre de seu cabelo longo e escuro em meio aos clientes e às pessoas que liam o jornal no café. Mas ela não estava em lugar algum. Quando saímos do café, a hora do almoço já passava da metade.

Vamos esperar perto da sala dela, propus. *Ela precisa voltar para lá alguma hora.*

Vamos nos atrasar.

Não me importo.

A professora da Hally nos lançou um olhar quando voltamos para a sala. Addie sentou-se em um lugar perto da porta, cruzando nossos braços sobre a carteira. Nós esperamos. E esperamos.

O sinal vai tocar, Eva.

Só mais um pouco, falei. *Ela vai chegar. Você vai ver.*

Mas ela não chegou. Os minutos passaram, longos e silenciosos. A professora de Hally pigarreou. Nós a ignoramos. Finalmente, Addie se levantou.

Addie, vamos ficar um pouco mais...

Mas Addie balançou a cabeça e apertou a saia, amarrotando o tecido entre os punhos. Dando passos cuidadosos e planejados, ela passou pela porta.

Ela não está aqui, Eva. Aquela professora provavelmente acha que somos loucas. E...

Pare, Addie.

Nós vamos embora, disse Addie. Não me importa o que...
Não... não. Pare. Olhe... É a Hally.

Addie congelou. Senti sua mente ficar em branco. Hally ainda não tinha nos visto. Ela estava perto de seu armário aberto, mexendo nos livros. Onde estivera? Por que não a havíamos encontrado? Isso não importava naquele momento.

Addie, fale alguma coisa.

Mas Addie não se mexeu.

É a Hally, Addie. Por favor. Fale.

Nossos pés ficaram colados ao chão, e os lábios, selados. Havia apenas alguns metros nos separando de Hally, mas parecia ser o mundo.

Addie, por mim.

Uma mão se fechou em torno de nosso coração. Addie deu um doloroso passo à frente.

— Hally? — chamou. Nossas mãos suadas agitavam-se nas laterais do corpo.

A cabeça de Addie levantou um pouco rápido demais, e seus lábios se contorceram para cima.

— Ah, oi, Addie — disse ela.

Addie a cumprimentou com um aceno de cabeça. Ela e Hally se olharam. Eu lutava contra minha impaciência. Se a pressionasse, poderia ser demais para seus nervos, que já estavam no limite. Mas se não o fizesse, talvez ela perdesse a coragem.

Vamos lá, Addie, supliquei. Vamos lá. Por favor.

— Eu... — disse Addie. — Eu... ahm... — Ela olhou em volta, certificando-se de que ninguém estava escutando. — Eva — começou ela, em uma voz tão baixa que temi que Hally não ouvisse. — Eva quer aprender.

Nossa voz sumiu. Addie nem estava mais inquieta, apenas olhava para a frente, sem encontrar o olhar de Hally.

— Ah, ótimo — sussurrou Hally. — Isso é ótimo, Addie. Simplesmente fantástico.

Addie lhe deu um sorriso rígido.

O sinal do final do almoço tocou. Hally pegou um último livro, depois fechou o armário com força. O sorriso iluminava seus olhos.

— Encontro você na porta da frente depois da aula, certo? — disse ela. — Vamos para a minha casa. Você vai conhecer Devon e Ryan direito. Vai ser ótimo. Prometo.

Ryan. O nome da segunda alma que habitava o corpo de Devon. Eu interiorizei aquela informação, outra parte daqueles últimos dias que eu simplesmente sabia que mudariam tudo.

— Está bem — conseguiu dizer Addie.

Alguns garotos vinham chegando pelo corredor, conversando e rindo. Addie continuou perto do armário de Hally, observando-a voltar para a sala. Mas quando Hally estava a ponto de entrar, ela se virou e voltou correndo. O grupo de garotos estava quase nos alcançando, mas Hally se inclinou e sussurrou com uma risada.

— Isso é fantástico, Addie. Mesmo. Você vai ver.

Dessa vez, Devon estava sentado à mesa da cozinha quando Hally abriu a porta. Ele tinha uma chave de fenda em uma das mãos e o que parecia ser uma pequena moeda preta na outra. Havia uma confusão de ferramentas espalhada pela mesa, formando um semicírculo ao redor dele como uma espécie de muro. Ele levantou os olhos quando aparecemos no vão da porta, então voltou para seu conserto depois de ter dado apenas um *olá* com a cabeça.

— Oi — disse Addie. Sua voz não tinha nem um pouco do entusiasmo que ela normalmente demonstrava quando conhecia alguém. Com outros garotos, ela conseguia forjar uma máscara de sorrisos e risadas. Ela nem parecia querer olhar aquele ali.

Por quê? Porque na verdade ele não era um garoto, mas dois? Porque escondidas dentro de seu corpo estavam almas gêmeas, aninhadas lado a lado?

Se fosse o caso, Addie desviava os olhos exatamente pelos mesmos motivos que eu queria olhar até memorizar os traços do rosto dele. Mas não era eu quem estava no controle.

— Quer um pouco de chá? — perguntou Hally. Ela havia entrado depressa depois de tirar os sapatos, e já estava a caminho da geladeira.

— Chá? — disse Addie.

— Sim. É bom. Juro.

Addie se curvou para desamarrar nossos sapatos, puxando os cadarços finos.

— Tudo bem, claro.

Ninguém disse nada sobre o porquê de estarmos ali. Addie ficou no vão da porta, com nossos braços cruzados e nossas mãos segurando os cotovelos.

E agora?

Eu não sabia. Olhamos Hally, mas ela estava ocupada demais remexendo os armários para perceber. Devon apertava alguma coisa em sua moeda, franzindo a testa. Era como se Addie e eu nem estivéssemos ali.

Finalmente, Hally se virou e riu.

— Bem, não fique parada aí, Addie. Venha, sente-se. — Ela apontou a cadeira em frente ao irmão. — Devon, converse com ela enquanto pego uma coisa lá em cima.

O garoto levantou uma sobrancelha sem sequer fitá-la.

— Mas ela não é sua convidada?

Hally revirou os olhos.

— Ignore-o — sussurrou ela quando passou por nós em direção à escada. — Ele é apenas mal-educado e antissocial.

— Ignore-a — disse Devon, ainda atento a... o que quer que estivesse fazendo. — Ela só está chateada por que Ryan desmontou sua maçaneta.

Hally fez uma careta para ele, depois saiu, deixando-nos sozinhas com Devon. Addie ainda não tinha se movido.

— Você pode se sentar, se quiser — disse ele, finalmente levantando a cabeça.

Addie assentiu e, depois de mais um instante de constrangimento, andou até a cadeira e sentou-se. Devon voltou a seu conserto e suas ferramentas. Os segundos passavam lentamente.

Diga alguma coisa, Addie. Pelo amor de tudo que é mais sagrado, você precisa dizer alguma coisa.

Consegue pensar em alguma coisa para dizer? disparou ela. Nosso corpo se contraiu, a irritação cintilou em nossos olhos e boca.

Devon levantou os olhos.

Ótimo, agora ele está olhando para nós. O que eu digo? Então, ahm...

Ele não falou nada. Não disse *Sim? Você quer me perguntar alguma coisa?* Só nos observou, com o rosto ainda meio inclinado em direção às próprias mãos.

Pense em alguma coisa, disse Addie. *Você queria falar, não é? Bem, pense em algo para dizer.* Ela se contorcia no silêncio. Quebrei a cabeça para pensar em alguma coisa, mas a irritação de Addie tornava isso difícil. Era como tentar ter ideias ao lado de um pássaro histérico.

Diga apenas que...

— Então você é mesmo o Devon agora ou eu deveria estar pensando em você como Ryan?

A pergunta irrompeu de nossos lábios, e não importou o quão rápido Addie tivesse tapado a boca, ela não podia retirar o que dissera. Eu estava chocada demais para falar.

Devon pareceu surpreso. Ou *era* Ryan? Não, não podia ser; ele tinha acabado de falar de Ryan. O garoto franziu a testa, parecendo mais confuso do que zangado.

— Não, eu sou o Devon. Mas se você preferir o Ryan, podemos...

— Não — disse Addie, recostando-se. — Não, assim está bom, obrigada.

A frieza dela apagou a discreta perplexidade do rosto de Devon, que assumiu novamente uma expressão vazia. Ele balançou a cabeça e voltou para o conserto. O silêncio reinou, quebrado apenas pelo clique da chave de fenda quando a mão dele escorregava.

Isso foi esperto, falei. *Fazê-lo odiar a gente. Sempre um bom plano.*

O calor subiu ao nosso rosto.

Você quer que eu vá embora, Eva? Porque eu vou. Agora.

Eu me calei. Uma parede caiu entre mim e Addie, selando as emoções dela em sua metade de nossa mente. Mas ela não foi rápida o bastante. Eu tinha sentido o fio de culpa.

A chaleira começou a chiar.

— Estou indo — gritou Hally, descendo a escada. Ela deslizou até parar na bancada da cozinha e estendeu a mão para desligar o fogo. O apito da chaleira transformou-se em um assobio baixo, depois em silêncio. Houve alguns momentos de quietude, interrompidos apenas pelo tilintar de canecas e do que provavelmente era uma colher.

Addie desviou nossos olhos das mãos de Devon.

— Que tipo de chá é esse?

— Ah, ahm, um que o meu pai compra. Esqueci o nome — disse Hally. Ela se inclinou sobre uma das canecas, deslizando a colher contra a borda para que não pingasse, então levou as canecas fumegantes para a mesa.

— Coloquei um pouco de leite frio, então não está tão quente. Experimente. É bom.

Ela observou Addie tomar um gole. Poucas vezes tínhamos tomado chá quente antes. Aquele era mais doce do que eu esperava, leitoso e condimentado.

— Lissa está obcecada por chá neste momento — disse Devon. — Há um mês, eram aqueles canivetes ornamentados.

Lissa. Ela era Lissa agora? Addie olhou de esguelha para a garota sentada perto de nós, mas claro que ela parecia ser exatamente a mesma. Mesmo cabelo escuro, mesmas covinhas, mesmos olhos castanhos. Eu não conhecia Lissa e Hally bem o bastante para distingui-las.

— Não estou obcecada — discordou Lissa, tomando um longo gole da própria caneca. — E eu ainda colecionaria canivetes se a mamãe deixasse.

— O chá é bom mesmo — disse Addie em voz baixa.

Lissa sorriu para nós. Um sorriso luminoso e ávido demais.

— É mesmo, não é?

O momento se arrastou. Addie brincava com a alça de sua caneca. Mesmo através da parede em nossa mente, eu conseguia sentir a tensão se acumulando. Ela vazava pelas frestas como vapor.

— Por que eu? — perguntou ela.

Tanto Lissa quanto Devon levantaram os olhos, ela de seu chá, ele de suas ferramentas. A força de seus olhares, idênticos em diversos aspectos, fez com que Addie hesitasse, mas ela perseverou.

— Por que me escolheram? Como vocês... Como sabiam que eu era diferente?

Lissa falou lentamente, como se pesasse cada palavra.

— Lembra quando, em setembro, você deixou cair sua bandeja do almoço?

Claro que lembrávamos. Estávamos discutindo sobre alguma coisa, gritando uma com a outra em nossa mente, quando o mundo exterior desaparecera. O refeitório tinha ficado em silêncio enquanto a bandeja escorregava de nossas mãos e se espatifava no chão, purê de batatas e leite indo pelos ares.

— Às vezes parecia que você estava falando com alguém, sabe? Como se houvesse alguém lá, brigando. — Lissa fez uma pausa. — Não sei. Talvez fosse só uma intuição. — Ela nos lançou um sorriso hesitante. — Uma afinidade?

Addie não retribuiu o sorriso.

— Enfim — continuou Lissa, rapidamente. — Pedimos a Devon para verificar seus arquivos, e eles diziam que você não tinha se definido até os 12 anos. Era uma pista importante de que havia alguma coisa.

Addie se inclinou sobre nosso chá. O vapor suave e doce acalmou nossos nervos exauridos.

— Então você sabia. Simples assim.

— Como assim? — perguntou Lissa.

— Estava tão óbvio que eu era diferente?

— Bem, nem todo mundo poderia ter invadido seus arquivos escolares, então...

— É tão errado assim? — perguntou Devon. Sua voz estava baixa. Ele finalmente tinha largado a chave de fenda, e sua atenção estava completamente focada em nós. — Ser diferente dos outros?

— Você está parecendo um filme ruim da Sessão da Tarde — comentou Addie, rindo, embora nossos dedos se contraíssem em torno da caneca. Ela satirizou, fazendo uma voz de jovial alegria. — *Ser diferente é legal.*

— Não é? — perguntou ele.

— Não desse jeito.

— Mas você veio mesmo assim — disse ele.

Addie ficou quieta. Então falou, hesitante:

— Eva quis vir.

A expressão de Devon não se alterou, mas Lissa sorriu.

— Eu... — Addie franziu a testa. Nossa cabeça estava estranha. Pesada. Confusa. Um pouco tonta. Ela empurrou a caneca, mas o chá não estava soltando *tanto* vapor, então não podia ser isso. — Eu, ahn... eu acho...

Nós oscilamos.

Eva? gritou Addie. Uma palavra solitária e assustada.

Então ela se foi.

Escuridão. Caímos para a frente, batendo a têmpora *com força* contra a mesa.

Eu gritei:

Addie? ADDIE?

Nada.

Não era apenas o silêncio. Era o vazio, a ausência de... de *tudo* no lugar onde Addie deveria estar. Mesmo quando ignorávamos uma a outra, mesmo quando Addie fazia absolutamente tudo o que podia para esconder suas emoções, eu conseguia sentir a parede que ela erguia. Não havia parede agora. Havia um vácuo.

Fui tomada por um enjoo.

— Tire a caneca daí. Graças a Deus, Addie não bateu de cara nela.

— Ela mesma a empurrou. Foi como se soubesse...

— Bom, você estava sendo tão óbvia que eu achei surpreendente ela sequer ter bebido um pouco.

As vozes se desvaneceram em murmúrios. Eu esmiuçava a escuridão o mais fundo que me atrevia, procurando freneticamente por sinais de Addie. O calor de sua presença, de seus pensamentos, tinha sumido. Não havia nada que provasse que ela já tinha existido.

Nosso corpo estava inacreditavelmente vazio. Oco. Grande demais. Claro que estava grande demais. Nosso corpo sempre comportara duas. Agora havia apenas uma.

— Eva?

Sim?, gritei.

— Consegue nos ouvir, Eva? — disse Lissa.

Sim! Sim, eu consigo ouvir vocês. Onde está Addie? O que aconteceu com ela?

Mas é claro que eles não ouviram nada.

— Vamos deitá-la primeiro — disse Devon. — Vou levá-la.

Mãos agarraram nossos braços e nos inclinaram para trás. Alguém afastou nossa cadeira da mesa. Então mais mãos, agora ao redor de nossa cintura. Finalmente, fomos erguidas no ar, sendo lentamente carregadas para um destino desconhecido.

E eu, presa dentro daquele corpo que era e não era meu, não podia sequer dizer uma palavra em voz alta.

Para onde estavam nos levando? Será que aquilo tinha sido um truque? Uma armadilha? Será que era assim que o governo encontrava híbridos que tinham escapado à institucionalização? Fingindo que eles tinham amigos, que existiam pessoas que entendiam? Fazendo-os sentir que não estavam sozinhos e depois os capturando quando estivessem vulneráveis? Havíamos caído direitinho. Ou eu tinha, e arrastara Addie comigo.

Eu havia sido tão idiota. Tão crédula. Estava tão desesperada para acreditar que poderia me movimentar outra vez.

— Pode pegar aquele travesseiro, Lissa? Aquele... E colocar aqui...

Senti algo macio e sólido sob nós. As mãos nos soltaram. Então eles não estavam nos levando para fora da casa. Talvez não estivessem planejando nos sequestrar. Eu sequer senti algo que se parecesse com alívio, só um pouco menos de enjoo.

Addie, falei. *Addie, o que eles fizeram conosco?*

— Eva? — Era Devon. — Eva, ouça.

Eu estava ouvindo. Estava ouvindo, mas eles não tinham como saber, porque Addie não estava ali para lhes dizer.

— Eva, se você está nervosa, precisa parar. Você tem de nos ouvir. Addie está bem. Ela só está... dormindo agora por causa do remédio. Achamos que ela não o tomaria se soubesse...

Eles tinham nos drogado. Eles tinham mesmo nos drogado. Um lampejo de raiva passou através de mim, chamuscando um pouco do medo.

— Eva, você consegue se mover?

Claro que eu não conseguia me mover.

— O remédio vai ajudar, Eva — disse Lissa. — Tente movimentar os dedos.

Eu tentei. Tentei como tentava havia anos... Se conseguisse, ao menos poderia dar o fora dali. Nada aconteceu. Eu estava em uma prisão morta de pele e ossos, algemada a membros que não podia controlar. Que tipo de plano era aquele? Eles estavam tentando nos ajudar? *Assim?*

Addie, falei. *Por favor, Addie, acorde.*

Uma mão envolveu a minha, e eu não consegui me desviar.

— Eva — disse alguém. — Eva, aqui é o Ryan.

Ryan. Era a voz de Devon, mas era também a de Ryan, assim como a voz de Addie também era minha. Tinha sido minha.

— Ainda não nos conhecemos de verdade, mas vamos nos conhecer. Agora precisamos apenas que você tente mover seus dedos. Mova os dedos da mão que estou segurando.

A pressão suave na palma de nossa mão direita me orientou. Fiz mentalmente o caminho até as pontas de nossos dedos. Então tentei dobrá-los novamente. Tentei. Tentei mesmo.

— Já faz anos, eu sei — disse Ryan. — Já faz muito tempo, mas não tempo demais. Você ainda consegue, Eva.

Não consigo, falei. *Não consigo. Não consigo. Não assim.*

Não sozinha no escuro desse jeito.

— Eva, você ainda está tentando?

Sim, falei, quase chorando. *Sim. Sim.*

— Eu sei que é difícil — disse ele.

Sabe? Minha voz reverberava aguda, vinda do abismo que tinha engolido Addie. *Você já ficou assim? Drogado e sozinho?*

Ele não ouvia, portanto não podia responder. Então uma nova voz atravessou a escuridão. Lissa? Hally?

— Eva, confie em nós.

Confiar neles!

— O efeito do remédio vai passar logo — disse ela. — Então, por favor, por favor, tente.

Eu tentei. Fiquei ali deitada no escuro ouvindo-os falar comigo e tentei pelo que pareceram horas. Finalmente, exausta e a ponto de gritar, parei.

— Isso mesmo — disse Lissa. — Muito bem. Continue assim.

— Você quase conseguiu — falou Ryan. Ele disse isso pelo menos dez vezes.

Não, falei, enfurecida. *Não cheguei nem perto.*

Não conseguia fazer aquilo. Não era forte o bastante, não era boa o bastante, não era resistente o bastante. Já tinha passado tempo demais. E Addie... Addie tinha partido. Eu não conseguia fazer aquilo sem ela.

Durante muito tempo sonhara em conseguir me movimentar outra vez, e cada fantasia tinha tanto gosto de desejo quanto de terror. Mas eu nunca imaginara que ficaria sozinha dessa maneira. Que aconteceria assim.

— Vamos lá, Eva.

Não. Não...

— Você consegue.

Calem a boca. Calem a boca, calem a boca, *calem a boca.* Eu não consigo. Eu não cons...

— Eva...

— Não consigo!

Silêncio.

— Eva — ofegou Lissa. — Eva, era você?

Eu?

Ah.

Ah.

— Ryan, você ouviu isso? Você a ouviu?

Minha cabeça girava.

— Consegue fazer de novo? — perguntou Ryan.

Eu tinha falado. Tinha formado palavras, movido nossos lábios e língua e *falado.*

Eles tinham ouvido minha voz.

Addie? falei. *Addie, eu falei. Eu falei.*

Lá do fundo do abismo, um pulso.

Addie?

Novamente o pulso. Então veio a sensação de uma respiração. Um fio de algo leve e insubstancial como a neblina do amanhecer.

Eva, disse o sussurro, morno e assustado. *Eva?*

Então ela estava de volta, com os olhos turvos, fraca e confusa, mas de volta, de volta, de volta, preenchendo aquele terrível buraco dentro de nós. Tornando-nos completas outra vez. Tornando-nos o que deveríamos ser.

Eva, ela. *O que aconteceu?*

Shh, sussurrei. Eu estava rindo, quase chorando de alívio. *Shh, está tudo bem, nós estamos bem. Não se preocupe. Não se preocupe.*

Ela acreditou em mim. Manteve nossos olhos fechados e foi relaxando aos poucos.

Eva, murmurou ela. *Tive um sonho muito estranho. Você também teve?*

Capítulo 7

Cinco minutos depois de acordar, Addie ainda estava atordoada, oscilando quando tentava se sentar. Parecia que se movimentava pelo mel, cada um de seus membros lento e pesado.

Eu... eu não consigo levantar nosso braço, disse ela. Agora podíamos ver Lissa e Ryan, ambos agachados perto do sofá. Eles continuavam falando, e suas palavras passavam por nós, mas quase não eram absorvidas. Addie não estava ouvindo absolutamente nada. Eu ouvia o suficiente para saber que o efeito da droga demoraria um pouco mais para passar completamente.

Não se preocupe, falei. *Daqui a pouco vai estar tudo bem.*

Foi o chá, não foi? perguntou ela.

Perguntou. Eu não lhe dizia nada que ela não perguntasse. Não contei o que havia acontecido enquanto ela estava dormindo. Não contei que eu tinha falado.

Não acho que ela estivesse pronta para saber.

Addie se fortaleceu, sua presença menos tênue a meu lado. Ela não parava de piscar, como alguém que tenta afastar um sonho.

— Addie? — chamou Lissa. Ela estendeu a mão para nós, mas a retraiu no último instante. — Você está bem?

Addie se sobressaltou, como se a estivesse notando pela primeira vez.

— Você... você me drogou. — Suas palavras estavam empastadas.

Os irmãos se entreolharam

— Foi preciso — disse Lissa. — É muito mais fácil com a droga...

— O que é mais fácil? — perguntou Addie.

Outro olhar foi trocado entre Ryan e Lissa. O sofá era sólido contra nossas costas. Nossos dedos se enfiavam no tecido rígido.

— Eva não contou? — perguntou Ryan.

A expressão confusa de Addie se aprofundou.

— Como Eva poderia saber?

— Bem... — Lissa puxou um cacho de seu cabelo, enrolando-o no dedo. — Eva estava acordada, não é?

— Claro que não — disse Addie. — Isso não é pos...

Eu estava, falei.

O resto da frase de Addie se alojou em nossa garganta. A respiração doía ao passar por ela.

O quê?

Eu hesitei. Lissa e Ryan nos observavam, estudando nosso rosto. Mas eu sabia que Addie não estava prestando a mínima atenção.

Eu estava acordada, falei.

Mas... Addie vacilou. *Como?*

Não sei. Foi o efeito da droga. Eles fizeram você dormir, mas eu... eu fiquei acordada, Addie.

Silêncio atordoado. A perplexidade dela rodopiava luminosa e desenfreada ao meu redor.

Mas, disse ela. *Mas... não, isso é...*

E eu falei, continuei, incapaz de aguentar mais tempo. O simples fato de saber aquilo parecia impulsionar nossos ossos. *Eu falei, Addie. Quando você estava dormindo.*

Ah, disse ela. Então repetiu, com mais suavidade. *Ah.*

— Addie? — chamou Lissa. Seus dedos pairavam sobre nosso braço.

Addie levantou os olhos. Nossos lábios se entreabriram. Então o som veio, áspero e crepitante.

— Eva falou?

Lissa sorriu.

— Falou.

Addie ficou com os olhos fixos. Não falava, nem mesmo comigo. Imitei seu silêncio. Não sabia o que dizer. Então, repentinamente, ela tentou ficar de pé. Nossas pernas estavam frágeis demais para suportar nosso peso.

— Eu... eu vou para casa.

Lissa pegou nosso braço, e cambaleamos.

— Não, Addie, fique. Por favor, fique.

— Espere um pouco mais. Eu acompanho você até em casa — disse Ryan. Addie olhou para ele. Percebi que ela nem sequer sabia que ele era Ryan. Achava que ainda era Devon.

— Estou bem — respondeu. Ela se desvencilhou de Lissa e andou como uma sonâmbula em direção à cozinha. Eles correram atrás de nós, os pés batendo contra o piso de madeira.

— Eu vou com você — gritou Lissa. — Só espere um segundo, Addie. Eu...

Addie não pareceu ter ouvido.

Talvez devêssemos deixar alguém nos acompanhar até em casa, falei em um tom baixo quando cambaleamos e precisamos nos segurar na bancada. Addie não respondeu. Não toquei mais no assunto.

Ela enfiou os pés nos sapatos sem amarrar os cadarços. Mas quando foi pegar nossa mochila, Ryan já a segurava. Ele fez um gesto com a cabeça, sugerindo que passássemos pela porta primeiro.

— Eu vou, Ryan — disse Lissa. — Eu posso ir...

Não sei como a discussão terminou. Não consegui ouvir porque Addie já tinha ultrapassado a soleira da porta, nossos cadarços estalando enquanto andávamos. Ouvi a porta se fechar atrás de nós, e em seguida, uma voz perto de nosso ouvido.

— Você deveria amarrar seus cadarços ou vai tropeçar neles.

Addie se curvou e os amarrou. Nossos dedos se atrapalharam. Quando nos levantamos outra vez, Ryan nos observava.

— Vamos, deixe disso — disse ele, gentilmente. — Não sei onde você mora, então vai precisar mostrar o caminho.

Eles andaram os primeiros dois quarteirões em silêncio, os mosquitos atacando com força total. A umidade dava a impressão de que atravessavam lençóis de chuva suspensa. O céu parecia saído de um livro de fotografias, de um azul primavera-verão tão perfeito que doía olhar.

Eu não sabia no que Addie estava pensando. Sua mente estava vazia, suas emoções, guardadas. Os poucos carros na rua passavam por nós como se não existíssemos. Eles não sabiam quem éramos. O que tínhamos feito.

O que eu tinha feito. Falado.

Eu tinha *falado*.

— O que ela disse?

— O quê? — indagou Ryan, virando o rosto para nós.

Addie precisou de um momento para repetir.

— O que ela disse?

— Quem, Eva? — perguntou ele.

Ela assentiu.

Ryan franziu a testa.

— Como assim?

Ele não entendia por que Addie estava perguntando a ele e não a mim. Eu também não sabia. Não achava que Addie soubesse.

— Quero saber o que Eva disse enquanto eu estava dormindo — falou Addie. Nossa voz estava baixa, quase rouca.

Ele ficou quieto por um instante antes de responder.

— Ela disse "não consigo". — Ryan alterou a voz nas duas últimas palavras para mostrar que eram minhas

— Não consegue o quê?

— Por que você não pergunta a ela? — questionou ele.

Addie não respondeu. Ryan desviou os olhos outra vez, mas falou:

— Você ficou feliz? Por ela ter falado?

— *Feliz?* — disse Addie. Ryan parou de andar. Nossos olhos se voltaram para o chão. — Feliz — repetiu Addie, com mais suavidade. O ar morno e úmido engoliu nossa voz.

— Tudo bem — falou Ryan. — Não tem problema se não ficou. — Lentamente, Addie levantou os olhos e encontrou os dele. — Acho que ela entende se você não estiver feliz — concluiu.

Eles começaram a andar de novo, sem pressa mesmo no calor, embora os mosquitos atacassem com avidez. Não era um bom dia para fazer coisas como andar rápido.

Pouco a pouco, nossa casa ficou visível. Compacta, bege, com telhado preto de madeira e uma fileira de roseiras esparsas; uma das poucas casas que conseguimos pagar quando nossos pais decidiram se mudar. Nosso quarto era menor do que o que anterior, e mamãe não gostava da disposição da cozinha. Contudo, as reclamações foram reduzidas ao mínimo quando entramos ali pela primeira vez. Podíamos ser novas, mas não a ponto de não entendermos que os médicos eram caros e que os subsídios do governo só ajudavam até certo ponto.

Logo chegamos ao jardim. As luzes suaves da cozinha brilhavam através das cortinas com estampa de morangos.

— Aqui estamos — disse Ryan, entregando nossa mochila. Addie olhou para ela como se tivesse esquecido que era nossa, então assentiu e a pegou antes de se virar e começar a andar em direção à casa. — Vejo você depois, Addie — falou ele.

Ryan tinha parado no limite de nosso jardim, deixando Addie andar sozinha a pequena distância até a porta. Talvez houvesse uma pergunta enterrada nas palavras dele. Ou podia ter sido apenas um ato reflexo, uma despedida sem importância que as pessoas passam adiante. Eu não tinha certeza.

Addie assentiu. Não olhou para ele.

— Certo, até mais.

Ela estava limpando nossos sapatos no tapete de boas-vindas quando ele acrescentou:

— Tchau, Eva.

Addie ficou imóvel. O ar cheirava a rosas mortas.

Tchau, sussurrei.

Nossa mão congelou na maçaneta. Lentamente, Addie virou-se.

— Ela falou "tchau" — disse ela.

Ryan sorriu antes de se afastar lentamente.

Depois daquele dia, Addie e Hally passaram a ir juntas para a casa dela todas as tardes depois da aula. Addie não bebia mais o chá; estava muito calor naqueles dias. Então Hally dissolvia o pó branco e fino em água com açúcar, o que mascarava o gosto amargo.

Addie e eu não falávamos sobre essas sessões. Eu dizia a mim mesma que ela não tocava no assunto porque não queria brincar com a sorte. Addie estava arriscando tudo ao concordar em ir. O que mais eu podia pedir? Porém, para ser honesta, eu estava com medo. Com medo de ouvir o que ela poderia ter a dizer, de ouvir o que ela realmente sentia.

Hally e Addie também não falavam muito, embora não fosse por falta de tentativa da parte de Hally. Addie interrompia todas possíveis conversas desviando os olhos e dando respostas monossilábicas. Mas, a não ser que precisássemos ficar de babá à tarde, Addie também nunca faltava aos encontros. Suas amigas a convidavam para ir às compras ou ao cinema, mas ela só sugeriu que não fôssemos à casa dos Mullan uma vez.

— Preciso ir à casa de uma pessoa hoje — dissera Hally enquanto enfiava coisas na mochila naquela tarde em especial. — Temos um projeto para...

Addie hesitou.

— Então amanhã.

— Não, espere — disse Hally. Ela sorriu. — Não vou demorar. Meia hora no máximo, está bem?

Eu não disse nada. Addie não encarou Hally. Ela fixou os olhos nas marcas meio apagadas de giz no quadro-negro, nos rabiscos no tampo das carteiras gastas, nas cadeiras de plástico tortas.

— Devon vai acompanhar você... — Hally começou a dizer, mas Addie a interrompeu.

— Eu lembro o caminho até sua casa.

— Ah — disse Hally, e riu, o que deveria ter diminuído a tensão, mas só evidenciou o silêncio que se seguiu. Ela jogou a mochila sobre o ombro com o sorriso inabalável, mas os olhos piscavam um pouco mais rápido que o habitual. — Meia hora no máximo — repetiu. — Devon sabe onde está o remédio. E ele vai cuidar para que nada aconteça com a Eva enquanto você estiver dormindo.

De uma forma ou de outra, Addie acabou indo para casa com Devon, pois esbarramos com ele na porta da escola. Provavelmente foram os dez minutos mais desconfortáveis que eu poderia ter imaginado. Ele não falou com Addie. Ela não olhou para ele. O calor fazia os dois suarem, tornando pior uma situação que já era desconfortável, e o alívio foi maior do que o habitual quando chegaram à fresca e arejada casa dos Mullan, onde Addie engoliu a água com a droga e deitou para esperar adormecer.

Eu ainda ficava enjoada ao senti-la ser arrancada de mim, mas conseguia me manter cada vez mais calma. Ela voltaria. Era mais fácil agora que eu sabia disso, que os efeitos da droga duravam uma hora no máximo e às vezes apenas uns vinte minutos.

Devon estava sentado à mesa quando Addie foi se deitar, mas cerca de dez minutos depois que ela desaparecera, meu nome veio flutuando pela escuridão.

— Eva?

Ele dizia meu nome como um segredo. Como uma senha, um código sussurrado através de portas fechadas.

Sim?, falei, embora ele não conseguisse ouvir. Só havia a escuridão e o sofá macio sob Addie e eu. Sentia os sulcos do tecido sob as pontas de nossos dedos, a fibra texturizada contra a palma de nossa mão.

Senti o calor da palma da mão dele nas costas de nossa mão, a pressão de seus dedos, o roçar de seu dedão contra nosso pulso.

— É o Ryan — disse ele. — Achei que... que você gostaria de saber que tinha alguém aqui.

Tentei falar. Concentrei-me em nossos lábios, nossa língua, nossa garganta. Tentei formar "obrigada" com uma boca que me pertencia embora não quisesse me obedecer. Mas pareceu que eu não conseguiria falar naquele dia.

Então me concentrei na mão de Ryan, o que era mais fácil. Ele tinha colocado a palma da mão sobre nossos dedos e enfiado os seus sob nossa mão. Fechei os dedos em volta dos dele e apertei o mais forte que pude, o que não era quase nada.

Percebi que estava me expressando da melhor forma que conseguia.

Mas a ideia de um dia conseguir reagir a ele, de me sentar, rir e conversar com ele como qualquer outra pessoa teria feito aumentou minha sempre crescente lista de razões para continuar indo à casa dos Mullan. Para continuar lutando, não importasse o preço.

Capítulo 8

Os dias passaram. Depois uma semana. Então outra e mais outra. Antes eu contava minha vida em finais de semana, idas ao cinema ou sessões de diálise de Lyle. Marcava os dias com tarefas ou trabalhos como babá. Agora eu controlava minha vida pelos progressos que fazia deitada em um sofá com Ryan ou Devon, Hally ou Lissa. O número de palavras que conseguia falar. Os dedos que conseguia mover.

E pela primeira vez, minha mente se enchia de memórias que eram só minhas. Meu primeiro sorriso quando Hally sussurrou para mim todas as coisas loucas e idiotas em que tinha metido o irmão quando eram pequenos. Minha primeira risada, que deixou Lissa tão assustada que ela se retraiu antes de rir também. E até mesmo nos dias em que todo o meu progresso parecia retroceder e eu ficava deitada muda e paralisada no sofá, presa na escuridão por trás das pálpebras, eu tinha alguém a meu lado, falando comigo, contando histórias.

Soube que a família Mullan tinha se mudado para Lupside um ano antes de mim e Addie, quando a mãe deles trocara de emprego. Que Ryan sentia falta de sua antiga casa porque tinha passado doze anos lá e conhecia a posição de cada livro na biblioteca, o rangido de cada passo na escadaria curva. Que Hally não sentia falta de lá porque quase não tinham vizinhos, e os que tinham eram detestáveis. Mas que eles dois guardavam boas lembranças dos campos que ficavam atrás da casa e da infância passada correndo neles, fingindo estar em qualquer lugar que não ali.

Eu me lembro com perfeita clareza da primeira vez em que abri nossos olhos.

Hally gritou, depois se levantou para chamar Devon.

— Olhe! — gritara ela. — Olhe!

— Eva? — dissera Devon. Mas não era Devon.

Foi a primeira vez que os vi se alternando; vi Ryan emergindo e olhando para mim. Não conseguia sequer deslocar nosso olhar, sorrir ou rir, apenas olhar para o rosto dele. Estava tão próximo que eu conseguia distinguir cada um de seus cílios, longos, escuros e curvados como os de Hally.

Eu me lembro dessa imagem dele, sorrindo com apenas um dos cantos da boca, o cabelo úmido e mais encaracolado que o normal por causa da chuva daquela tarde. Na verdade, este havia sido meu primeiro vislumbre dele, porque raramente o víamos na escola, e mesmo quando isso acontecia, Devon parecia estar sempre no controle. Ele revirou os olhos levemente quando Hally o empurrou para o lado, de forma que fiquei olhando para ela.

— Logo — disse Hally, sorrindo. — Você vai estar dando piruetas.

Em momentos como aquele, eu acreditava nela. Em outros, não tinha tanta certeza.

— Não se preocupe com isso — disse Ryan, certa tarde. Hally e Lissa tinham saído outra vez naquele dia. Ela parecia estar nos deixando com Ryan cada vez mais, e Addie tinha parado de perguntar onde elas estavam. Eu não me importava. Gostava daquele garoto que puxava uma cadeira para perto do sofá, que conversava comigo sobre instalações elétricas e voltagem e que depois ria, dizendo que provavelmente eu estava morrendo de tédio, e que tudo aquilo era um incentivo para eu recobrar o controle das pernas e poder fugir.

E se o controle nunca voltar?, perguntei. Eu conversava muito com ele e Lissa dessa forma, sabendo que não conseguiam ouvir, mas falando mesmo assim. Às vezes eles mantinham conversas unilaterais por mais de uma hora. O mínimo que eu podia fazer em troca era falar também, mesmo que eles não ouvissem.

Ryan colocou a cadeira mais para perto.

— Devon e eu nunca nos definimos de verdade. Durante alguns meses, quando tínhamos 5 ou 6 anos, minha força diminuiu cada vez mais. Todos tinham certeza de que em nosso sétimo aniversário eu já teria desaparecido. — Seus lábios se contraíram em um sorriso. — Mas eu voltei. Não sei exatamente como. Lembro-me de resistir àquilo, de Devon resistir e... não sei. Nossos pais nunca contaram a ninguém. Você lembra que nossa mãe trabalha no hospital?

Eu lembrava. Era de lá que vinha todo aquele remédio, roubado em um dia que Hally tinha ido para o trabalho com a mãe. Addie mal conseguira evitar estremecer quando descobriu.

— Ela tem algum conhecimento sobre essas coisas. Achou que talvez fôssemos apenas atrasados ou algo do tipo. Ou, pelo menos, era o que esperava. Mas ela nunca relatou e cuidou para que escondêssemos aquilo. Ela *nos* escondeu. Donvale, onde morávamos antes, é um lugar pequeno e rural, então é fácil se manter isolado. Nosso pai nos dava aulas em casa no primeiro e no segundo anos para que não ficássemos muito em público naquela época, quando todos estavam recém-definidos. Nossos pais tinham medo, sabe?

Precisei de toda a minha força, toda a força e concentração, mas consegui forçar nossos lábios e língua a formar uma palavra:

— *Sim.*

E naquela palavra tentei transmitir tudo.

Ryan sorriu, como sempre fazia quando eu falava, mesmo quando eram apenas algumas sílabas. Mas seu sorriso logo desapareceu.

— Os funcionários do governo não teriam sido tolerantes em relação ao prazo... não conosco.

Eu estava dividida entre o horror e a inveja. Se você soubesse que seu filho está doente, que não está se desenvolvendo normalmente, como deixaria de levá-lo ao médico? Como não se preocupar?

— Mas, obviamente, *não* frequentar a escola normal estava atraindo mais atenção do que o contrário. Nossa mãe achou que Devon mostrava sinais de dominância, então quando finalmente nos registrou, colocou apenas o nome dele. Apenas finjam, dissera ela. Já tínhamos aprendido como isso era importante.

Eu o fitei, desejando ter as palavras e a força para dizer que sabia exatamente do que ele estava falando. Sobre a curiosidade ostensiva e o medo crescente que Addie e eu tínhamos enfrentado no playground.

Mas Ryan sabia disso, assim como sabia que todos que viam seus traços se lembravam das fotos nos livros de história, dos estrangeiros que precisávamos manter afastados a todo custo a fim de conservar nosso país seguro.

— Então nós fingimos. — Ryan deu de ombros. — E continuamos fingindo. Hally e Lissa tinham 7 anos na época, e também não mostravam nenhum sinal de definição. — Ele riu. — Acho que mamãe e papai ficaram um pouco mais preocupados na segunda vez. É meio difícil manter Hally escondida.

E o que eles fizeram?

— Hally sempre foi a mais espalhafatosa, então inscreveram o nome dela na escola — disse ele, como se conseguisse adivinhar o que eu queria saber só de olhar para mim. — Ela fingia tão bem que começamos a fingir que ela era dominante até mesmo para nossos pais. Eles ficaram muito aliviados. E agora... bem, não falamos mais sobre isso. — Ele deu um sorriso irônico. — Todos nós sabemos fingir muito bem, e acho que nossos pais pensam que somos normais. Ou pelo menos é o que dizem a si mesmos.

Ryan remexia seu último projeto nas mãos, uma lanterna que não precisava de baterias; funcionava à corda como um relógio.

Ele guardava muitas coisas no porão: toca-fitas ligados a alto-falantes, computadores que ele tinha construído e outros que tinha desmontado, e até mesmo câmeras dissecadas. Prometera me mostrar algum dia, quando eu conseguisse me mover.

— Eu não sabia se encontraríamos mais alguém — disse Ryan. — E mesmo se encontrássemos, eu não sabia... não sabia se seria seguro. Tentar... ser... — Ele fez uma pausa. — Hally queria muito. Mais do que todos nós. Ela simplesmente precisava conhecer outros, sabe? Estar entre outras pessoas como nós. Mas eu pensei... Devon e eu pensamos que seria perigoso demais sequer tentar. Ela demorou alguns meses para nos convencer. — Ele olhou para mim, então voltou os olhos para a lanterna. — Mas estou feliz que ela tenha nos convencido.

Eu também, tive vontade de dizer. Provavelmente teria conseguido. Poderia ter dito, mas por algum motivo isso não parecia o bastante. Porque se Hally não tivesse parado Addie no corredor aquele dia; se não tivesse insistido para irmos a sua casa depois da enchente no museu; se Devon não tivesse concordado em invadir os arquivos da escola; se Lissa não tivesse obrigado Addie a ouvi-la; ou se várias outras pequenas coisas não tivessem acontecido, provavelmente minha existência continuaria baseada em finais de semana e cuidar de crianças. Eu continuaria sendo nada além de um fantasma assombrando a vida de Addie.

— Eva? — chamou Ryan.

Levantei os olhos, ligando os nossos aos dele. Era muito estranho ver como seu rosto ficava diferente quando Ryan, e não Devon, estava no controle. Ele tinha um sorriso que me deixava ansiosa para retribuir.

— Sim? — falei novamente. Foi um pouco mais fácil na segunda vez, como tocar uma música em um instrumento depois de treinar.

Ele levou um instante para responder. Franziu a testa, e isso escureceu seus olhos. Por um instante, temi que eles tivessem se alternado. Devon quase não falava comigo. Se Ryan se alternasse com o irmão naquele momento, seria o fim da conversa, e eu ficaria deitada no sofá sozinha até Addie acordar. Mas Ryan continuou ali, embora suas palavras seguintes tenham sido hesitantes e tensas.

— Você já se perguntou o que acontece com as crianças que são levadas?

Eu simplesmente olhei para ele. Sua expressão ficou mais tensa, e a boca se abriu e se fechou sem dizer uma palavra.

Então ele falou:

— Já se perguntou quantos híbridos realmente existem por aí...

O rosto dele desviou do nosso e ficou rígido. Então ele sumiu. Devon voltou o corpo em direção à parede.

— Enfim — disse ele calmamente. — Você ainda não consegue responder.

Hally chegou em casa nesse momento, e Devon foi para o andar de cima. Não havia como chamá-lo nem como falar com Ryan outra vez.

Os dias e as semanas passavam. Eu me fortalecia lentamente, ainda muda e colada ao sofá com exceção de fragmentos de frases que ficavam cada vez mais longos. Mas logo eu já era capaz de abrir nossos olhos regularmente e mexer os dedos das mãos e dos pés. A primeira vez que levantei a mão uns 15 centímetros, Hally gritou e bateu palmas.

Quando eu não estava preocupada em recuperar o controle de nosso corpo muito devagar, temia recuperá-lo depressa demais. Estávamos indo rápido demais para Addie? Às vezes, Lissa ou Hally contavam a ela o tipo de progresso que eu tinha feito no dia. Addie nunca falava muito, apenas fazia um aceno com a cabeça e pegava nossa mochila para ir embora.

Era inevitável me sentir oca.

Capítulo 9

Addie se livrou do uniforme o mais rápido que pôde, pegando um short antes de tirar a saia. Mesmo assim, Lyle estava batendo na porta de nosso quarto antes de terminarmos de nos vestir.

— A mamãe disse para ir *logo*, Addie. Vamos nos *atrasar*.

Eu tinha sugerido que não fôssemos à casa de Hally naquele dia para ir à cidade. Dar um tempo do remédio e do sono forçado. Talvez Addie precisasse de um dia de folga de tudo aquilo. Estávamos guardando um dos maiores segredos que alguém podia guardar. Estávamos nos despojando de anos de orientação pedagógica e de consultas médicas, indo contra tudo que tínhamos aprendido sobre definição.

E era inevitável pensar que um dia podíamos nos arrepender daquilo. Eu tinha feito tudo o que podia para convencer Addie a ir à casa dos Mullan porque temia me arrepender de não ter ido. Mas esse caminho estava longe de ser seguro. Mesmo que nunca fôssemos descobertas, como Addie e eu viveríamos à medida que eu me fortalecesse cada vez mais? Será que no final nos destruiríamos como afirmavam os médicos? Os irmãos Mullan pareciam estar indo bem, mas... nunca se sabe.

Era natural que ela estivesse apreensiva. Que *eu* estivesse apreensiva, mesmo enquanto reaprendia a sorrir. Então não fiquei surpresa quando Addie aproveitou a oportunidade de dizer a Lissa que íamos à cidade com nosso irmão mais novo depois da aula. Mas *fiquei* surpresa quando Lissa perguntou, com aquele sorriso enviesado que ela e Ryan compartilhavam, se nos incomodaríamos caso ela nos encontrasse lá. E fiquei ainda mais surpresa quando Addie disse que não.

— *Não* vamos nos atrasar — disparou Addie. — Vá para o carro e diga à mamãe que vou descer em dois segundos.

Ele resmungou alguma coisa, mas ouvimos o baque de seus pés descendo a escada. Lyle sempre andava como um elefante, embora seu corpo fosse mais parecido com o de uma garça... um filhote de garça com um tufo de cabelo louro e totalmente desengonçado.

Tanto nós quanto Lyle tínhamos puxado à mamãe: cabelo louro (embora o nosso tivesse um pouco do encaracolado do papai) e olhos castanhos. Ele, que tinha cabelos castanhos e olhos azuis, dizia que se sentia traído no departamento da genética. Ríamos daquilo, mas sob nossas risadas havia a terrível pergunta: de onde nossos genes híbridos defeituosos tinham vindo?

Todos sabiam que o hibridismo trazia consigo algum tipo de elemento genético. Afinal, o resto do mundo era basicamente híbrido. O traço só estava reprimido em nosso país porque os vencedores da Revolução não eram híbridos e tinham se esmerado na construção de uma nação esterilizada; haviam expulsado os híbridos restantes depois da longa guerra, ligado os dois continentes e fechado as fronteiras.

Addie terminou de se vestir e passou uma escova nos cabelos antes de correr para baixo e pegar nossos sapatos. Ela foi meio pulando e meio correndo até o carro. Lyle já estava no banco de trás com o cinto afivelado e uma pequena pilha de livros gastos ao lado. Ele sempre insistia em levar pelo menos três quando ia para a diálise, e eram sempre romances de aventura. Ele os devorava durante as longas horas que passava preso à máquina, depois nos obrigava a ouvi-lo recontar as histórias no caminho para casa.

Lyle era sempre o primeiro garoto a se cansar quando sua turma jogava futebol no ginásio. O último a terminar as corridas. Acho que fazia sentido ele querer se perder em livros sobre heróis que estavam sempre escapando de cômodos trancados e escalando as laterais de prédios em ruínas.

Mamãe suspirou quando nos sentamos no banco do carona. Ela já estava saindo da entrada da garagem no segundo em que Addie bateu a porta.

— Não entendo por que você não pode simplesmente usar seu uniforme, Addie.

Ela não respondeu. Estava ocupada demais amarrando os sapatos e, além disso, já dissera à mamãe um milhão de vezes que ninguém queria ser visto de uniforme fora da escola, especialmente na cidade.

— Você poderia me deixar naquela avenida que tem a loja de artesanato? Aquela que fica perto...

— Sim, sim, eu sei, Addie — respondeu mamãe.

Lyle forçou o cinto de segurança, inclinando-se à frente entre o banco da mamãe e o nosso.

— Posso ir também, mãe? Depois da minha consulta? Por favor?

Quase ultrapassamos um sinal vermelho, passando pelo cruzamento exatamente quando a luz mudou.

— Se der tempo — disse ela.

Lyle fazia diálise em uma clínica na cidade três vezes por semana. Normalmente, Addie e eu pegávamos carona com ele e mamãe mais ou menos uma vez por semana, porém nos últimos tempos estávamos ocupadas demais indo à casa de Hally e Devon. Bessimir era um alívio bem-vindo dos subúrbios sem graça de Lupside. Não era nem de longe tão grande quanto Wynmick, onde morávamos antes, mas pelo menos era alguma coisa. Mesmo que a presença do museu de história entristecesse tudo.

O falatório tinha diminuído muito no mês posterior à enchente do museu, mas o prédio ainda estava fechado e cercado por fita amarela da polícia, um lembrete implacável do que tinha acontecido. Além disso, quase toda noite o canal de notícias local mencionava a investigação em curso e repetia os vídeos de ataques híbridos anteriores. Esses vídeos sempre acabavam com cenas de homens e mulheres perseguidos e punidos, com os cabelos desgrenhados e murchos, as mulheres com a maquiagem borrada ou escorrida, como palhaços. Híbridos. Os que tinham se escondido, como nós estávamos fazendo.

Comparados ao bombardeio em San Luis ou ao incêndio que ardera na Amazônia, na América do Sul, ambos atribuídos à violência híbrida, uns poucos centímetros de água e algumas labaredas no museu de Bessimir não pareciam dignos de nota. Mas aquilo era discutido sem parar.

E toda vez, não importava o quanto eu me esforçasse, era inevitável lembrar o que a guia tinha falado quando Addie nos tirara da água suja. *São aqueles canos. Quantas vezes dissemos para consertar aqueles canos?*

Mamãe nos deixou na avenida, lembrando-nos de estar de volta em três horas. Nós duas sabíamos que a consulta de Lyle demoraria mais que isso. Sempre demorava. Mas mesmo assim, Addie prometeu estar ali.

Hally nos encontrou no final da avenida, usando um vestido de verão amarelo-vivo sobre o que pareciam ser mangas brancas bufantes de um século distante. De alguma maneira, caía bem nela. Ficamos tão distraídas com as roupas que quase não percebemos o garoto parado a alguns metros de distância até chegarmos à esquina.

— Ele quis vir *fazer compras* — disse Hally. Ela conseguia rir com apenas uma contração dos lábios e um levantar de sobrancelhas.

— Eu precisava vir — alegou Ryan. — Tenho que comprar...

— Ele está mentindo — sussurrou Hally, batendo com seu ombro contra o nosso. Ryan fez de tudo para fingir que não tinha escutado.

Se eu pudesse, teria sorrido.

— Bem, você nos mostra o caminho, Addie — disse Hally. Ela sorriu. — O que precisa comprar?

— Material de pintura — respondeu Addie, parecendo arrependida por ter aceitado a companhia.

Hally pegou nossa mão como se ela e Addie fossem amigas, como se fossem normais e estivessem seguras, como se as pessoas já não estivessem lançando olhares de relance para Hally e Ryan, para o sangue estrangeiro escrito em seus rostos. Ambos eram muito eficientes em fingir que não percebiam.

— Não sabia que você pintava — disse Hally, seguindo adiante.

Addie acelerou o passo para acompanhá-la. Ryan parecia satisfeito em nos deixar andar na frente.

— Ah. Eu... eu perdi o hábito. Eu pintava. Quando era mais nova.

— Por que parou? — perguntou Ryan. Então ele estava ouvindo a conversa, afinal de contas. Como Addie estava virada de costas, eu não tinha como saber nem se ele estava olhando para nós.

Nossa camisa estava um pouco amarrotada na bainha. Addie a alisou.

— Por nada, na verdade. Porque fiquei ocupada.

Por que ela havia se tornado boa naquilo. Ela vencera duas competições antes de completarmos 12 anos, antes de percebermos que vencer significava atenção, e atenção era algo que nunca poderíamos ter. Se prestassem atenção a algo imperfeito por tempo suficiente, as imperfeições certamente apareceriam, por menores que fossem. E a nossa estava longe de ser pequena.

Addie ainda desenhava, porém de forma mais reservada. Quando alguém via, até mesmo nossos pais, sempre fazia um estardalhaço, chamava outras pessoas para mostrar. E mais cedo ou mais tarde alguém perguntaria por que não entrávamos em um concurso. Ela não pintava mais. Isso era mais difícil de esconder. E, de qualquer maneira, as telas eram caras.

Andar pela avenida com Hally demorou duas vezes mais do que andar sozinha. Ela parava a cada duas vitrines, fascinada por cada bugiganga e corte de tecido, todo cintilar de joia ou brinquedo bem bolado. Na quarta ou quinta vez que ela exigiu que parássemos, Addie deixou de entrar com ela nas lojas e passou a esperar do lado de fora com Ryan, que de algum jeito aguentava tudo aquilo sem fazer nenhum comentário. Addie literalmente tremia de vontade de chegar à loja de artesanato e resolver as coisas.

Temos muito tempo, eu estava dizendo, tentando acalmá-la, quando Ryan falou:

—Eva consegue mexer as mãos dela agora. Ela contou?

As mãos dela. Não *suas* mãos, mas as mãos *dela*. Minhas mãos. Evidentemente, usar *as mãos dela* era mais seguro para o caso de ter alguém ouvindo, mas mesmo assim um calor se espalhou através de mim.

— Não — disse Addie.

Ele sorriu.

— Não é o tempo todo, só às vezes. E estamos nos concentrando em falar mais. É bom poder... — Ele parou de falar, então riu um pouco antes de continuar. — Quer dizer, tenho certeza de que ela não aguenta mais me ouvir tagarelando o tempo todo. E deve ter tanto a dizer...

Ele estava olhando para nós, diretamente para *mim*, parecia, e eu disse *"sim"* antes de me dar conta do que estava fazendo, antes que pudesse me lembrar de que não estava no sofá de sua sala de estar, de que Addie não estava dormindo. Ela se enrijeceu.

— E...

— Olhe, não deveríamos falar sobre isso — disse Addie. — Não aqui. — Ela deu um suspiro rápido e curto. — E pare de falar de Eva como se ela fosse um bebê. Como se fosse um grande milagre ela conseguir fechar a mão e dizer algumas palavras.

Ryan pareceu surpreso.

— Não foi isso o que eu quis dizer...

— E ela *tem* muito a falar — disparou Addie. — Eu sei disso porque ela me conta.

Ela passou por ele e entrou na loja, onde Hally estava fazendo a vendedora descer um relógio ridiculamente adornado da prateleira mais alta.

Você sabe que ele não teve essa intenção, falei.

Então deveria ser mais cuidadoso com as palavras.

Hally sorriu para nós quando Addie se aproximou, então olhou por cima de nosso ombro e seu sorriso diminuiu um pouco.

— Aconteceu alguma coisa? — perguntou ela. Ou pelo menos começou a perguntar, porque assim que as palavras deixaram sua boca, as sirenes as encobriram.

O primeiro carro de polícia passou antes que Addie saísse da loja, tão veloz que nosso cabelo esvoaçou. Um segundo carro logo o seguiu. Por toda a rua, conversas se interromperam à medida que as sirenes roubavam as frases das bocas das pessoas antes que pudessem chegar aos ouvidos de outras. Elas ficaram imóveis. Viravam-se. Observavam. Estávamos entre elas.

Não conseguíamos ouvir, mas deu para ler os lábios de uma velha que estava a alguns metros de Ryan. *Híbridos,* disse ela, contorcendo o rosto. Addie teve o impulso de se afastar dela. Mas a mulher estava falando com o homem a seu lado, não conosco; não olhava em nossa direção.

Dois garotos passaram correndo por nós, seguindo o rastro dos carros de polícia. Eles estavam muito mais distantes agora, o som das sirenes se desvanecendo, mas ainda ressoando em nossos ouvidos. Então alguma coisa, alguém, passou por nós e disparou atrás dos garotos.

— Hally — gritou Ryan, correndo atrás dela. — Hally, pare!

O medo transformou nossos membros em pedra. Seria verdade? Será que alguém tinha cometido um erro? Ou mentido, só para causar uma comoção?

Addie, gritei. Eu não sabia o que queria que ela fizesse. Correr? Sim, mas para onde? Atrás de Ryan e Hally? Ou em outra direção? Tudo o que eu conseguia dizer era: *Addie, mexa-se*!

Foi o que ela fez. Se virou, nossas pernas ganhando vida, e correu para longe dos carros de polícia, para longe de Ryan e de Hally. Para longe do que quer que tivessem descoberto. As ruas se encheram de pessoas correndo, entrando ou saindo de lojas, de apartamentos. Alguém nos empurrou. Depois outra pessoa e mais outra. Metade delas tentava chegar mais perto da cena, repletas de alguma necessidade mórbida de testemunhar o acontecimento; a outra metade, tentava fugir.

Em poucos segundos, praticamente não havia espaço para se mover. A notícia tinha se espalhado.

Perigo. Um híbrido tinha sido encontrado, e a polícia viera recolhê-lo.

Addie desviava-se de uma direção para a outra, lutando contra a multidão. Corpos se chocavam contra o nosso.

Eva, gritou ela, e tropeçou, caindo para trás. O cotovelo de alguém atingiu nossa bochecha. Outro bateu bem abaixo de nossas costelas, expulsando o ar que ainda restava em nossos pulmões.

A multidão lançava-se para a frente e nos levava com ela, um rio de corpos no qual Addie se debatia, lutando para permanecer à tona. Eu me sentia tão desorientada que não sabia em que direção estávamos indo até chegarmos a uma fila de policiais, poderosos em seus uniformes escuros, gritando *para trás, para trás* a todos. Suas vozes mal se ouviam sobre a cacofonia da turba: os gritos furiosos, o choro dos que tinham caído. Addie e eu éramos jogadas de um lado para o outro, querendo fechar os olhos, mas não nos atrevendo.

Eva, Addie não parava de gritar no vazio de nossa mente. *Eva... ah, meu Deus.*

A mão de alguém segurou nosso braço. A mão de um policial. Ele nos recolocou de pé antes de nos puxar através da multidão

— um peixe no anzol, um pássaro preso em um barbante — e nos colocar do outro lado da rua. Estávamos ofegantes. Quando o policial olhou para nós, paramos completamente de respirar.

Será que ele sabia? Ele não tinha como saber. Tinha?

— Você está bem? — perguntou, soltando nosso braço. Era um homem grande. Podia nos derrubar em um instante, e sua expressão sugeria que ia fazê-lo. Addie assentiu, incapaz de falar. Nossos olhos voltando-se para os manifestantes, quase contra nossa vontade.

— Idiotas — disse o policial. — Não sabem como é perigoso. — Perigoso? Ele estava falando da multidão ou do híbrido capturado, escondido em algum lugar no centro daquela multidão histérica, tão comprimido pela massa de humanidade que sequer conseguíamos vê-lo? — Saia daqui, entendeu?

Addie assentiu novamente. Nosso fôlego estava voltando, os pulmões expandindo. O policial mergulhou novamente no tumulto, juntando-se aos outros que lutavam para conter a multidão.

Corremos para o mais longe possível dos gritos, dos clamores e dos corpos suados. Não fomos à loja de artesanato. Não procuramos Ryan ou Hally, que tinham sido engolidos pela multidão. Não paramos até que as três horas tivessem passado e precisássemos voltar ao ponto de encontro.

Quando nossa mãe chegou, quase meia hora depois, não estávamos mais tremendo. Todos os carros de polícia já tinham ido embora havia muito tempo, com o prisioneiro subjugado no banco de trás e a multidão dispersada.

— Não comprou nada, Addie? — perguntou Lyle com o rosto inexpressivo quando nos sentamos no banco do carona.

Apenas balançamos a cabeça negativamente.

Não dormimos naquela noite, e não sussurramos uma para a outra como normalmente fazíamos quando o sono não vinha. Em vez disso, ficamos deitadas em silêncio na escuridão. Eu ainda conseguia ouvir os gritos, as sirenes. Os rostos furiosos da multidão ficaram gravados no teto e, quando Addie finalmente fechou os olhos, em nossas pálpebras.

A prisão apareceu no noticiário noturno, mas de alguma forma conseguiram fazer parecer diferente, como se as pessoas tivessem se aglomerado como espectadoras de um esporte sangrento, zombando do homem algemado no centro, em vez de estarem elas mesmas no ringue. Não havia imagens da polícia lutando para mantê-las sob controle.

Se o policial não tivesse nos segurado, se não tivesse nos salvado, teríamos deslizado para baixo daquela multidão, sendo esmagadas até virar pó sob os pés furiosos. Será que ele teria nos salvado se soubesse nosso segredo? Se soubesse o que estávamos fazendo todos os dias depois da aula? Talvez tivesse nos deixado cair, depois arrastado nosso corpo despedaçado para a traseira de seu carro. E nos trancado lá dentro.

Todos na mesa de jantar tinham se calado enquanto assistíamos, até Lyle. Ele ficara sentado com o garfo apertado na mão, os olhos fixos na pequena tela da TV. Ele tinha 7 anos quando os médicos declararam Addie definida. Apenas 5 quando eu perdera a maior parte de minha força, e embora devesse lembrar do medo que rodeara a casa naquela época, de todas as visitas a médicos, de todos os dias que mamãe simplesmente acordava de manhã e chorava enquanto fazia o café, eu me perguntava o quanto realmente ele se lembrava de *mim*.

Os vizinhos, aqueles vizinhos idiotas e intrometidos, haviam recomendado que nossos pais separassem Lyle de Addie e de mim o máximo possível, especialmente quando ele se aproximasse da idade de definição. Alguns diziam que não passava de uma lenda urbana que a presença de um híbrido afetava crianças indefinidas, mas com híbridos e definição todo cuidado era pouco.

Como estava óbvio na tela da TV. O círculo de policiais. A multidão. Tudo por causa de um homem que não tínhamos sequer conseguido ver na cidade, mas víamos agora na gravação desfocada. Encaramos o rosto dele. O homem não tentou escondê-lo como os demais criminosos faziam diante de uma câmera. Os demais criminosos...

Porque ele era um criminoso.

Por ser híbrido e livre.

Por colocar os outros em perigo com sua mera presença.

Por, ouvimos com certa apatia, ser responsável pela inundação e o consequente incêndio no museu de história de Bessimir. Em uma tentativa de destruir a história? De vandalizar heróis do passado? Ou apenas o descontrole resultante de uma mente híbrida em frangalhos?

Será que ele havia agido sozinho? Às vezes, os garotos mais ousados da escola contavam histórias sobre uma rede secreta de híbridos espalhada pelas Américas, como um tipo de máfia ou teoria da conspiração. Eles eram a verdadeira razão para tudo de mau que acontecia no país, de ataques de tubarão a crises econômicas.

Era uma ideia idiota. Se os híbridos realmente tivessem tanto poder, pessoas como Addie e eu não estariam tão assustadas.

As câmeras do noticiário seguiam o homem e os policiais que o acompanhavam ao entrar nos carros de polícia. Ele parecia alguém que vandalizaria um museu? Talvez. Tinha uns 40 anos, cabelo castanho, uma barba curta e mãos de aparência forte. Mas ele também me lembrava, em algumas imagens, nosso tio por parte de mãe. Aquele que tinha parado de falar com ela depois que nossos pais haviam implorado aos funcionários do governo para dar a mim e a Addie mais tempo em vez de nos mandar embora, como era honrado. Como era esperado. Como era certo. Aquele que a mamãe não mencionava mais e que ninguém nunca mencionava para ela.

Nossos pais não nos olharam nos olhos naquela noite. Todos foram para a cama cedo, embora, a julgar pela luz que vazava sob as portas fechadas, ninguém tenha dormido.

Addie falou apenas uma vez quando se enrolou sob as cobertas.

Eva... Eva, temos que parar. Não podemos continuar indo lá com as coisas do jeito que estão. Se formos pegas...

Eu não disse nada. Será que conseguiria interromper as lições? Conseguiria desistir delas sabendo que um dia talvez reaprendesse a andar? Conseguiria abrir mão de ouvir Ryan contando sobre suas invenções? Contando histórias sobre seu passado?

Conseguiria dispensar a chance de um dia também poder contar as minhas?

Direi a Hally amanhã, falou Addie. *Eva, precisamos parar.*

Mas, no dia seguinte, Hally e Lissa não estavam lá.

Capítulo 10

Nossa turma de história parecia estranhamente vazia sem ela, embora parecesse que todos ocupavam o dobro do espaço habitual, envolvidos no frenesi da prisão no dia anterior. Addie não contou a ninguém que estávamos lá, e tentamos chamar o mínimo de atenção possível.

Aconteceu alguma coisa com ela, falei.

Não seja tão dramática, disse Addie. *Você ouviu alguma coisa sobre levarem uma garota? Você a viu na TV? Provavelmente ela só está doente. Ou ficou em casa, como...*

Como nós queríamos ter ficado.

E se ela se machucou? falei. *E se ela foi... pisoteada ou coisa parecida?*

Addie estremeceu.

Nossa, Eva, como você é mórbida. Qual é a probabilidade de isso ter acontecido?

Mas a inquietação dela se misturava à minha, e a peguei examinando as pessoas no corredor entre as aulas, procurando, talvez, por Devon. Ele saberia. Mas quase nunca o encontrávamos no corredor, e aquele dia não foi exceção.

Caminhamos para casa sozinhas. As antigas amigas de Addie tinham desistido de convidá-la para ir com elas havia muito tempo, e ninguém tinha nos esperado naquele dia.

Dormimos um pouco melhor naquela noite, basicamente por pura exaustão, mas sonhamos com luzes azuis e vermelhas piscando e sirenes tocando.

Hally também não foi à escola no dia seguinte.

Talvez devêssemos passar lá, falei no caminho para casa.

Ela está doente, disse Addie, mas não conseguiu esconder a incerteza em sua voz. Não de mim. *Ninguém gosta de visitas quando está doente.*

E ela não cedeu, não importava o quanto eu argumentasse.

Quando a turma de história se reuniu na quinta-feira, a carteira de Hally ficou vazia outra vez.

Nós vamos lá. Hoje, falei.

Mas naquela tarde, papai precisou de alguém para ajudar na loja enquanto ele resolvia algumas coisas, então foi nos buscar na escola. Ele voltou querendo saber se podíamos reabastecer os enlatados. Isso levou à organização do livro-caixa e ao registro das vendas da semana anterior.

O sol já estava quase se pondo quando terminamos. Nosso pai nos deixou em casa com um beijo na testa e prometendo voltar antes de irmos dormir. Talvez, disse ele, sorrindo, quando as aulas terminassem, ele e a mamãe tirassem uns dias de folga e nós fôssemos para as montanhas. Acampar.

Addie retribuiu o sorriso.

Eu me perguntei se em algum momento ele pensava na primeira vez que fomos acampar, antes de Lyle nascer. Addie e eu tínhamos 4 anos, e o papai havia passado o que pareceu uma eternidade e meia sentado ao meu lado em um tronco diante do fogo, com as estrelas nos olhando lá de cima. Ele estava me ensinando a juntar os dedões e assobiar por uma folha de grama.

— Lyle está com dificuldades em matemática — disse mamãe quando Addie entrou na cozinha. — Você pode ajudá-lo enquanto termino o jantar?

Então a noite passou. Pensei em fazer Addie ligar, depois me dei conta de que nem sequer sabíamos o telefone dos Mullan. Nunca houve motivo para usá-lo.

Já faz três dias, disse Addie. *Ela vai voltar amanhã.*

Ela não voltou. Mas quando pegamos nossa mochila e tentamos escapulir da sala no final do dia, alguém bloqueou nosso caminho. Não era Hally, nem Lissa.

Era Devon.

Addie parou, com os olhos fixos nele. Devon também a encarou. Nossos dedos envolveram a moldura da porta.

— Oi — disse Addie. — O que você está fazendo aqui?

A Srta. Stimp nos observava de sua mesa. Devon franziu as sobrancelhas para ela, que desviou os olhos, atrapalhando-se com seus papéis, as mãos brilhando brancas e o rosto vermelho.

A boca de Devon se contraiu, mas ele se voltou para nós.

— Vem comigo, vamos conversar lá fora.

Nós o seguimos para fora do prédio e do estacionamento. Continuamos andando até chegarmos a um bosque tranquilo que ficava no limite do terreno da escola. Addie lutou para acompanhar os passos largos de Devon. Tinha chovido naquela manhã, e a terra macia fazia barulho sob nossos sapatos de couro envernizado. O cheiro de grama molhada sobrecarregava o ar.

— O que está acontecendo? — perguntou ela, finalmente. — Devon, me diz...

Ele se virou, parando tão repentinamente que Addie quase esbarrou nele.

— Hally e Lissa se foram.

Se foram. As palavras golpearam nosso peito. Addie engoliu em seco.

— Como assim *se foram*?

Devon olhou em volta antes de recomeçar a falar. Ele estava tão tenso que praticamente tremia, uma mola presa por linha de pesca, pronta para estourar.

— Ela deveria ter sido mais prudente. Só queria ver. Mas deveria ter sido... — Ele parou de falar e desviou os olhos. As árvores estavam imóveis e silenciosas, brilhando com a água da chuva. — Não somos como vocês. Não podemos ser vistos perto de coisas como essa. Prisões. Não podemos ser pegos perto demais. Eles a levaram, a interrogaram. — Uma onda de diferentes emoções percorreu o rosto dele, rápida demais para decifrar.

— Eles a levaram embora — concluiu ele.

— A polícia?

Mãos brutas. Luzes vermelhas e azuis piscando. Sirenes tocando, tocando e tocando.

Devon ainda não olhava para nós, apenas fixava os olhos nos troncos brancos e delgados das árvores, tremendo. O vento estava ficando mais forte. As folhas farfalhavam.

— A princípio. Depois o homem da clínica.

— Que clín...

Devon virou-se para nos encarar.

— Tudo porque ela queria ver! — A voz dele falhou, um rumor de angústia trancado a ferro. — Eu pedi que ela parasse. Ryan pediu que ela parasse. Ela nunca ouve, nunca. — Ele pressionou os dedos contra as têmporas. Quando voltou a falar, a voz estava firme, mas monótona. — Eles foram à nossa casa e nos disseram que ela era mentalmente instável. — Os olhos de Devon estavam sombrios. Frios. — Disseram que ela precisa de cuidados intensivos e especializados antes que seja tarde demais para salvá-la. Eles querem *corrigi-la*. Querem *corrigir* minha irmã, Addie.

Instável. Cuidados especiais.

Tarde demais.

Eu sentia Addie se contorcendo a meu lado, sua angústia alastrando-se sobre mim, a minha infiltrando-se nela.

Algo deve ser feito antes que seja tarde demais.

Fora isso que os médicos, os especialistas e aquela orientadora pedagógica de cabelos grisalhos curtos tinham dito a nossos pais enquanto ouvíamos atrás da porta.

— Mas — disse Addie. — Mas como? Eles não podem...

— Eles fizeram testes. Escaneamentos. Tinham papéis. Assinaturas de funcionários do governo. Eles assustaram nossos pais, convenceram-nos de que ela estava em perigo, de que *se tornaria* perigosa. Não pudemos fazer nada.

Fixamos os olhos nele, nossos cabelos se emaranhando ao vento que soprava em nosso rosto.

— Eles vão me levar também — disse Devon.

Nossos dedos apertaram o tronco mais próximo.

— Simples assim? — sussurrou Addie.

Não podem fazer isso, falei. *Não. Eles não podem fazer isso.*

Devon e Ryan nos encararam. Um par de olhos, duas pessoas.

— Podemos não estar definidos. Isso é motivo suficiente para eles.

Nossa garganta estava arranhando, nossos pulmões pareciam esponjas encharcadas de melaço.

Então Devon se alternou, uma mudança repentina e ríspida, como um solavanco. Nada sutil.

— Fuja — disse Ryan.

Addie enfiou as unhas na árvore.

— O quê?

— Eles vão verificar arquivos, Addie. — A voz dele estava mais suave, quase como a que eu ouvia quando ele se sentava a meu lado no sofá, falando sobre seus vários projetos, mostrando-me como cada um funcionava. O pequeno robozinho que estava se equilibrando bem o bastante para andar por uma mesa. A caixa de metal que não se abria a não ser que você pressionasse todos os botões na ordem correta. — Eles vão perguntar com quem temos sido vistos. Quem vai a nossa casa. Com quem fizemos projetos. E seu arquivo... seu arquivo vai ser extremamente interessante para eles.

O vento gemia, fazendo as árvores oscilarem. Nós oscilávamos com elas.

— Fuja, Addie. — Havia uma corrente de medo na voz de Ryan que fazia nossas entranhas se revirarem. — Não volte para casa hoje, simplesmente vá embora.

— Simplesmente *ir embora*? — repetiu Addie. — *Ir embora*? E meus pais? E Lyle?

— Você vai deixá-los para trás de qualquer maneira! — afirmou ele com a voz firme e rouca, como um grito estrangulado. — Addie, vão *levar* você embora.

— Vão me devolver — gritou Addie. — Sempre me devolveram. Estou definida. Eu sempre volto para casa.

Silêncio. Um silêncio de cabeças latejando e corações pulsando.

— E você? — As palavras falharam ao deixar nossos lábios. — Vai fugir?

Ele balançou a cabeça.

— Não posso. Eles já levaram Lissa e Hally. Mas você precisa fugir. Addie, *por favor*. Você não pode... Eva...

— Devon? — gritou alguém. — Devon Mullan!

Ryan se enrijeceu. Addie virou-se bem a tempo de ver um homem com uma camisa branca de botões bater a porta de um carro. Ele foi até nós com passos largos, e seus lábios se estreitaram quando os sapatos afundaram na lama.

— Aí está você, Devon. — O homem era alto, magro, com uma mandíbula forte e curta e cabelos castanho-claros. Parecia ter mais ou menos a idade de nossos pais, não mais do que 45 anos. Um homem bonito. Decidido. Um oficial. — Eu estava quase desistindo e indo checar se você havia ido para casa. Não tínhamos combinado de nos encontrar perto do seu armário?

— Eu me esqueci — disse Ryan, com a voz monótona.

O homem olhou para nós. De relance, para ser mais precisa. Mas um relance que me fez sentir nua, como se ele olhasse diretamente através de nossos olhos e visse Addie e eu encolhidas na nossa mente nebulosa.

— Bom, não faz mal — disse ele, com um tom que indicava que um mal real e terrível fora feito. Com um gesto, indicou o carro, cintilando no acostamento como um monstro preto à espera. — Está pronto para ir?

— Um momento — disse Ryan. Ele trocou o peso de um pé para outro, dando um passo à frente, em nossa direção. Antes de nos darmos conta do que estava acontecendo, ele nos puxou para um abraço. Addie se retraiu e tentou se desvencilhar. Ele nos manteve imóveis. Eu estava presa em nosso corpo e também nos braços dele e, de alguma maneira, o primeiro estado era a verdadeira prisão.

— *Fuja* — sussurrou ele em nosso ouvido.

Então nos soltou e andou até o carro, com as mãos nos bolsos e os movimentos tranquilos. Nós o observamos ir.

— Bem — disse o homem. Ele nos deu um sorriso, uma ameaça embrulhada em promessa. Amarrada com um laço. — Então você é a Addie?

Addie engoliu em seco.

Ele já sabe, falei. *Não está perguntando de verdade.*

— Sou — respondeu Addie. — Sou eu.

— Prazer em conhecê-la, Addie — disse o homem. Ele fez um aceno com a cabeça para nós, depois deu meia-volta e se afastou. Seus sapatos deixaram marcas enlameadas até o carro. Ryan olhou para nós uma última vez antes de abrir a porta do carona e entrar.

Ficamos observando o carro se afastar.

Fuja. A palavra reverberava dentro de nós.

Eu sempre vou me perguntar o que teria acontecido se o tivéssemos ouvido.

Capítulo 11

Ele foi nos buscar na mesma noite.

Nossa mãe tinha acabado de colocar o uniforme de garçonete depois de mandar Lyle para sua última sessão de diálise da semana. Uma colega dela havia implorado para que mamãe pegasse seu turno no restaurante, e depois que Lyle lhe dissera um milhão de vezes que ficaria bem por cerca de uma hora na clínica (uma enfermeira ficaria por perto o tempo todo), ela mordera o lábio e concordara. Nosso pai estava indo na direção oposta. Ele tinha chegado do trabalho um pouco mais cedo para ir à cidade e ficar com Lyle durante o resto da sessão.

Addie e eu estávamos sentadas à mesa, prestes a começar a jantar. As únicas que não estavam em movimento.

A campainha tocou exatamente quando demos a primeira garfada. O garfo congelou em nossa boca, duro e metálico contra a língua.

Mamãe franziu a testa, surpresa, enquanto prendia o cabelo.

— Quem pode ser?

— Provavelmente alguém vendendo alguma coisa — disse Addie lentamente. — Vão embora se você os ignorar.

Mas a campainha tocou novamente, seguida por batidas. Cada pancada parecia balançar os quadros nas paredes, as estatuetas no consolo da lareira.

— Eu atendo — disse papai.

— Não! — disse Addie. Ele se sobressaltou e voltou-se para nós.

— Algum problema?

— Não — respondeu Addie. Nossos dedos apertavam o garfo. — Só... é só...

A campainha a interrompeu. Papai foi em direção à porta, com a testa franzida.

— Seja lá quem for, não é muito paciente.

Mamãe cantarolava enquanto enrolava o cabelo em um coque, usando a parte de trás de uma frigideira como espelho improvisado. Mal conseguíamos ouvir a voz dela acima do barulho da pulsação em nossos ouvidos.

— Olá — disse uma voz familiar quando a porta se abriu. — Meu nome é Daniel Conivent, da Clínica Nornand.

Houve uma pausa brevíssima.

— Vamos lá para fora — chamou papai. A voz dele vacilou levemente, um tremor que só percebemos porque nossos nervos estavam à flor da pele. — Por favor, vamos conversar lá fora.

— Uma clínica — disse mamãe. — Não consigo imaginar o que estão vendendo.

Fuja, ecoou a voz de Ryan em nossa cabeça. *Fuja*, ele havia implorado, mas não tínhamos ouvido. Para onde teríamos ido?

Agora era tarde demais.

Não havia para onde fugir, nem onde se esconder. Ficamos paralisadas na cadeira, com os olhos fixos em nossas ervilhas e cenouras. Nossos dedos agarravam a beirada do assento.

— Addie?

Nossa cabeça se levantou, e o garfo caiu, retinindo na mesa. Mamãe franziu a testa.

— Você está pálida, Addie. O que está acontecendo?

— Nada — disse Addie. — Eu, ahn, eu...

A porta se abriu outra vez. Nossos olhos dispararam para a entrada.

Respire, falei. *Você precisa respirar, Addie.*

O ar entrou com dificuldade em nossos pulmões. Addie agarrava a cadeira com tanta força que nossos braços tremiam.

Nosso pai apareceu primeiro. Seus olhos iam para todos os lugares, menos para nosso rosto, as mãos caídas debilmente na lateral do corpo. Atrás dele vinha um homem em uma camisa engomada.

Eles não vão deixar que nos leve, sussurrei furiosamente. *Nossos pais não vão deixar que ele nos leve.*

Mas nós duas sabíamos que não era verdade. Papai era um homem alto, e eu nunca o vira parecer tão pequeno e indefeso.

— Addie — disse ele. — O Sr. Conivent disse que a conheceu hoje na escola.

— Você se lembra de mim, não é, Addie? — perguntou o homem.

Addie conseguiu fazer que sim com a cabeça. Nossos olhos iam do Sr. Conivent para papai, do papai para o Sr. Conivent. Os dois homens pairavam sobre nossa cadeira. *Levante-se*, pensei, mas não consegui dizer.

Papai mudou de posição.

— Ele... ele disse que você tem andado muito com Hally Mullan.

— Não... não muito.

— Imagino que essa Hally fale com um monte de garotas — disse papai com a voz tensa. — Você irá até cada uma delas, uma por uma?

A raiva dele nos reconfortava e assustava ao mesmo tempo. Será que significava que lutaria por nós? Impediria que o homem nos levasse? Ou será que estava furioso porque sabia que não tinha escolha?

O Sr. Conivent ignorou a pergunta dele. Seus olhos estavam atentos aos nossos, e ele tinha um sorriso suave e pretensioso nos lábios.

— O que exatamente você tem feito na casa de Hally, Addie?

Addie tentou engolir e não conseguiu. Nossa boca se abriu, mas a voz havia sumido, como se alguém tivesse enfiado a mão em nossa garganta e emaranhado nossas cordas vocais.

— Addie? — perguntou o Sr. Conivent.

Dever de casa, falei. Foi a única coisa em que consegui pensar. Era o que dizíamos aos nossos pais.

— Dever de casa — disse Addie.

O Sr. Conivent riu. Ele tinha toda uma pose e um ar afável de confiança, como um dia de verão se comparado à tempestade iminente que era nosso pai ao lado dele.

— Não vou prolongar as coisas — disse ele, erguendo uma pasta de papel. Eu sequer a tinha notado. — Estes são os arquivos médicos e escolares de Addie. Sua filha teve... problemas para se definir quando era criança, correto?

Mamãe deu um passo à frente, os nós de seus dedos destacando-se brancos contra a calça preta.

— Como... Você não pode ter acesso a isso.

— Em casos como este, temos uma autoridade especial — alegou o Sr. Conivent.

Ele abriu a pasta. A folha de cima era uma cópia em preto e branco do que parecia nosso boletim do ensino fundamental. Ele a colocou de lado, passando as páginas até encontrar outra folha cheia de gráficos e números.

— Ela não se definiu completamente até ter 12 anos. Isso é bastante incomum, não é? — Seus olhos moviam-se da mamãe para o papai. — Eu diria que é muito incomum. Faz apenas três anos.

Novamente, silêncio.

Mamãe quebrou a quietude.

— O que você quer? — A voz dela me doeu, me fez querer esticar a mão e tocá-la... apertá-la até ambas ficarmos dormentes.

— Apenas fazer alguns testes.

— Testes para quê? — perguntou papai.

O olhar fixo do Sr. Conivent nos mantinha grudadas à cadeira, seu sorriso nos deixava mudos e incrédulos.

— Para ver se Eva ainda está lá.

Meu nome atingiu a sala como um furacão, balançando as cadeiras, chacoalhando os talheres. Ou talvez só tenha parecido assim para mim. Eu tinha me acostumado a ouvir Hally e Lissa dizendo meu nome. Ryan e Devon dizendo meu nome. Mas esse... esse homem era um estranho. E nossos pais...

— Eva? — perguntou mamãe. A palavra saiu lentamente de seus lábios, ela estava assustada e piscava por causa da luz forte.

Sim, Eva, pensei. *O nome que você me deu, mãe. O nome que você não fala mais.*

A mão do papai se fechou no encosto de nossa cadeira.

— Addie se definiu. Ela se definiu um pouco tarde, mas está definida.

Nossos pais não olhavam para nós.

Mas o Sr. Conivent olhava.

— É isso o que gostaríamos de verificar — disse ele. — Tememos que o processo não tenha chegado a se finalizar... que tenha havido negligência quando ela era mais nova. Houve muitos avanços tecnológicos nos últimos três anos. Impressionantes, na verdade. E de fato acredito que todos se beneficiariam com mais alguns testes. — Ele olhou para o papai, depois para a mamãe. Então sorriu e disse, em um tom agradável: — Temo, vejam bem, que sua filha possa ter mentido para vocês durante todo esse tempo.

Addie, diga alguma coisa!

— Não é verdade — disse Addie, as palavras caindo de seus lábios. — Não é... não é verdade.

O Sr. Conivent nos interrompeu sem sequer levantar a voz.

— Sua filha pode ser uma garota muito doente, Sr. Tamsyn... Sra. Tamsyn. Vocês devem compreender as consequências que uma negligência nesse momento possa ter na vida dela. Na vida de vocês todos. — Nossos pais não disseram nada. A voz do Sr. Conivent ficou mais severa: — Uma criança com suspeita de hibridismo é, por lei, obrigada a passar pelos testes adequados.

— Só se houver uma razão real para suspeitar... — disse papai. — Você precisa de uma causa justa...

105

O Sr. Conivent deixou cair uma folha de papel xerocada sobre a mesa.

— Você assinou uma autorização, Sr. Tamsyn, quando Addie tinha 10 anos. Quando ela *deveria* ter sido levada. Só concordaram em deixá-la ficar porque *você* se comprometeu a permitir todos e quaisquer exames necessários...

Não, falei. *Não, não, Addie. Diga alguma coisa. Diga alguma coisa, por favor.*

— Mas ela *se definiu* — disse o papai. Seus olhos finalmente encontraram os nossos, arregalados e aflitos. — Ela *se definiu*. Os médicos disseram...

Addie, Addie, Addie...

O que é? disse ela. Sua voz estava muito monótona. *O que posso dizer?*

Mas mesmo assim ela falou, e nossa voz foi mais firme do que eu tinha imaginado. Baixa, suave a ponto de ser quase inaudível, porém decidida.

— Não estou doente.

Considerando toda a atenção que nossas palavras atraíram, foi como se Addie tivesse gritado.

— Ela está afirmando que não está doente — disse o papai. — Os *médicos* disseram... ·

— Temo que não seja assim tão simples — falou o Sr. Conivent. Ele procurou novamente entre seus papéis e pegou algo que pareciam ser dados de computador. — Já ouviram falar do Refcon?

Papai hesitou, depois balançou a cabeça.

— É o que chamamos de droga de supressão, uma substância altamente controlada. Ela afeta o sistema nervoso. Suprime a mente dominante. Tomada na dose correta, nas circunstâncias certas, pode permitir que uma mente recessiva persistente aos poucos reassuma o controle do corpo. — Ele passou o papel a mamãe, que o pegou como se estivesse num sonho.

— Onde você está querendo chegar? — perguntou papai. Ele não olhou o papel.

O Sr. Conivent voltou-se para nós.

— Você tem algo a dizer, Addie? — Ele esperou apenas um segundo, como se estivesse realmente interessado em nossa resposta. Então continuou, com o tom de voz de um professor decepcionado. — Encontramos um vidro dessa substância escondido no criado-mudo de Hally Mullan. Aparentemente, foi roubado do hospital onde a mãe dela trabalha.

Ele franziu a testa por um instante, parecendo verdadeiramente perturbado pela primeira vez naquela noite. Depois passou. Sua expressão tornou-se de suave repreensão.

— Addie, você sabia disso, não é?

— Não — sussurrou Addie.

— Estou ficando confuso — disse papai. — Você é representante do hospital ou investigador? Está tentando ajudar minha filha ou acusá-la de algum...

— Estou tentando fazer o que é melhor para todos — alegou o Sr. Conivent. — Hally Mullan admitiu ter medicado Addie em uma tentativa equivocada de trazer Eva à tona...

— Não — disse Addie, quase pulando de nossa cadeira. — Não, ela não fez isso... Eu não... — Será que Hally tinha mesmo nos entregado dessa maneira? Ou aquele homem estava mentindo descaradamente? Eu não podia ter certeza, e ficar sem saber nos deixava incapazes de sequer nos defender. Nossos pais nos encaravam com um espanto silencioso e aterrorizado.

— Isso *nunca* aconteceu — afirmou Addie, esforçando-se para controlar nossa voz.

A voz do Sr. Conivent era como um camaleão. Primeiro severa. Depois condescendente. Então íntegra. Agora estava gentil.

— Tenho todos os documentos aqui. Só levaria um ou dois dias. Ela precisaria pegar um voo até nossa clínica, mas...

— Voo? — questionou papai. Soltou uma risada que pareceu uma ferida, inflamada e dolorida. — Onde fica esse lugar?

— É um voo de três horas. Mas Addie seria muito bem cuidada.

— Não há nenhum lugar mais perto? Quando nós... — papai esfregou a testa, depois deu um suspiro curto — quando a testamos na infância, o fizemos no hospital mais próximo.

— Sr. Tamsyn — disse o homem calmamente —, confie em mim. Se gosta da sua filha como sei que gosta, deixará que eu a leve para a Nornand, e não para uma clínica de quinta categoria. — Ele fez uma pausa. — Deixe que o governo ajude Addie, Sr. Tamsyn. Do mesmo jeito que ajudamos a cuidar de seu filho mais novo.

Papai levantou a cabeça rapidamente. Mas mamãe falou antes dele.

— Essa garota, Hally. Ela já está no hospital?

O Sr. Conivent sorriu.

— Sim, Sra. Tamsyn.

— E... e eles já sabem se ela é... híbrida? — A voz dela falhou na última palavra.

O Sr. Conivent fez que sim.

Mamãe deu um suspiro trêmulo.

— O que vai acontecer com ela?

Como se ela já não soubesse. Como se todos nós não soubéssemos.

O sorriso do Sr. Conivent continuou firme como sempre.

— Ela vai ficar por algum tempo na Nornand. Temos alguns dos melhores médicos do país para esse tipo de coisa. Eles vão cuidar dela. Os pais estão sendo bastante abertos em relação ao tratamento, e existe esperança.

— Ela não vai ficar internada? — perguntou meu pai em voz baixa.

— O programa da Nornand é diferente — disse o Sr. Conivent. — É a melhor clínica do ramo. Como eu disse, a senhora iria preferir Addie lá do que em algum outro hospital. — Ele abriu a pasta outra vez e começou a tirar folhas de papel. — Aqui estão mais informações. E aqui... está o que você tem de assinar.

A última folha de papel caiu sobre as outras duas, bem ao lado de nosso prato. O Sr. Conivent pegou uma caneta no bolso da calça. Uma dessas canetas-tinteiro grossas e lustrosas que parece sangrar em vez de soltar tinta. Ele completou:

— Caso Addie queira fazer as malas enquanto vocês dois leem estes papéis, será um prazer explicar qualquer coisa que vocês não...

— Fazer as malas? — O rosto da mamãe ficara tão pálido quanto os nós de seus dedos. — Você não pode estar falando de... desta noite.

— O voo é às 5 horas da manhã, e o aeroporto fica a umas boas duas horas daqui. Vejam bem, até o momento não sabíamos que Addie teria de vir conosco.

— Então você não tem uma passagem para ela — disse a mamãe. — Ela não pode...

— Ela será acomodada — garantiu o Sr. Conivent, e pela forma como falou, imaginei que havia pessoas no aeroporto se esforçando para cumprir suas ordens.

Eu não queria ser acomodada. Eu não queria ir...

Addie, por favor...

— Mas *sozinha*... ela... Não, não. Eu vou com ela.

— Isso é totalmente desnecessário — disse o Sr. Conivent.

— Eu vou — insistiu mamãe, mas sua voz falhou. As palavras saíram como uma súplica, não como uma afirmação.

Ele sorriu.

— Se insiste, Sra. Tamsyn, não há problema. Infelizmente, não conseguiremos providenciar outra passagem.

— Então nós mesmos levaremos Addie depois. — Os ombros do papai relaxaram um pouco conforme ele falava.

O Sr. Conivent puxou o ar por entre os dentes.

— Não é recomendado. Vocês sabem como é difícil conseguir passagens, e as que *estiverem* disponíveis serão caras. Pode levar um mês ou mais até que alguma coisa vagamente razoável apareça. — Seus lábios se contraíram. — Um mês é muito tempo.

Se eles ao menos soubessem... Um mês antes nós mal conhecíamos Hally. Nunca tínhamos encontrado Devon e Ryan. Eu vivia sem esperança.

— Podemos encontrar uma passagem mais rápido do que isso — disse papai. Ele agarrou o encosto de nossa cadeira, recusando-se a olhar os papéis que o Sr. Conivent tinha colocado sobre a mesa. — Nos dê duas semanas... uma semana. Podíamos...

— Muita coisa pode acontecer em algumas semanas — alegou o Sr. Conivent, levantando uma das sobrancelhas. Então, como se estivesse trocando os canais da TV, sua expressão oscilou... transformando-se em algo frio e duro. — Ela pode piorar, como normalmente acontece com pessoas doentes. Pensem nisso. Seu filho mais novo, por exemplo. O que aconteceria se ele não pudesse receber tratamento por algumas semanas?

As palavras dele sugaram todo o ar do ambiente.

— Acho — continuou o Sr. Conivent no vácuo da sala — que seria melhor para todos se Addie viesse comigo. Hoje.

Não, sussurrei.

Addie não disse absolutamente nada.

Mamãe tocou nosso ombro com a mão trêmula.

— Addie. Addie, vá fazer as malas, está bem?

Levantamos os olhos para ela. Nossos pais estavam um de cada lado de nossa cadeira, como o dia e a noite. Ela com seu cabelo sedoso, preso para longe do rosto pálido de meia-lua. Papai olhando-a com perplexidade, o rosto vermelho e os lábios entreabertos.

— Serão apenas alguns testes e outras coisas. Escaneamentos — continuou mamãe. Sua voz estava tão baixa que era como se ela estivesse falando sozinha. — Você fez alguns quando era pequena, lembra? Não é nada de mais. Vai ficar tudo bem.

Papai olhou para nós. Addie retribuiu o olhar. *Não*, ela articulou a palavra com os lábios, em silêncio. *Não. Por favor.*

— Leve aquela sacola vermelha — disse ele, parecendo esgotado. — Não guarde coisas demais. Você só vai ficar alguns dias.

Não, soluçou Addie, mas só eu ouvi. Nosso rosto continuou impassível. Não nos movemos.

— Vá, Addie — disse papai.

Não tivemos escolha senão obedecer.

A escada parecia uma montanha. Nosso coração deixava nossos pés pesados.

Vai acontecer alguma coisa, falei. *Não se preocupe, Addie. Vai acontecer alguma coisa. Eles não vão assinar.*

Addie pegou a sacola e começou a dobrar roupas, pegando calcinhas, sutiãs e meias de nossa gaveta e puxando uma camiseta do armário.

Eles não vão nos deixar ir. Vamos descer e eles vão ter mudado de ideia. Confie em mim, Addie. Espere. É só esperar.

Mas quando finalmente descemos as escadas, com a sacola pendurada em nosso ombro feito um saco de ossos, ninguém disse nada sobre mudar de ideia. O rosto da mamãe parecia mais fino do que eu me lembrava. Enrugado. Exausto. O papai deixara-se cair em nossa cadeira abandonada, mas ficou de pé quando Addie se esgueirou para dentro da sala. Na mesa, o jantar que nunca chegamos a comer esfriava lentamente.

— Aí está você, Addie — disse o Sr. Conivent, sorrindo. — Seus pais já resolveram tudo. — Ele gesticulou com a pasta em direção à porta. — Meu carro está estacionado lá fora. Por que não se despede para irmos logo?

Olhamos nossos pais.

— Nos dê um momento — disse papai. Ele pegou nosso pulso e nos puxou para o canto mais distante da sala de estar. Ali, rodeado por fotos felizes de nós e de Lyle em várias idades, desde que éramos bebês até o mês anterior, ele nos sentou no sofá e se ajoelhou na nossa frente, ainda segurando nossas mãos.

Um formigamento tinha começado em nosso nariz. Addie piscou. Depois outra vez. E mais uma.

— Vão ser apenas dois dias, no máximo — disse papai. A rouquidão em sua voz piorou o formigamento. — Ele nos disse.

— E se ele estiver mentindo? — perguntou Addie.

— Se demorar mais do que dois dias, eu mesmo vou lá buscar você — afirmou papai. — Vou voar até lá e sequestrar você bem debaixo do nariz deles. Entendeu? — Ele deu um sorriso frouxo, e tentamos, tentamos muito sorrir também, mas não conseguimos. Então apenas concordamos e enxugamos os olhos com as costas da mão. — Então aguente apenas dois dias, certo, Addie? Você consegue.

Assentimos. Prendemos a respiração para as lágrimas não virem. Fixamos os olhos no chão porque era doloroso demais olhar o rosto dele.

Papai nos puxou para seus braços, apertando-nos contra o peito com tanta força que espremeu lágrimas de nossos olhos. Addie colocou nossos braços ao redor dele, e logo a mamãe também estava lá, abraçando nós dois. Papai nos soltou, e abraçamos nossa mãe direito. Os olhos dela estavam vermelhos e não paravam sobre os nossos. Mas ela apertou nossas mãos até doer.

— Você entende, Addie — sussurrou ela em nosso ouvido. — Você entende, querida. Lyle precisa dos tratamentos. Eles podem interrompê-los, e aí... — Ela se afastou, e apenas nossas mãos ficaram unidas, seus olhos se fechando com força.

— Mãe — disse Addie. Nossos dedos e os dela estavam tão entrelaçados que eu não sabia onde terminava e começava cada um. — Mãe, está...

Está tudo bem.

Mas ela não conseguiu dizer. Ela não conseguiu obrigar as palavras a saírem, então não dissemos nada, apenas pegamos as mãos da mamãe e seguramos.

O que eles diriam ao Lyle quando ele chegasse em casa? Metade de mim se sentia feliz por ele não estar ali naquele momento, não estar ali para presenciar nada daquilo. A outra metade lamentava porque queria se despedir dele.

— Ele está esperando — disse finalmente mamãe. — Não devemos fazê-lo esperar.

— Ele pode esperar um pouco mais — falou o papai.

No entanto, depois de mais alguns minutos foi preciso ir. O Sr. Conivent nos levou até o carro enquanto papai carregava nossa sacola e a colocava no banco de trás. Estávamos para entrar no carro quando ele nos puxou de lado e nos abraçou uma última vez.

— Amo você, Addie — disse ele.

— Amo você também — nossa voz estava suave.

Nos viramos novamente para ir. Mas ele nos deteve outra vez.

Durante um momento muito longo, ele apenas nos olhou com a mão em nosso ombro, seus olhos percorrendo nosso rosto. Então, quando Addie abriu a boca para dizer alguma coisa, não sei o quê, ele falou outra vez. Dessa vez, foi ele quem sussurrou:

— Se você estiver aí, Eva... se estiver mesmo aí... — Os dedos dele se contraíram em nosso ombro, pressionando nossa pele. — Eu também amo você. Sempre.

Então ele nos afastou.

Capítulo 12

A viagem até o hotel levou uma hora e vinte minutos. Uma hora e vinte minutos que Addie passou apertando nossa bolsa contra o peito e olhando pela janela. Uma hora e vinte minutos durante os quais eu desejei que pudéssemos desaparecer.

Recebemos um quarto de hotel com uma cama maior do que a que nossos pais dividiam em casa. A coberta estava perfeitamente paralela ao chão. Os travesseiros estavam à minha espera, com as superfícies macias estufadas.

— Peça o jantar, se quiser — disse o Sr. Conivent. — É pago pela clínica, e o serviço de quarto traz para você.

Addie assentiu. O Sr. Conivent se abaixou levemente e nos mostrou uma última coisa: a chave do nosso quarto.

— Vou ficar com isto — disse ele. — Vamos embora antes do amanhecer, e não quero você procurando por ela de manhã cedo. — Ele deslizou o cartão para dentro do bolso. — Além disso, não precisa sair do quarto até lá. Ligue para o serviço de quarto ou para a recepção se precisar de alguma coisa. Certo?

— Certo — disse Addie.

— Eu pedi à recepção para ligar às 3 horas. Sei que é cedo, mas por favor esteja pronta às 3h30. Virei buscar você.

— Certo — disse Addie.

Ele sorriu.

— Ótimo. Bem, então, boa noite.

— Boa noite.

Addie não pediu serviço de quarto. A tela da televisão ficou escura e impassível como um inimigo. O lençol rigorosamente preso sob a cama nos comprimiu contra o colchão, e Addie se enrolou sob ele, tremendo enquanto o ar-condicionado soprava sob a janela.

Uma hora depois, ainda estávamos totalmente acordadas, cada minuto passando lentamente. Segurávamos o travesseiro com mais força. Addie virava-se para ficar de barriga para cima, depois de lado, e em seguida do outro. Finalmente, nossos olhos se abriram.

Vai ficar tudo bem, falei, tanto para meu benefício quanto para o dela. *Vamos ficar...*

Isso é culpa sua, disse Addie.

Minhas palavras murcharam.

Sua culpa, repetiu ela. Eu senti um gosto amargo na garganta. *Sua.*

Água em nossos olhos. Sal em nossos lábios.

Eu nunca quis isso, disse ela, e cada palavra me cortou até eu estar ferida e ensanguentada por dentro, tudo revirado.

Tentei bloquear minha tristeza, mas nunca fui tão boa quanto Addie em colocar uma parede entre nós. Ela deve ter sentido. Minha tristeza, minha culpa...

Minha raiva.

Eu me enrosquei nesta última sensação, sentindo-a aquecer o espaço oco dentro de mim como um sol.

Addie deu um longo e trêmulo suspiro. Ou começou como um suspiro. Terminou em soluços.

Há muito tempo, eu havia sido forte bastante para resistir ao desvanecimento. Tinha sido reduzida a fumaça, despida de tudo, menos de uma voz que apenas Addie conseguia ouvir. Mas eu tinha me mantido firme. Tinha me recusado a partir.

Agora rezava para ter força e enfrentar o que viesse em seguida.

*

O telefone nos arrancou de um pesadelo com água e caixões. Estava escuro como o breu. A escuridão nos sufocava, enfiando as garras em nossa garganta.

Addie tateou a cama. Nossos dedos encontraram uma paisagem interminável de travesseiros e lençóis. O telefone se esgoelava sem parar. Finalmente, nossa mão bateu em alguma coisa sólida e fria: o criado-mudo. Addie esticou a mão em direção à forma escura ao lado de outra coisa escura e mais alta, que devia ser o abajur.

— A-alô?

— Bom d... Bem — disse uma voz desconhecida —, acho que ainda não é dia, não é mesmo?

Estávamos grogues demais para formar frases.

— Alô? — chamou a voz.

Quem...? Ah. Ah, sim. O serviço de despertador.

— Sim... — disse Addie. — Sim, estou acordada. — Ela se sentou, apoiando-nos contra o colchão com um dos braços. — Estou acordada — repetiu, com a voz um pouco mais firme. — Obrigada.

— De nada — falou a recepcionista. — Tenha um bom dia.

Houve um clique e a linha ficou muda. Ficamos sentadas na escuridão, com o telefone ainda pressionado contra a orelha.

Precisamos levantar, falei suavemente. Eu ainda ouvia as palavras de Addie da noite anterior ecoando em minha mente. *Sua culpa.* Minha culpa. *Ele vai chegar em meia hora.*

Addie não respondeu. Seu silêncio me magoava mais do que qualquer palavra.

Lentamente, ela escorregou da cama e andou para o banheiro. Os ladrilhos enfiavam agulhas geladas na sola de nossos pés. A torneira da pia girou silenciosamente, sem ranger como fazem as do banheiro de nossa casa. A água que saiu dela se aqueceu tão rapidamente que Addie quase queimou nossas mãos. Ela teve de desligar a água quente completamente. De qualquer forma, a água fria pareceu mais normal ao bater contra nosso rosto e escorrer por nossas bochechas.

Ela se despiu e se vestiu novamente, sem nunca ligar a luz. Havia uma muda de roupas na bolsa, mas nosso uniforme escolar já estava em uma pilha amarrotada no chão, então Addie o colocou. Escovou os dentes, enfiou as coisas de volta na bolsa e depois se sentou na cama para esperar na pesada e sonolenta escuridão.

Podiam ser ou não 3h30 quando bateram suavemente à porta. Addie não se moveu. Estava com os olhos fixos na porta desde que se sentara, então sequer precisava mover o olhar.

— Addie? — chamou ele, intrometendo-se em nosso silêncio, despedaçando os últimos fragmentos de nossos sonhos. — Vou entrar.

A porta se abriu com um clique. A luz do corredor despejou-se para dentro do quarto, engolindo a escuridão. O Sr. Conivent ficou parado no vão da porta, piscando.

— Você ainda está deitada? — perguntou ele. Sua voz estava mais baixa, só que mais dura e mais fria do que eu me lembrava. Ele esticou a mão para dentro do quarto e acendeu as luzes. Elas queimaram nossos olhos.

Nós o encaramos. Ele nos encarou. Nossa mão apertou a bolsa. Então ele sorriu e soltou uma risada.

— O que você está fazendo sentada no escuro? Venha, vamos embora — falou, e nos levantamos. — Não está esquecendo nada?

Addie balançou a cabeça.

— Que bom, porque não podemos voltar.

O percurso até o aeroporto não era muito longo, mas foi silencioso. O rádio murmurava incessantemente enquanto a cidade adormecida passava, fundindo-se a um interminável trecho da autoestrada. Cada poste de luz era um clarão doura-do no canto de nossos olhos. Ficamos em silêncio. Este só foi quebrado por uma pergunta, que Addie não se atreveu a fazer até estarmos quase na metade da viagem.

— Onde está Devon?

Houve uma breve pausa antes que o Sr. Conivent respondesse.

— Eu o mandei na frente de táxi. — Ele desviou os olhos da estrada e nos deu um pequeno sorriso que só tornou as palavras seguintes mais assustadoras. — Ele está um pouco perturbado no momento, então acho que é melhor para vocês dois ficarem separados por enquanto. Não se preocupe com isso. Alguém o encontrará no aeroporto.

— Mas estaremos no mesmo avião? — perguntou Addie.

— Sim — disse o Sr. Conivent, com uma rispidez crescente na voz. — Mas não conseguimos assentos próximos um do outro. Você não vai vê-lo.

Ainda estava escuro quando fizemos o check-in no aeroporto. Addie e eu nunca tínhamos entrado em um avião; a empolgação que teríamos sentido foi substituída por uma dor aguda contraindo nosso estômago.

— Venha — disse o Sr. Conivent quando paramos diante de uma janela, olhando um avião decolar. Não conseguíamos ver detalhes, basicamente só luzes piscando no escuro.

Addie o seguiu pelo check-in, depois para a verificação de segurança. Tínhamos visto coisas como aquela na televisão, mas nunca havíamos chegado perto na vida real. Mas já havíamos ouvido bastante sobre elas. Sempre que alguém da escola viajava de avião, voltava cheio de histórias e não parava de falar por séculos.

Era cedo, e a área de segurança estava quase deserta com exceção de nós. O Sr. Conivent começou a esvaziar os bolsos e, com um gesto, indicou para que Addie fizesse o mesmo.

— Coloque sua bolsa na esteira rolante. E certifique-se de que não há nada de metal em seus bolsos.

Ela hesitou, e ele fez outro gesto com a cabeça.

— Vamos lá, Addie.

Ela passou a alça da sacola por cima da cabeça. A bolsa começou a se afastar de nós assim que a colocamos sobre a esteira.

— Nada de metal? — perguntou o Sr. Conivent. — Nenhuma chave? Dinheiro?

Ela fez que não com a cabeça.

— Então tá — disse ele. — Passe pelo detector de metais. Vou estar logo atrás de você.

Ela andou até o lugar que ele indicara, mas deu uma olhada para trás antes de passar sob o detector. O Sr. Conivent estava conversando com um guarda. Este murmurava em um walkie-talkie entre as frases. Antes que conseguíssemos entender mais que algumas palavras ("aqui?" "Sim, ele..." "três") um homem de uniforme do outro lado do detector de metais nos disse para passar.

Addie obedeceu, depois quase morreu de susto quando alguma coisa começou a apitar. Um passo para trás nos colocou novamente sob o detector. O apito recomeçou.

— Ei, fique parada — disse o guarda, agarrando nosso pulso e nos puxando para o lado. Ele estava vestido como o Sr. Conivent, com calças e sapatos escuros e camisa branca. Oficial. — Você esvaziou seus bolsos?

Addie colocou a mão contra o peito assim que ele a soltou.

— Eu não tenho nada.

— Bom, abra os braços. Isso, esticados assim. Vou só passar o sensor sobre você, OK? — O bastão preto piscava enquanto ele se inclinava e o passava sobre nossa perna direita. Mas quando o passou sobre a esquerda, o objeto começou a apitar do modo como o detector de metais fizera.

— Você tem certeza absoluta de que não tem nada no bolso? — perguntou o guarda. — Cheque para mim mais uma vez.

— Eu nunca coloco nada aqui — disse Addie, mas enfiou a mão no bolso mesmo assim. — Eu...

Algo pequeno e liso roçou contra nossa mão. Addie o pegou e o puxou do bolso: um pequeno disco preto, pouco maior que uma moeda, com uma minúscula luz no meio. Quase... quase familiar, embora eu não tivesse ideia de onde o tinha visto antes.

— Viu? — disse o guarda. Ele não parecia zangado, e Addie relaxou um pouco. — Uma coisa assim pode disparar o alarme.

O que é isso?, perguntou Addie. Algo dentro de mim se descontraiu ao ouvir a voz dela. Addie não falava comigo desde que acordáramos.

Não sei, respondi.

— Pronto, eu seguro isso para você — disse o guarda. Addie colocou o objeto na mão dele, que deu uma olhada antes de passar o bastão novamente sobre nosso corpo. Dessa vez, a coisa ficou quieta. — Prontinho — falou ele, nos devolvendo a moeda. Ele até sorriu discretamente.

— Algum problema?

Addie virou-se. Quando foi que o Sr. Conivent tinha chegado tão perto?

— Nenhum — respondeu o guarda. — Vocês podem ir.

— Ótimo — disse o Sr. Conivent, e ele estava sorrindo da mesma maneira que tinha sorrido quando nos vira em casa, descendo as escadas. — Pegue suas coisas, Addie. Já estamos bastante atrasados.

— O que aconteceu ali? — acrescentou ele quando Addie pegou nossa bolsa e o seguiu.

— Nada — disse Addie. Mas nossa mão se fechou com força em torno da moeda.

O aeroporto era disposto em portões, cada um marcado com um número preto em uma placa. Quando chegamos ao portão certo, uma fila de pessoas já esperava para embarcar no avião. O Sr. Conivent foi até o balcão de atendimento, nos deixando atrás de uma moça com duas crianças. O menino, que devia ter uns 7 ou 8 anos e parecia extremamente desconfortável em suas roupas formais, nos encarou com grandes olhos azuis.

Addie tentou não ser tão óbvia quanto ele ao observar o Sr. Conivent discutindo com a mulher no balcão. Ela gesticulava para o computador sem parar. Não conseguíamos ver o rosto do Sr. Conivent, mas seus ombros estavam tensos.

— Sua mão está *brilhando.*

Addie baixou os olhos, franzindo levemente a testa para o garotinho que tinha falado.

— Sua mão — repetiu ele, apontando nosso lado direito. Addie olhou. Uma luz vermelho-vivo pulsava entre nossos dedos. A moeda. A luz que tínhamos notado antes havia ganhado vida e estava piscando lentamente.

— O que é isso? — perguntou o menino, saindo do lado da mãe.

A expressão de confusão de Addie se aprofundou.

— Não sei.

O garoto ficou na ponta dos pés, tentando ver melhor.

— Tyler? — A fila tinha andado. A mulher pegou o braço do filho e o puxou para a frente, ignorando seus protestos.

— O que é isso? — indagou uma voz por sobre nosso ombro.

Addie deu um pulo, quase batendo com a cabeça no queixo do Sr. Conivent. Ele se endireitou. Como ele conseguia chegar de mansinho assim?

— Nada — disse Addie. Nossos dedos se fecharam.

A mão dele segurou nosso pulso.

— Posso ver?

Deixe-o ver, falei rapidamente. *Ele só vai ficar mais desconfiado se você não deixar.*

O Sr. Conivent pegou a moeda preta na palma de nossa mão e a segurou contra a luz. Nossos olhos seguiram seu movimento, colados ao objeto cintilante até que ele o devolvesse para nós.

— Que coisa esquisita — disse ele.

Addie tentou sorrir.

— Comprei na loja de mágicas.

— É? O que isso faz?

— Ele...

Falei a primeira coisa que me veio à mente.

É parte de um truque maior.

— É parte de um truque maior — repetiu Addie. — Mas nunca funcionou direito. Achei na minha bolsa... tenho toneladas de porcaria dentro dela.

— OK — disse ele. Ele já tinha se virado. — Bom, então vamos.

O túnel que levava ao avião ecoava com o rangido das rodas das malas. Uma comissária de bordo estava na entrada do avião, sorrindo para nós quando chegamos à porta.

Entramos. O Sr. Conivent andava o mais rápido que podia pelo corredor estreito, mas precisava parar à medida que as pessoas encontravam seus assentos e guardavam a bagagem nos compartimentos superiores. Será que Ryan e Devon já estavam ali? Tinham de estar; éramos umas das últimas pessoas na fila.

A moeda está piscando mais rápido, disse Addie.

Não fique olhando para ela, falei. *Ele pode perceber.*

Ela levantou nossos olhos e baixou o punho para a lateral do corpo. À nossa frente, a mulher com os filhos finalmente encontrou seus assentos, e ouvimos a mãe murmurar para si mesma:

— Graças a Deus estamos perto dos banheiros.

À nossa frente, um homem mais velho se atrapalhava com sua mala, e o Sr. Conivent precisou parar novamente, seus lábios se contraindo. A moeda em nossa mão estava quente.

Só uma olhada rápida, falei.

Addie virou-se levemente, escondendo a moeda para o caso de o Sr. Conivent olhar por cima do ombro. A luz não estava mais piscando. Agora o vermelho brilhava fixamente. Ela franziu as sobrancelhas para o objeto, nosso lábio inferior preso entre os dentes. Não percebemos quando uma das portas do banheiro se abriu.

Mas quando levantamos o olhar outra vez, não pudemos deixar de notar o garoto de cabelos escuros parado no corredor. E não tinha como não reconhecê-lo.

Capítulo 13

O que aconteceu em seguida foi muito rápido e quase silencioso. O dedo de Devon disparou para seus lábios. Ele voltou para o banheiro e fechou a porta.

— Addie? — disse o Sr. Conivent, com um tom de meio suspiro e meio aviso. — O que foi agora?

— Nada — respondeu Addie. Nosso coração estava batendo com força, mas ela se virou e manteve nossa expressão plácida.

— É que eu nunca tinha entrado em um avião.

— Não há muita coisa para ver. — Ele acenou, indicando a Addie para que transpusesse os cerca de dois metros que o separavam de nós. — Venha. Precisamos chegar a nossos assentos.

Ela seguiu o Sr. Conivent pelo corredor, cada vez mais para dentro do avião. Apesar de ser incrivelmente cedo, a maioria dos outros passageiros estava vestida elegantemente como ele, as mulheres usando saia e meia-calça, os homens, camisas passadas. Nossos oxfords gastos se destacavam em uma fila de saltos altos e sapatos de couro.

— Assento 34-F — disse finalmente o Sr. Conivent. — Aqui estamos. Me dê sua bolsa.

Addie a entregou. Os assentos dos dois lados do 34-F estavam ocupados por homens de negócios de meia-idade usando ternos escuros. O Sr. Conivent ainda tentava enfiar nossa bolsa no compartimento superior. Addie deu um tapinha em seu ombro.

— Só tem um assento.

O Sr. Conivent assentiu enquanto fechava o compartimento.

— Eu estou mais para lá. — Ele apontou na direção da qual tínhamos vindo. — Do lado oposto ao que entramos. Se precisar de ajuda, chame a aeromoça. Não é um voo longo.

Addie assentiu, a moeda quente na palma de nossa mão. O rosto de Devon estava gravado em nossa mente, pedindo que ficássemos quietas. Addie sentou-se, esperando que o Sr. Conivent fosse embora, mas ele não foi. Ficou no corredor como uma sentinela, até que afinal o homem que estava à nossa esquerda o envolveu em uma conversa praticamente unilateral enquanto Addie se remexia em nosso assento.

Finalmente, a aeromoça de uniforme azul e branco disse ao Sr. Conivent que ele precisava se sentar. Então, na parte frontal do avião, outra mulher começou a explicar os procedimentos de segurança. Addie e eu ouvimos. Pelo menos uma de nós se lembraria do que fazer. Pensei que teríamos uma chance de correr até o banheiro quando a aeromoça terminasse, mas o avião começou a se mover e não pudemos ir a lugar algum.

De qualquer modo, ele não estaria lá, falei. *Já o teriam mandado para o assento.*

O avião guinchava, disparando cada vez mais rapidamente pela pista. Então, com um solavanco e um estalo em nossos ouvidos, ele se desprendeu do chão. Nossas pernas ficaram moles. Addie apertou os braços do assento, nossas costas pressionadas contra o encosto. Ela só olhou uma vez pela janela, mas foi o bastante. Vimos a forma escura do aeroporto lá embaixo, as luzes da pista ficando cada vez menores conforme deixávamos o chão para trás.

O sinal de apertar os cintos de segurança se apagou dez ou 15 minutos depois. Addie murmurou um pedido de licença para o homem de negócios que estava no assento da ponta e se espremeu para passar por ele e cambalear pelo corredor.

As portas do banheiro estavam fechadas, mas pequenos painéis declaravam em verde fluorescente que estavam livres. Addie olhou em volta antes de abrir a porta atrás da qual Devon se escondera antes. O minúsculo banheiro estava vazio. O que ficava ao lado dele, também. Assim como o seguinte.

Um homem que estava sentado ali perto nos lançou um olhar estranho.

Nossa mão se fechou em torno da maçaneta da quarta porta. Addie a puxou.

E esse não estava vazio.

— Shh — fez Devon antes que Addie conseguisse falar. Ele pegou nosso braço e nos puxou para dentro do banheiro, batendo a porta atrás de nós. Ficamos espremidas entre a pia e a parede, cercadas pelo vaso sanitário e pela porta. E por Devon. O rosto dele estava a quinze centímetros do nosso, suas mãos perto de nossos cotovelos, um joelho pressionado contra nossa perna. Estávamos encaixados sem ter para onde ir, com as costas contra as paredes, tentando respirar. Tudo vibrava.

— Você não fugiu — disse Devon. A voz dele estava baixa, mas algo nela vibrava no mesmo tom do motor do avião. A beirada dura da pia fincava-se em nossas costas, impedindo Addie de se esquivar do toque dele. — Ryan lhe disse para fugir. Por que você não fugiu?

Uma turbulência balançou o banheiro. Addie fechou nossos olhos com força até que terminasse. O banheiro era pequeno demais. Minúsculo.

— Claro que não fugi — disse ela entre dentes. — Para onde eu teria ido?

Pareceu que Devon ia discutir, mas o banheiro tremeu novamente, e quando Addie reabriu os olhos, ele tinha engolido o que ia dizer.

— Você não admitiu nada? — As palavras não chegavam a ser uma pergunta, eram mais uma afirmação. — Você se fez de boba?

— Não sou idiota — disse Addie. Não conseguíamos focar, não naquele lugar minúsculo e chacoalhante, com a porta atrás de nós e Devon tão próximo. O suor pinicava nossa nuca, o calor nos percorria em ondas. Nosso peito se contraiu, uma faixa apertando cada vez mais forte até que respirar se tornou uma luta.

Devon franziu a testa.

— Você está bem?

Concentre-se no rosto dele, falei. *Não pense em mais nada.*

— Estou bem — disse Addie. Nossa voz estava áspera, mas ela me ouviu, mantendo os olhos no rosto de Devon. — E não fugi. Agora estou aqui. — Nossas mãos se fecharam.

Nem ela nem Devon disseram nada por um momento. Nossos músculos tremiam com o esforço de ficar parados. Nosso olhar estava fixo à frente. Addie estava dividindo o rosto de Devon em pinceladas? Em luz e sombra? Eu nunca veria o mundo através de pontos coloridos em uma paleta, como Addie às vezes parecia fazer, mas a vira desenhar pessoas o suficiente para imaginar como ela esboçaria a linha dura e lisa do maxilar daquele garoto, as laterais retas de seu nariz. Como sombrearia o cabelo enrolado sobre sua testa, quase roçando as sobrancelhas.

Eu era capaz de imaginar alguns dos tons que ela escolheria e misturaria — amarelo-ocre, vermelho queimado, violeta — para colorir o rosto de Devon, que também era de Ryan, assim como o de Addie também era meu.

— Você pelo menos trouxe o chip? — perguntou Devon finalmente.

— O quê? — disse Addie.

Devon nos encarou.

— O chip. O chip preto. Ryan o colocou em seu bolso quando... Você tem de estar com ele.

Addie abriu nosso punho dedo por dedo. Ela levantou o chip, mas não desviou o olhar de Devon.

— Você está falando disto?

Ele também não baixou os olhos, apenas continuou nos encarando. Talvez curioso por causa de nossa respiração curta e da tensão em nossos membros. Finalmente, Addie levantou mais a mão, quase até a altura de nossa boca. A luz brilhou vermelha entre nós e Devon, um olho de ciclope em um rosto redondo e negro.

Isso pareceu fazer com que Devon recobrasse a atenção.

— Sim, isto.

Ele tirou um círculo idêntico do bolso e o levantou perto do nosso. O dele também tinha um brilho vermelho. Todo movimento que ele fazia obrigava Addie a se mexer também, uma troca mútua de espaço, de ar. Tentei pensar em outra coisa, algo bom, algo agradável, e tudo o que me veio à mente foi o dia em que Ryan tentou explicar o que era ampacidade e eu cheguei à conclusão de que provavelmente ele era o pior professor que eu já tivera.

— Bem, o que é isso? — perguntou Addie.

— Nada de mais — explicou ele. — Não o bastante. Mas era tudo o que tínhamos na hora. Não havia tempo de fazer mais nada. — Ele apontou. — Está vendo essa luz?

— Sim — respondeu Addie.

— Ryan programou a luz para brilhar quando os chips estão juntos — explica ele. — Se estivéssemos um pouco mais afastados...

— Elas piscariam? — disse Addie.

Ele confirmou. Addie aproximou os chips de nossos olhos, estudando a luz e os minúsculos parafusos na parte de trás.

— Foi difícil? Fazê-los?

— Mais fácil do que invadir seus arquivos escolares — disse ele.

Addie levantou os olhos repentinamente. Então, para minha surpresa, ela abriu um sorriso.

— Não é de surpreender.

Um instante passou, menos tenso, só que mais incômodo. A beirada dura da pia ainda machucava nossas costas.

— Preciso ir — disse Devon. — Ele vai se perguntar por que estou demorando tanto.

— O Sr. Conivent? — perguntou Addie. — Ele está sentado perto de você?

Devon assentiu.

— E você?

Addie inclinou levemente a cabeça.

— Para lá. Trinta e quatro alguma coisa. Acho... acho que minha passagem foi meio de última hora.

Os olhos dele estava firmes, fixos.

— Ele disse que só iam fazer alguns testes?

Addie assentiu, então finalmente desviou o olhar.

— Ele disse que eu estaria de volta em dois dias.

Devon enfiou seu chip outra vez no bolso, mas não fez menção de sair. O avião fazia barulho. Addie baixou os olhos para o punho, nosso cotovelo apertando-se contra a lateral do corpo.

— Talvez eles não consigam perceber — disse Devon. — Do jeito que as coisas estão, com Eva ainda fraca como está, pode ser que ela não apareça nos escaneamentos. Provavelmente. você ainda vai poder voltar para casa.

— É — concordou Addie em voz baixa.

— Vou sair primeiro porque Conivent está esperando — disse Devon. — Espere uns minutos antes de sair. — Ele e Addie se deslocaram desajeitadamente no espaço apertado até ele conseguir alcançar e destrancar a porta. Seu olhar voltou para nosso rosto. — Continue negando tudo. E fique com o chip para nos acharmos de novo.

— Pode deixar — concordou Addie. Ele assentiu, abriu a porta e a fechou novamente antes que alguém nos assentos próximos pudesse perceber que havia mais de uma pessoa lá dentro. Addie trancou novamente a porta, sentou-se na tampa do vaso sanitário e apoiou a cabeça nas mãos. Ela tremia.

Addie passou o resto do voo olhando pela janela. As luzes se multiplicavam lá embaixo, surgindo do nada feito cogumelos. Havia um rumor sob cada assento, como um enorme gato adormecido. Em certo momento, um bebê começou a chorar. Sua mãe o acalmou com palavras suaves e um chocalho.

Os dois homens que compartilhavam nossa fileira estavam dormindo quando o piloto anunciou que aterrissaríamos. Começamos a descer exatamente quando o sol saiu, o avião mergulhando na piscina dourada que vazava do horizonte. Apertando os olhos, vimos os arranha-céus chegando cada vez mais perto. Não víamos prédios tão altos desde que tínhamos nos mudado. Minha mente já fervilhava de lembranças de salas de espera assépticas, camisolas de hospital grandes demais, tique-taque de relógios e médicos indiferentes.

Addie respirou fundo quando o avião tocou a pista, o ruído ronronante do motor intensificando-se para um ronco, depois um rosnado, até tornar-se um rugido. O ar passava uivando. Seguíamos em frente com tanta rapidez que tive medo de que decolássemos de novo. Mas pouco a pouco o avião desacelerou até estarmos apenas deslizando pela pista. As luzes se acenderam. Ao nosso lado, os homens de negócios se mexeram.

O piloto nos deu as boas-vindas à cidade e ao estado quando o avião fez uma curva, então nos informou a temperatura e o clima.

Como ele vai levar nós duas e Devon para fora ao mesmo tempo? perguntou Addie.

Não sei.

Ficamos sentadas e esperando. Sentadas e esperando enquanto a velocidade diminuía e o avião parava. Sentadas e esperando enquanto todos os outros se levantaram, bocejando e se espreguiçando.

— Hora de levantar — disse o homem ao nosso lado. Ele girou os ombros e esfregou a nuca.

— Estou esperando uma pessoa — falou Addie.

O corredor se encheu de gente tirando a bagagem dos compartimentos superiores. O homem a nossa esquerda se juntou a elas enquanto o que estava a nossa direita ficava nos lançando olhares significativos. Addie estava quase dizendo alguma coisa quando ouvimos um tumulto um pouco à frente no corredor.

— Desculpe — repetia alguém, ziguezagueando entre as pessoas. — Desculpe. Com licença.

Uma aeromoça parou meio sem jeito no espaço vazio ao lado de nosso assento. Ela sorriu, um pouco instável sobre os saltos pretos, e tentou afastar a franja dos olhos.

— O Sr. Conivent me mandou buscar você — disse ela. — Ele está um pouco enrolado lá e não quer que você espere demais... ou atrapalhe alguém. — O homem que estava preso entre nós e a janela abriu um sorriso agradecido para ela.

Addie se levantou, segurando o assento à frente para se equilibrar.

— Qual é a sua bolsa? — perguntou a comissária de bordo, olhando o compartimento superior.

— A sacola vermelha — disse Addie. Ela passou para o corredor, espremendo-se ao lado da mulher. — Para onde vamos?

A moça pegou nossa bolsa com esforço e a colocou em nossos braços.

— Só até o terminal. Ele vai encontrá-la assim que sair.

Addie verificou o chip em nossa mão algumas vezes conforme nos movíamos em direção à dianteira do avião. A luz continuava firme. Devon e Ryan estavam ali em algum lugar, por perto.

Um feixe de luz da manhã espreitava através da brecha entre a fuselagem e o túnel. Quando Addie pisou sobre ela, segurando nossa sacola contra o peito, a luz do chip alterou-se de brilho sólido para um pisca-pisca rápido. Devon devia ter se afastado.

— Vamos, querida? — chamou a comissária de bordo.

Addie fechou a mão e acelerou o passo.

O terminal era claro e movimentado. As pessoas andavam apressadas, com as malas aos solavancos atrás de si. Uma voz incorpórea anunciava o nome de uma criança perdida. Painéis eletrônicos divulgavam uma lista de horários de voos, atrasos e cancelamentos.

Achei que simplesmente esperaríamos perto da porta, mas a aeromoça nos conduziu pelos corredores ladrilhados, seus saltos altos pretos estalando. Havia janelas em todo lugar. Do lado de fora, o sol tinha irrompido no horizonte. Flutuava no ar dourado, semiadormecido, mas esticando dedos de pontas amarelas pelo céu. Em nossa mão, a luz do chip começou a pulsar cada vez mais devagar até cessar completamente.

A comissária de bordo continuou andando até chegarmos a uma praça de alimentação barulhenta. Addie olhou em volta, absorvendo o cheiro de pó de café, a gordura matutina de pãezinhos e de frango frito, o cardápio chamativo do quiosque de sanduíches. A comissária de bordo nos levou até uma mesa, mas não se sentou.

Ficamos de pé, duas estátuas em um mar de mesas e pessoas tomando café com muffins grandes demais. Uma estátua alta e magra usando elegantes saltos pretos. Outra mais baixa, usando uniforme escolar e sapatos de couro envernizado. O silêncio era como uma criança inconveniente, puxando nosso cabelo, passando os dedos por nossos lábios.

Eva, chamou Addie.

O que os nossos pais estariam fazendo agora? Tínhamos viajado para o oeste, então era mais tarde em Lupside. Provavelmente já estavam acordados. Será que haviam sequer dormido na noite anterior? Ou tinham ficado acordados como faziam às vezes em nossa infância antes de nossas consultas, saindo do quarto na manhã seguinte parecendo fantasmas?

O que tinham dito a Lyle?

Eu... não falei sério, disse Addie. *Ontem à noite. Sobre ser sua culpa.*

Tentei falar, mas ela me interrompeu, as palavras irrompendo dela como bolhas, frágeis e transparentes.

Você estava feliz, Eva?

Levou um instante até que eu conseguisse responder.

A parede entre nós estava desmoronando, desmoronando. Suas emoções me inundaram, um mar de preocupação, medo e... culpa.

Sim, falei. *Sim, eu estava.*

Addie suspirou. Os últimos fragmentos da parede rodopiaram para longe no redemoinho de alguma emoção que eu não conseguia nomear.

O que vamos fazer, Eva?, perguntou ela.

Vamos passar por isso da melhor forma possível, falei. O que mais poderia dizer?

— Ah, aí está ele — disse a comissária de bordo, interrompendo nossa conversa. O alívio infiltrou-se na voz dela e se aninhou nos cantos de seu sorriso.

O Sr. Conivent abria caminho entre a multidão com seus passos rápidos e ombros retesados. Devon e Ryan não estavam à vista.

— Obrigado — disse ele à comissária de bordo e virou-se para nós. — Você está pronta?

Addie assentiu.

— Ótimo. Então vamos.

Jogamos a sacola sobre o ombro e saímos da praça de alimentação com ele, andando à sombra de seus sapatos finos de couro.

Passar por isso da melhor forma possível, disse Addie.

Da melhor forma possível.

Capítulo 14

Um motorista nos encontrou no meio-fio do lado de fora do aeroporto, abrindo a porta de um carro preto e lustroso muito parecido com o que o Sr. Conivent tinha usado em Lupside. Addie entrou no banco de trás, apertando a bolsa com força contra o peito. Com exceção de murmurar uma ou duas frases rápidas, o Sr. Conivent e o motorista não falaram um com o outro, e nenhum dos dois disse uma palavra a nós.

Olhamos pela janela enquanto a paisagem estranha passava rapidamente. A princípio eram apenas autoestradas, mais largas e cheias de carros do que as que tínhamos em Lupside. Uma cidade brilhava a distância, uma cidade de verdade, com arranha-céus cintilando prateados e dourados ao sol da manhã. Mas por fim deixamos a cidade e a autoestrada para trás. Quando chegamos à clínica, estávamos havia séculos sem ver nenhum prédio. A paisagem ali era agreste, e o sol tinha matado todas as plantas de calor, fazendo as árvores definharem e a grama perder quase todo o verde.

Em contraste, a Clínica de Saúde Psiquiátrica Nornand assomava sobre uma coroa de arbustos e de gramados bem-cuidados, um oásis prateado e branco no deserto. Com três andares, o prédio era repleto de ângulos estranhos e enormes painéis de vidro, todos refletindo a luz. Addie e eu olhávamos fixamente enquanto nosso carro parava em uma vaga na frente. Com exceção de dois homens que faziam algum tipo de trabalho de manutenção no telhado, o prédio parecia deserto.

O ar ali era seco, sem sinal da umidade que nos atormentava em casa. Mas era igualmente quente, e Addie apertou os olhos quando saímos do carro.

Todos os traços do sufocante dia de verão desapareceram assim que entramos no saguão da Nornand. Ali, o ar era frio o bastante para nos fazer estremecer. O Sr. Conivent se dirigiu à recepção, e Addie deu uma olhada para o segurança parado ali perto antes de segui-lo.

A recepcionista verificou a identificação do Sr. Conivent, então assentiu e gesticulou para que continuássemos em direção aos elevadores. Eu queria pedir a Addie para olhar a moeda que estava em nosso bolso, mas não tive coragem. Havia olhos demais ali, janelas demais, muitas superfícies brilhantes e espelhadas refletindo cada movimento nosso.

O carpete do elevador era de flores amarelas e verdes. Também tinha um espelho ali; em vez de um homem e uma garota, havia dois de cada. Mas o espelho ajudava. Ele fazia um elevador que já tinha um bom tamanho parecer ainda mais espaçoso. Mesmo assim, nosso coração acelerou.

O Sr. Conivent apertou o botão do terceiro andar, e nosso estômago afundou conforme o elevador subia. Quando éramos crianças, pulávamos sempre que o elevador do shopping começava a se mover ou parava, sentindo a fração de segundo de ausência de peso e seu momento paralelo de dupla gravidade. Aquilo nos distraía do fato de estarmos presas em uma caixinha de metal.

Uma campainha tocou. O elevador desacelerou e parou. Eu não sussurrei para Addie: *Ei, vamos pular*. Pelo contrário, ficamos totalmente imóveis e retas até as grandes portas prateadas se abrirem e o Sr. Conivent sair.

O longo corredor branco se estendia infinitamente em ambas as direções, iluminado por fileira após fileira de luzes fluorescentes. Um leve cheiro de desinfetante se agarrava a cada superfície como a morte faz com as lápides.

Uma enfermeira usando um vestido listrado de cinza veio, apressada, em nossa direção.

— Falando do diabo — disse, sorrindo, e fez um gesto para chamar um entregador que estava atrás dela. — Estava preocupada em fazê-lo esperar.

O entregador não podia ser mais que dois ou três anos mais velho que nós, e era muito alto, porém desengonçado. Ele segurava um pacote marrom com uma das mãos e estendia uma prancheta para o Sr. Conivent com a outra. E também não parava de nos encarar. Apenas olhadas rápidas a princípio, que depois ficaram mais descaradas quando o Sr. Conivent se inclinou para assinar os papéis da prancheta.

— Quem sabe na próxima eu simplesmente peça ao Dr. Wendle para assinar — disse a enfermeira. — Ou até mesmo à Dra. Lyanne...

— Prefiro que não o faça — falou o Sr. Conivent.

A enfermeira assentiu, mas só vimos essa cena com nossa visão periférica. Addie estava ocupada demais retribuindo o olhar fixo do entregador. Seus olhos eram de um azul frio e claro, como olhos de boneca.

Pare com isso, falei. *Ele vai achar que você é louca.*

Ele já acha que somos loucas, disse Addie. *Não custa nada lhe dar alguma coisa de que falar.*

Mas Addie já estava desviando o olhar antes mesmo de terminar a frase. Passara muitos anos lutando para evitar a atenção. É difícil abandonar hábitos antigos.

— Ah, olá — disse a enfermeira, como se só então tivesse notado nossa presença. Ela era pálida e magra. Os cantos de sua boca se curvaram em um sorriso. — Como você está?

— Bem — respondeu Addie.

O Sr. Conivent pegou seu pacote com o entregador e já estava se virando.

— Acomode-a em um quarto por esta noite, por favor, mas primeiro leve-a ao Dr. Wendle.

— Claro — disse a enfermeira. — Vamos, querida. Qual é o seu nome?

— Addie.

— Bem, acompanhe-me, Addie. — Ela se encaminhou na direção oposta do corredor, afastando-se do Sr. Conivent.

Addie a seguiu, com a bolsa batendo contra nosso quadril a cada passo, um choque de vermelho em meio ao branco e prateado da Nornand. O que será que o entregador contaria aos amigos, eu me perguntava, sobre a garota de rosto pálido usando um uniforme escolar amarrotado?

O que diria sobre nós, trancadas ali, quando já tivesse ido para casa havia muito tempo?

Nós andamos, andamos e andamos pelos longos corredores. Parecia que a Nornand não era tão cheia quanto os hospitais que tínhamos visitado na infância. Havia algumas enfermeiras conversando nos vãos das portas, e chegamos a ver um homem de jaleco passando rapidamente, mas isso foi tudo. Não havia ninguém usando roupas comuns esperando ansiosamente do lado de fora de salas de exame, nem mães, pais ou adultos de nenhum tipo além das enfermeiras e do médico. Não havia pacientes. Com exceção de nós. Uma vez, Addie se atreveu a espiar o chip em nosso bolso, mas ele estava frio e morto.

Finalmente, a enfermeira parou diante de uma porta marcada com *347* em uma fonte pequena e preta.

— Dr. Wendle? — chamou ela, batendo.

Houve um barulho de movimentação antes de uma voz responder:

— Sim? Entre.

Ela abriu a porta e nos encaminhou para dentro.

— Esta é Addie, Dr. Wendle. O Sr. Conivent acaba de trazê-la.

O Dr. Wendle era um homem baixo, robusto e com o cabelo castanho-escuro penteado sobre a careca que, em qualquer outra ocasião, Addie teria ridicularizado. Ele apertou os olhos para nós através dos óculos de armação grossa antes de levantar-se repentinamente de sua mesa. Seu jaleco flutuou atrás dele.

— Ah, sim, sim — disse ele, apertando nossa mão. Seus olhos nos percorriam: rosto, mãos, pernas, como se fôssemos algum novo achado arqueológico. — O Sr. Conivent me disse para esperar você.

Eu queria que alguém *nos* dissesse o que esperar.

A enfermeira tentou pegar nossa bolsa, e como Addie resistiu, ela sorriu indulgentemente.

— Vou colocá-la em seu quarto para você, querida. Ela vai estar em segurança. Não se preocupe.

Ela deu um último puxão, e a bolsa escorregou de nossas mãos. Nós oscilamos, perdendo o equilíbrio. Sem a bolsa, eu me sentia pequena e exposta.

— Venha — disse o Dr. Wendle quando a enfermeira saiu. — Puxe uma cadeira.

Olhamos em volta e não vimos nada além de um banco alto de metal que guinchou quando o puxamos até a mesa. O Dr. Wendle acomodou-se na própria cadeira, sorrindo. O encosto alto o fazia parecer menor.

— Eu gostaria de lhe fazer algumas perguntas antes de começarmos nossos testes. — Ele ajustou seus óculos e inclinou-se à frente. Sem preâmbulo. Sem *como foi seu voo? Você deve estar cansada. De onde você é?* Apenas uma avidez nos olhos dele que me fez sentir como uma mariposa um segundo antes de ser presa com um alfinete. — Em primeiro lugar, como tem lidado com Eva?

Addie se retraiu.

— O quê?

— Eva — repetiu ele, e seu sorriso diminuiu um pouco. Indicou uma entre as várias folhas de papel espalhadas sobre sua mesa. — Aqui diz que você teve muita dificuldade para se definir, e que isso só aconteceu no seu 12º aniversário, estou certo?

Addie não fez que sim, não falou ou sequer se moveu, mas o médico pareceu interpretar o silêncio como uma concordância.

— Então faz mais ou menos três anos. Sinceramente, não consigo acreditar que as coisas tenham durado por tanto tempo. Mas o que posso dizer? As pessoas ficam preguiçosas, os funcionários do governo ficam negligentes, ou... bem, enfim. — Ele juntou as mãos. O sorriso se abriu novamente. — Então, esta é sua chance. Conte-me. Como tem lidado com Eva?

Eu deveria estar pronta para aquilo. A cena com o Sr. Conivent na noite anterior deveria ter me preparado para qualquer coisa. Mas meu nome na boca do Dr. Wendle ainda me causava ondas de enjoo.

— Não precisa ser tímida — disse ele. — Tudo isto é estritamente confidencial. — Seus lábios grossos retesavam-se, esforçando-se para manter a curva sob o bigode.

Nosso estômago se contraiu.

— Eu... eu não sei do que você está falando — disse Addie. Nosso rosto estava quente. Nossas mãos, escorregadias.

O Dr. Wendle levantou uma das sobrancelhas.

— Não sabe?

— Não — disse Addie.

O bigode dele parecia enfatizar seu olhar de censura.

— Você compreende, Addie, que quando testarmos você saberemos a verdade. Então não há por que mentir agora.

— Não estou mentindo. — De alguma forma, Addie manteve a voz firme. — Acho que houve um engano.

Ficamos em silêncio por muito tempo, com os olhos fixos no colo, o médico tão quieto quanto nós. Finalmente, ele suspirou e se levantou, emburrado como um menino a quem prometeram brinquedos e deram um pedaço de carvão.

— Está bem, se você insiste. — Com um gesto, nos chamou para sair com ele do consultório. — Vou fazer um ou dois testes — disse sem olhar para nós. — Um escaneamento cerebral, um cog-psi...

Addie andava rapidamente atrás dele pelos corredores, esforçando-se para acompanhar o passo acelerado do Dr.

Wendle. Findamos em um laboratório, onde o médico começou a mexer em uma grande máquina retangular, apertando os olhos para ler na tela acoplada. Era a única coisa que havia na sala. Addie ficou perto da porta, o mais distante que podia do aparelho cinza e amarelo e do Dr. Wendle. Finalmente, ele virou-se e disse:

— Venha. Não fique nervosa.

Nossos sapatos quase não faziam barulho contra os cintilantes ladrilhos brancos. Nossa mão estava no bolso, com a moeda de Ryan pressionada contra a palma.

— Fique parada ali e não toque em nada — disse o Dr. Wendle. — Só preciso de um segundo para ajustar as coisas.

A máquina era mais comprida do que alta, e tinha quase um 1,5 m de altura. Uma das extremidades estreitas era aberta, revelando um interior oco. Addie ficava inquieta ao lado dela, mas não tocou em nada. O Dr. Wendle pareceu levar muito mais do que um segundo. Uma hora, pelo menos. De que outra maneira poderíamos explicar o enjoo quente e ácido que queimava nosso estômago? O zumbido em nossos ouvidos?

Um chiado baixo começou. O Dr. Wendle apertou alguns botões, estudou a confusão de informações na tela, e finalmente levantou os olhos.

— Tudo bem. Está quase pronto. Eu... Você não trocou de roupa. — Ele parecia surpreso, como se esperasse que soubéssemos magicamente que tínhamos de fazê-lo, então foi apressadamente para o fundo da sala. — Você não pode usar essa roupa durante o escaneamento. — Ele enfiou a mão em uma gaveta e tirou uma longa camisola hospitalar branca. — Aqui, vista isto.

Addie deu um passo para trás.

— Isso é para quê?

— Para fazer o escaneamento — disse ele, empurrando-nos para uma sala ao lado. O canto mais distante estava escondido por uma fina cortina azul. — Agora troque-se. Depressa, por favor.

Anéis de bronze roçaram contra uma haste de metal, fechando-nos em um compartimento escuro do tamanho de uma cabine telefônica. Por um momento, não nos atrevemos a nos mover.

Feche nossos olhos, falei.

Addie obedeceu. Aquilo ajudou um pouco, mas mesmo assim nos despimos o mais rápido possível. A camisola de hospital se fechava nas costas. Tivemos que dobrar os braços em ângulos estranhos para alcançar as fitas.

— Pronta? — perguntou o Dr. Wendle.

Addie abriu a cortina, depois se curvou para dobrar nossas roupas e colocá-las sobre um banco de metal próximo.

— Bom — disse o Dr. Wendle, apertando um botão da máquina. — Deixe suas roupas aí. Daqui a pouco você vai vesti-las de novo.

A tampa da máquina cinza e amarela se abriu com um zumbido.

Addie congelou no meio da sala.

— O que foi? — indagou o Dr. Wendle.

— Me diz... — Ela engoliu em seco. — Me diz o que vai acontecer.

Ele nos lançou um olhar estranho.

— Na verdade, nada. Você só vai ficar deitada aqui — ele apontou a máquina — e...

— Mas a tampa — disse Addie. — A tampa vai ficar aberta?

— Bem — comentou ele. — Só por um instante.

Ela já estava balançando nossa cabeça e se afastando.

— Não. Não, desculpe. Não consigo.

A mão dele disparou mais rápido do que imaginávamos ser possível, dedos grossos fechando-se em torno de nosso pulso. Nossos músculos ficaram duros como pedra.

— Para... para que serve? — perguntou Addie, tentando ganhar tempo. — O escaneamento. — Nosso peito estava tão contraído que ela mal conseguia falar. — O que vocês procuram nos escaneamentos?

O Dr. Wendle franziu ainda mais as sobrancelhas. Mas ele não parecia zangado. No máximo, levemente confuso.

— Atividade cerebral, Addie, é evidente. Você deve ter feito alguma coisa semelhante quando era criança. Provavelmente com uma tecnologia menos avançada, mas com a mesma função. — Ele gesticulou em direção à máquina cinza e amarela. — Ela vai me mostrar quão grave é o problema. — A explicação continuou, descambando para terminologia que não entendíamos e estudos dos quais nunca tínhamos ouvido falar.

Addie, falei. *Addie, precisamos fazer isso.*

Não. Não, eu não vou entrar naquela coisa, Eva. Não consigo.

O Dr. Wendle tinha soltado nosso braço, e Addie o passou em torno do corpo. Mal conseguíamos registrar o que ele estava falando. O medo estava deixando nossos batimentos muito acelerados e nossa garganta seca. Ele contaminava cada inspiração, deixando o ar tão pesado até que ficasse impossível inalar.

— No final — disse o Dr. Wendle —, quanto mais soubermos, melhor poderemos tratá-la.

Ele sorriu, como se considerasse aquilo reconfortante. Addie não correspondeu ao sorriso. Eu sentia o grito borbulhando em nosso peito enquanto nossos pulmões pareciam falhar, nossas vias aéreas se fechando. O Dr. Wendle segurou nosso ombro e começou a nos forçar a andar em direção à máquina, grunhindo por causa do esforço.

— Só vai levar um instante, Addie. Não seja boba.

— Não — disse Addie. — Eu não consigo. Eu...

— Você consegue — falou ele.

— Eu *não consigo...*

Hesitei. A máquina piscava olhos negros e perversos para nós.

Nós precisamos, falei.

Não podemos. Nós...

— Addie — disse o Dr. Wendle.

Olhe aquilo, gritou ela, pequena e branca no canto de nossa mente. *É minúscula, Eva. É minúscula, e ele quer nos trancar lá dentro.*

Ela não precisava me dizer isso. Mas mesmo assim eu implorei a Addie para que me ouvisse, torcendo, contra a esperança, que se repetisse aquilo o bastante, eu também acreditaria.

Se não fizermos isso, eles só vão arrastar as coisas por mais tempo. Não vão nos deixar ir para casa até estarem satisfeitos, Addie. Devon disse... Devon disse que eles não conseguiriam perceber, não é?

Os lábios do Dr. Wendle se moviam, mas nenhuma de nós duas estava ouvindo.

Precisamos fazer isso, falei. *Dois dias, lembra? Suportaremos durante dois dias, depois vamos para casa.*

Addie hesitou, depois repetiu minhas palavras.

A boca da máquina bocejava cinza e prateada. Uma língua branca pendia do meio, enrugando-se levemente quando Addie se sentou.

Devagar, falei enquanto ela nos deitava de costas. *Com cuidado. Respire. Respire.*

Essa última parte foi uma ordem. Ela já tinha parado de fazê-lo várias vezes.

O Dr. Wendle se inclinou sobre nós e ajustou uma espécie de arco branco até que ficasse a poucos centímetros de nossa testa.

— Você está bem? — perguntou. — Confortável? Fique parada. Não vai sentir nada. Prometo.

Ande logo, pensei. Por favor, por favor, por favor, ande logo e acabe de uma vez com isso.

Eva, disse Addie. Pequena, trêmula. *Eva?*

A tampa se fechou, vedando a luz. Logo, a única iluminação restante vinha de uma abertura perto de nossos pés. Houve um clique, depois outro, mais alto. A tampa estava fechada. Estávamos presas.

Escuridão. Nossa respiração irregular. Nossos batimentos cardíacos desvairados. Tentei me encolher e ficar o menor possível, tentei me esconder do que quer que aquela máquina estivesse usando para sondar nosso corpo, nossa mente. Eu não estava ali. Eu não estava ali. Eu não existia.

Eva, gritou Addie. *Eva, não consigo respirar...*

Nosso braço bateu contra a lateral da caixa. O pânico subiu por nossa garganta, borbulhando em nossa boca.

— Deixe-me sair...

Shh, falei. *Shh, Addie...*

— Por favor, não se mova — disse a voz abafada do Dr. Wendle. — Não conseguirei uma boa leitura se você se mover.

Nosso punho esmurrava a horrível e enrugada cama de papel. Sussurros de medo escapavam de nossos lábios. Eu desisti de tentar desaparecer, de tentar me esconder. Não podia fazer isso, não com Addie tão apavorada, não quando ela precisava de mim.

O medo dela vinha de encontro ao meu, mas o meu era menor. Eu estava acostumada a ficar paralisada.

Não estamos presas, falei, segurando-a, abraçando-a, escondendo-a das longas garras de nosso terror. *Olhe, há uma luz. Poderíamos sair se quiséssemos. Mas não vamos. Vamos ficar imóveis, está bem? Só por um tempinho.*

Nossas mãos tremiam. Continuei falando, envolvendo Addie no calor de minhas palavras.

Me distraia, disse Addie. *Me distraia, Eva. Me conte...*

Uma lembrança?

Por favor.

Então eu contei. Contei a ela da vez em que subimos pela escada de incêndio de nosso antigo prédio e fingimos ser limpadoras de chaminé. Relembrei o verão em que tínhamos ido pescar e caído no lago. Escolhi todas as lembranças felizes, aquelas que brilhavam através do emaranhado de todos os nossos anos de entradas e saídas de hospitais. Os finais de semana livres. Os dias em que nossos pais eram felizes. O tempo que passávamos com nossos irmãos antes que mamãe e papai começassem a se preocupar com o efeito que uma criança indefinida poderia ter sobre eles. Antes que a doença do próprio Lyle começasse.

Lentamente, tremulamente, nossos punhos se aquietaram. Histórias de nossa vida compartilhada se entrelaçavam ao nosso redor, suas bordas macias e gastas pelo uso frequente, o gosto suavizado pela passagem dos anos. Eu as contava, uma atrás da outra até que, uma eternidade depois, houve um estalo, um clique, e a voz do Dr. Wendle:

— Pronto. Não foi tão ruim, foi?

A mão dele tocou nosso braço. Nos sentamos, com os olhos se abrindo e apertando-se por causa do repentino choque da luz.

O Dr. Wendle sorriu para nós.

— Feito — disse ele. Se percebeu o quanto tremíamos, não fez qualquer comentário; apenas gesticulou para que nos levantássemos e falou: — Pode sair. Os resultados vão demorar algum tempo. Enquanto isso, vá recolocar sua roupa.

Cambaleamos até nossa pilha de roupas. Fechamos metade da cortina antes de deslizar para o chão, com os ombros curvados, a cabeça baixa, as bochechas contra os joelhos. Demorou muito até pararmos de tremer. Dedos cegos se atrapalhavam com nós apertados demais. Não havia ninguém para ajudar, e nossos ombros doíam quando terminamos de desfazer todos os laços.

Addie massageou nosso pescoço com uma das mãos e esticou a outra para pegar as roupas. Ela não conseguiu pegar tudo de uma vez, e a saia quase escapou. Algo tilintou ao cair no chão. Ela olhou em volta de nossos pés, mas não havia nada ali. Teríamos imaginado?

Um clarão vermelho no canto de nossos olhos.

Ryan.

Uma onda de ansiedade nos percorreu. Precisávamos ver um rosto familiar. Eu queria *vê-lo*.

Addie colocou as roupas de qualquer jeito, enfiou os pés nos sapatos e saiu aos tropeços de trás da cortina. O Dr. Wendle digitava alguma coisa no computador com uma das mãos e ajeitava os óculos com a outra.

— Preciso ir ao banheiro — disse Addie.

— Saia, vire a esquerda, depois esquerda outra vez — respondeu ele sem levantar os olhos. — Na verdade, eu deveria levá-la...

— Vou ficar bem — falou Addie, disparando porta afora. O chip em nossa mão acendia e apagava, acendia e apagava, acendia e apagava.

Mas Ryan não estava em lugar algum.

Duas enfermeiras que conversavam no corredor olharam para nós antes de retornar à conversa. Elas usavam os mesmos uniformes listrados de cinza e tinham o cabelo preso para trás em coques idênticos.

Para onde? perguntou Addie, olhando para a direita, depois para a esquerda, então novamente para a direita.

Não sei. Esquerda. Vá para a esquerda.

Ela disparou pelo corredor, nossos olhos voando da palma de nossa mão para as pessoas ao redor, procurando por um rosto familiar.

Vermelho branco vermelho branco vermelho branco vermelho branco vermelho.

Onde ele está?

Nossos sapatos rangiam contra os ladrilhos. Viramos uma esquina e quase nos chocamos contra um homem vindo na direção oposta. Ele deu um grito, deixando cair uma pilha de pastas. Papéis se espalharam pelo chão. Branco sobre branco.

— Desculpe... — disse Addie. Ela se ajoelhou e apanhou uma folha de papel antes que ela deslizasse para muito longe.

— Não tem problema. — O homem riu e se abaixou também. — Por que a pressa?

— Eu estava procurando o banheiro — disse Addie.

Ele riu de novo.

145

— Então vá em frente. Vou ficar bem.

— Não, estou bem — acrescentou Addie. Nós não o olhamos nos olhos.

— Você é filha de quem? — perguntou ele enquanto recolhíamos as pastas de papel e as folhas remanescentes. Nossos olhos viram de relance um escaneamento cerebral preto e branco em uma delas, depois um nome. Havia outro escaneamento e um nome diferente na folha sob aquela.

— O quê? —· perguntou Addie.

— Você não é filha de alguém? — questionou o homem.

Ela balançou nossa cabeça.

Ele franziu a testa.

— Não?

CORTAE, JAIME dizia o papel sob nossos dedos. *HÍBRIDO.* Dois escaneamentos estavam colados lado a lado, parecendo praticamente idênticos, com exceção de uma mancha preta desfigurando o da direita. Cada escaneamento tinha uma data escrita abaixo. Um era de cerca de uma semana antes. A outra, daquele dia. Sob as datas havia um texto. *Idade: 13, Etnia: hispânico, Altura: 1,50. Peso...*

O homem puxou a folha de papel antes que conseguíssemos ler mais.

— Você não é uma paciente, é? — A voz dele tinha perdido os traços de riso.

Addie hesitou. O homem apanhou os papéis que restavam e os enfiou de volta nas pastas.

— Só estou aqui para fazer um check-up — perguntou Addie. — O Sr. Conivent...

— Por que está usando roupas comuns? — disse ele. — Você não deveria estar em algum outro lugar?

Dr. Wendle, falei. *Diga a ele que estamos com o Dr. Wendle.*

— Estávamos ainda agora com o Dr. Wendle — disse Addie rapidamente. — Ele... ele fez um desses escaneamentos em nós.

— Em nós? — perguntou o homem.

Addie empalideceu.

— Em mim e em outro garoto — disse ela. — Ele vai ficar preocupado se eu demorar demais. Eu... eu preciso ir. — Nos viramos e voltamos apressadas na direção da qual tínhamos vindo, ignorando o chamado do homem, torcendo para que ninguém nos fizesse parar. Ninguém fez. Addie virou apressada a esquina e pressionou as costas contra a parede, nossos olhos fechando-se por um instante antes de se abrirem novamente.

Eu tremia.

Nós.

Addie tinha dito *nós*.

Na última vez que Addie se referira a *nós* em voz alta, ainda não tínhamos 10 anos. Ainda prometíamos uma à outra que nada, jamais, ficaria entre nós. Éramos ela e eu contra o mundo.

É melhor voltarmos antes que o Dr. Wendle venha nos procurar, falei suavemente.

É, disse Addie. *É, eu sei, Eva.*

Mas eu ouvi o tremor em sua voz.

Capítulo 15

Não foi difícil reencontrar o laboratório do Dr. Wendle. Todas as portas tinham uma numeração clara; só tivemos de segui-la ao contrário. *E se não voltarmos?*, eu queria perguntar. E se encontrássemos aquele elevador outra vez e voltássemos ao primeiro andar? E se simplesmente passássemos pela recepcionista, pelo guarda na porta... Mas não falei nada, porque o que faríamos depois?

Melhor ficar. Ficar, fazer o que pedissem e esperar, porque nosso pai nos levaria para casa. Ele tinha prometido.

Além do mais, precisávamos encontrar Hally e Ryan. Não podíamos ir embora até sabermos que eles estavam a salvo.

Addie estava para abrir a porta do laboratório do Dr. Wendle quando ouvimos vozes.

— ... ela é vacinada... não deve ser um problema...

— Houve... antes... quando os médicos erram na prescrição ou a criança simplesmente é...

Addie ficou paralisada. Então, lentamente, comprimiu nosso ouvido contra a porta. Uma das vozes pertencia ao Dr. Wendle. A outra era de mulher. Os dois falavam baixo demais para conseguirmos entender mais do que umas poucas palavras.

— ... mesmo assim o teste cog-psi... mais efetivo às vezes...

— ... im, mas só nos estágios tardios. Quando... não dá para saber... sempre exis... chan... em...

A voz da mulher ficou ainda mais baixa, até que mal conseguíamos ouvir qualquer coisa.

Vire a maçaneta. Abra uma brecha na porta, falei, embora parte de mim soubesse que era arriscado demais. Não deveríamos tentar entreouvir a conversa. Deveríamos tentar ser a paciente perfeita.

Cuidadosamente, Addie pressionou a maçaneta para baixo e empurrou a porta um centímetro para dentro.

— Não há muito o que possamos fazer até termos todos os resultados dos exames — disse o Dr. Wendle.

— Não — respondeu a mulher. — Precisaremos esperar.

Uma pausa.

— Vocês não foram bem-sucedidos com esse, não é? — disse o Dr. Wendle. — Já soube de alguma coisa? Sobre como foi?

Não houve resposta durante um bom tempo. Depois:

— Melhor que os outros.

O Dr. Wendle riu, depois parou porque a mulher não se juntou a ele. Então pigarreou.

— Bem, é claro. Mas isso não significa muita coisa. Com certeza, não vai ser o bastante para o comitê de avaliação.

— Não.

— Ainda há tempo. E há muitos outros caminhos que ainda estamos explorando. O Eli está indo muito melhor agora, não está? Eu estava pensando em começar a dar Zalitene a ele a partir desta semana. Talvez ajude com seus episódios, e...

— Ele era um bom menino — murmurou a mulher.

— O quê? — perguntou o Dr. Wendle. — Eli?

— Não — respondeu ela. — Não, eu estava falando do... — Saltos estalaram pelo piso. — É melhor eu ir. Me envie o arquivo da garota quando os resultados forem definitivos.

Saia daí, falei. *Rápido. Ela está vindo.*

Mas Addie não se moveu. Nossa mão estava presa à maçaneta da porta, nossos ouvidos se esforçando para capturar cada palavra.

Saia daí, gritei. *Entre! Entre! Agora!*

Addie entrou bruscamente na sala, segurando a porta para não cair. A mulher deu um grito e cambaleou para trás. Olhamos para ela, associando seu rosto à sua voz. Era mais nova do que esperávamos, talvez no final da faixa dos 20 ou no começo dos 30. Uma mulher pálida com cabelos castanho-acinzentados e olhos esverdeados.

— Você está bem? — perguntou ela, endireitando o jaleco. Ela eliminou a surpresa que havia em seu rosto tão bem quanto fez com o amarrotado do jaleco. Sem essa expressão, a mulher pareceu repentinamente mais velha.

— Estou. Desculpe. Eu... ahn, caí, e...

A mulher esticou os lábios em um sorriso educado.

— Eu me perdi — disse Addie. — Estava procurando o banheiro e devo ter ido para o lado errado, porque fiquei procurando esta sala e...

— Bem, você foi muito esperta encontrando o caminho de volta — falou a mulher.

A frieza na voz dela fez Addie parar de balbuciar. Nosso rosto se suavizou, nossa expressão tornando-se quase tão distante quanto a dela.

— ... eu sabia o número da sala, só isso.

— Addie, não é? — perguntou a mulher. Ela estendeu a mão, e depois de um instante Addie a apertou. Seu aperto era seco e frio, seu sorriso, breve e de lábios fechados. — Eu sou a Dra. Lyanne.

— É um prazer conhecê-la — disse Addie automaticamente.

— Para onde você precisa ir? — perguntou a Dra. Lyanne.

— Não sei — respondeu Addie. Ela olhou o Dr. Wendle, que não tinha dito uma palavra durante todo aquele tempo. A Dra. Lyanne seguiu nosso olhar.

— Ah, sim — disse o Dr. Wendle, pigarreando. — Vou precisar de mais algum tempo para esses resultados, e só estaremos prontos para o cog-psi depois do almoço. Até lá ela... bem... — Ele fez uma pausa, e nosso estômago roncou na bolha de silêncio.

Todos os olhos se voltaram para nós. Nosso rosto ficou quente.

A Dra. Lyanne franziu a testa.

— Você já tomou café da manhã?

Café da manhã? Tínhamos esquecido completamente do café da manhã.

— Não.

Se eu não fosse sensata, se não soubesse que essa era uma ideia absurda, teria jurado que a mulher estava a ponto de revirar os olhos. Mas a Dra. Lyanne era o retrato do profissionalismo em sua saia evasê preta e sua blusa azul-escura.

Ela murmurou alguma coisa entre dentes, tão baixo e tão rápido que não conseguimos entender. Então pegou nosso braço e nos levou em direção à porta.

— Venha, vamos lhe arranjar algo para comer.

— Você não vai levá-la para junto das outras crianças, não é? — perguntou o Dr. Wendle quando Addie saiu com a Dra. Lyanne para o corredor, tentando acompanhar os passos rápidos da mulher.

A Dra. Lyanne olhou para trás enquanto a porta se fechava.

— Por que não? Ela vai acabar entre elas mesmo.

— Quando vou poder ligar para os meus pais? — perguntou Addie enquanto andávamos apressadas atrás da Dr. Lyanne. Ao contrário da enfermeira, ela não olhou para ver se estávamos acompanhando.

— Mais tarde, com certeza — disse a Dra. Lyanne. — Alguém vai cuidar disso.

Viramos em um corredor praticamente igual ao anterior. A Nornand era um labirinto de corredores brancos. Nossa saia e sapatos pretos eram como manchas de tinta em uma tela em branco.

— Este é o caminho para a Ala — disse a Dra. Lyanne. — Você sempre estará acompanhada nos corredores, então é improvável que se perca, mas é bom ter uma noção geral da planta só por precaução. — Ela apontou para outro corredor sem sequer olhar. — Para lá ficam os vestiários, onde as crianças tomam banho e se preparam para dormir. A sala de estudos fica na direção oposta, mas tenho certeza de que alguém a levará até lá mais tarde.

— Disseram... me disseram que eu só ficaria aqui por dois dias — comentou Addie. — Então, na verdade não preciso... quer dizer, vou para casa logo.

A Dra. Lyanne diminuiu o passo, como se estivesse a ponto de se virar e nos encarar. Mas no último instante acelerou outra vez.

— Bem, não há mal algum em saber. Toda esta ala da clínica é dedicada a híbridos, mas...

Ela parou de andar. Addie quase se chocou contra ela.

— O quê... — começou Addie, então fechou a boca quando viu a maca dobrar a esquina.

Já tínhamos visto muitas macas, pessoas desconhecidas passando por nós em camas brancas e limpas, com o soro pingando e pingando nas veias. A maioria era de homens e mulheres velhos e frágeis, pessoas feitas de papel machê que tremiam a cada inspiração.

Mas o garoto nesta maca não era de papel machê. Ele era pequeno, novo, tinha olhos castanhos e olhava para o teto quando a enfermeira passou por nós, empurrando-o.

A Dra. Lyanne fez um ruído suave, sufocado. Durou apenas um segundo antes que ela o abafasse, mas foi o bastante para atrair a atenção de todos: a nossa, a da enfermeira e a do menino com a cabeça enfaixada na maca. E foi o bastante para eu entender o nome enterrado naquele lamento.

Jaime.

Jaime Cortae?

Todos os demais voltaram-se para a Dra. Lyanne, mas Addie não conseguia tirar os olhos do menino. Ele não se moveu, contudo seu olhar encontrou o da médica por apenas um instante, então se desviou. Jaime Cortae. Treze anos. Dois escaneamentos. Duas datas.

Duas datas. Dois escaneamentos da mesma coisa, mas diferentes. Jamie Cortae com um curativo ao redor da cabeça e os dois escaneamentos de seu cérebro...

Dois escaneamentos.

Uma imagem de *antes* e *depois*.

Então, de repente, o mundo se desvaneceu.

Capítulo 16

A enfermeira acelerou o passo, e logo ela e a maca estavam fora de vista. Mas nem Addie nem a Dra. Lyanne voltaram a andar.

Cirurgia. Em um flashback, revi todos os médicos a que já tínhamos ido. Todos os tratamentos que haviam proposto quando Addie e eu éramos crianças. Pílulas... muitas pílulas. Uma orientadora pedagógica, os psiquiatras e as frias salas de exames brancas. Mas nunca se falara em cirurgia.

— Café da manhã — disse a Dra. Lyanne, mais para si mesma do que para nós. Sua voz ecoava. — Por aqui. — E ela se lançou à frente outra vez, andando ainda mais depressa do que antes. Não se deu ao trabalho de indicar mais lugar algum. Não disse absolutamente nada até chegarmos a duas portas duplas no exato momento que uma enfermeira saía, puxando um grande carrinho de aço atrás de si.

— Ah, olá, Dra. Lyanne — disse a enfermeira, com um sorriso. — As crianças ainda não terminaram de comer.

A Dra. Lyanne tocou nosso ombro de leve, mas firmemente, fazendo-nos dar um passo à frente. Seus olhos estavam ainda mais distantes do que antes.

— Eu só vim aqui deixar Addie.

— Claro — disse a enfermeira. Ela voltou seu sorriso para Addie e segurou a porta. — Vá em frente e sente-se. Levarei um prato para você.

Addie não se moveu. Cirurgia. *Cirurgia.*

A Dra. Lyanne nos empurrou para dentro, e Addie virou-se bem a tempo de ver a porta se fechar com um clique. A médica e a enfermeira tinham ficado do outro lado. Nosso coração repousava como uma pedra pontiaguda em nosso peito.

O lugar parecia uma versão em miniatura do refeitório da escola. Uma mesa comprida estendia-se no centro, cercada por bancos idênticos. O grupo sentado neles era menos uniforme. Todos os garotos usavam camisas azul-claras e calças escuras, e as garotas, uma camisa semelhante e saias azul-marinho. Os garotos mais velhos pareciam ter mais ou menos a nossa idade, enquanto o menino menor, pálido e com cabelo cor de cobre, não era muito mais alto que Lucy Woodard. Se ele tinha 10 anos, era incrivelmente pequeno.

Não focamos nele por muito tempo. Porque ali, perto da extremidade da mesa, meio escondidos pelos outros garotos, estavam Devon e Hally.

Devon ainda usava as próprias roupas, mas Hally estava com o mesmo uniforme azul dos outros. Nossos punhos se fecharam, os dedos dobrando para dentro e fincando nas palmas das mãos. Addie *quase*, quase gritou.

A boca de Devon se abriu...

— Quem é você? — perguntou o menino mais novo.

A conversa parou. Todos os olhos se voltaram para nós. Treze, eu contei. Treze crianças. Quatorze, incluindo Addie e eu... Vinte e oito, se todos eles fossem mesmo híbridos e estivéssemos sendo honestas. Eles ocupavam quase toda a mesa. Mas havia alguns lugares vagos, pedacinhos de espaço sem sombra de azul.

— Quieto, Eli — disse a garota loura sentada ao lado. Ele ficou em silêncio, mas não parou de olhar. Havia algo de perturbador na maneira com que nos olhava, algo arisco, como em um animal encurralado. Ele não deveria estar ali. Agora que observávamos com mais atenção, era impossível ele ter 10 anos. Deveria ter ficado pelo menos mais um ou dois anos com a família.

— É porque Jaime foi para casa — disse outra garota. Ela provavelmente tinha uns dois ou três anos a mais que Eli, e parecia uma fada, com cabelos longos e pretos quase até a cintura. O cabelo parecia ser mais pesado do que ela. — Eles trouxeram alguém para substituir Jaime.

O silêncio se enrolou no pescoço de todos, sacudindo suas caudas escamosas naqueles rostos perturbados. A maioria das crianças desviou os olhos. Garfos de plástico repousaram em bandejas industriais amarelas.

Eles achavam que Jaime tinha ido para casa.

— Bem, não fique parada aí — disse a garota loura. Ela estava entre os mais velhos da sala, e seu rosto pálido era sombrio graças ao olhar.

Lentamente, Addie andou em direção a eles e se sentou em um banco vazio na diagonal de Devon. Ele nos cumprimentou com um gesto de cabeça, um movimento tão ínfimo que mal deu para notar. Ao lado dele, Hally pressionou os lábios um contra o outro para manter sua expressão mais ou menos sob controle.

— Qual é o seu nome? — perguntou alguém. Era desconcertante ser o centro de tanta atenção depois de passar a vida evitando-a.

— Addie — respondemos. Embora a sala não fosse grande, nossa voz ecoou no silêncio. Tudo era tão claro que parecia que estávamos em um interrogatório.

— E?

— *Shh!* — fez alguém. Olhos nervosos moveram-se rapidamente. Peguei fragmentos de frases sussurradas, discutindo, contradizendo e tranquilizando: a enfermeira não estava ali, então não tinha problema... mas isso não significava nada, porque eles tinham *câmeras...* eles não tinham câmeras *ali...* e mesmo que *tivessem...* bom, *eu* achava...

— Shh — pareceu que todos sussurraram de uma só vez.

E foi bem a tempo, porque a porta se abriu e a enfermeira entrou. Sorriu diante do silêncio e das fileiras de olhos fixos e arregalados.

— Estamos muito quietos hoje. Ainda não acordamos? — Um sorriso especial foi concedido a Eli, que não retribuiu.

— Bem — disse ela —, vejo que Addie já encontrou um lugar. Desculpe a demora, querida. Precisei ir até a cozinha pegar um prato para você.

Nossa bandeja era exatamente igual às outras. Cada divisão tinha sua pequena porção de comida de café da manhã: ovos mal cozidos; bacon queimado e quebradiço; duas panquecas descoradas.

— Obrigada — disse Addie em voz baixa.

— De nada — retrucou a enfermeira. — Vou estar bem ali se você precisar de alguma coisa. — Ela se acomodou em uma cadeira dobrável perto da porta, cruzando as pernas e pegando uma revista que estava no chão.

A quietude durou mais um instante. Então, como o início de um filme, o murmúrio de conversa recomeçou. Talheres estalavam conforme as pessoas espetavam seu café da manhã de hospital. Ninguém falava com um tom de voz mais alto do que um sussurro. As cabeças se mantinham baixas, os ombros curvados. Apenas Eli deixava seu olhar vagar até mim e Addie, depois até a enfermeira do outro lado do refeitório.

— Addie... *Addie.*

Nossos olhos se moveram em direção a Hally, que nos deu um pequeno sorriso. Então seu rosto se contraiu.

— Desculpe — sussurrou ela. — Sinto muito mesmo. Não tive a intenção... Eu só... precisava vê-lo. Não podia simplesmente...

— Shh — sussurrou também Devon, inclinando a cabeça em direção à enfermeira.

Hally engoliu o resto das palavras, e eu me lembrei do que Ryan me dissera sobre Hally, sobre o quanto ela desejava conhecer outros híbridos, estar entre pessoas como ela. Como nós.

Addie hesitou.

— Tudo bem.

— Nada disso importa agora — disse Devon, cortando uma panqueca com seu garfo e sua faca sem ponta. Seu rosto estava cuidadosamente inexpressivo, sem demonstrar sequer a habitual testa franzida de concentração ou de leve irritação. — Eles estão aqui. Todos nós precisamos sair daqui.

— Como? — indagou Addie.

— Não chamando atenção, por exemplo — falou Devon. — Coma alguma coisa, Addie, ela está vigiando. Não, não olhe agora. Só coma.

Nossa fome tinha se tornado uma dor. A comida não ajudava nem um pouco a aplacá-la, mas mesmo assim Addie comeu, provando primeiro os ovos. Eram borrachudos em cima, esponjosos no meio e totalmente salgados. Ela mastigou de forma mecânica enquanto Devon continuava falando praticamente sem mover os lábios. Nenhuma das outras crianças parecia nos ouvir, mas era difícil ter certeza. Os que não estavam conversando olhavam fixamente suas bandejas.

— Seja discreta. Negue tudo. Para você, ainda existe uma chance de os resultados dos testes serem negativos. Inconclusivos, ao menos.

Eu estaria mentindo se dissesse que não senti uma onda fria de alívio. Ouvi-lo dizer aquelas palavras bastou para fazer nós duas nos sentirmos melhor, ainda que não muito. Mas isso logo foi tomado por outra fonte de medo.

— E vocês dois?

— Vamos pensar em alguma coisa — disse Lissa; era Lissa agora. Eu sabia sem precisar pensar duas vezes. Sua voz era quase um murmúrio. — Preocupe-se consigo mesma, está bem? Tem alguma coisa acontecendo aqui, e... — Ela respirou fundo. — Não achamos que Jaime tenha ido para casa, Addie. Nós...

— Parem com isso — falou alguém antes que Addie pudesse gritar a verdade, antes que pudesse descrever o menino que tínhamos visto na maca, os escaneamentos de *antes e depois*, os curativos em volta de seu crânio.

Levantamos a cabeça rapidamente, e uma miragem do rosto da enfermeira já dançava diante de nossos olhos. Mas não, era de uma menina a voz que tinha falado. A menina loura com tranças finas e bem-feitas. Seus olhos encontraram primeiro os nossos, depois os de Hally, então os de Devon sem piscar.

— Não falem dessas coisas.

Addie olhou discretamente a enfermeira, mas ela estava lendo sua revista e não parecia notar coisa alguma.

A boca da garota loura se contraiu até que, lentamente, Lissa fez que sim.

Cirurgia ressoava dentro de nós, cada vez mais alto, mas se as outras crianças achavam que Jaime tinha ido para casa, então não era para que nós soubéssemos. Ou deveríamos fingir não saber. Addie cerrou os dentes.

Contaremos a eles depois, falei. *Assim que tivermos um momento a sós.*

O resto da refeição foi feito em silêncio.

Quinze minutos depois, a enfermeira se levantou, bateu palmas e anunciou que o café da manhã tinha terminado. Ela nos conduziu para fora da sala e através dos corredores, mantendo-nos à direita. Formávamos uma fila desorganizada, e muitas das crianças mais novas andavam lado a lado.

Não demorou até que parássemos diante de outra porta. Porta, corredor, porta. Porta, corredor, porta. A Nornand, ao que parecia, não passava de uma série de corredores e portas, fossem quais fossem os horrores dentro delas.

A sala para a qual essa porta em particular se abria era acarpetada em tons sombrios de cinza e azul. Era muito maior do que aquela que tínhamos acabado de deixar, só que mais estreita, como se um dia tivesse sido uma sala de conferências. Agora, em vez de uma longa mesa, havia seis mesas redondas distribuídas alternadamente, e uma grande escrivaninha na extremidade mais afastada da porta. Um homem com uma camisa branca de botões fez um aceno com a cabeça para a enfermeira, que sorriu e virou-se para sair. Eu o reconheci imediatamente: o Sr. Conivent.

— Tudo bem — disse ele. — Vocês sabem o que fazer. Eli, hoje é a Dra. Lyanne quem vai ver você, em vez do Dr. Sius.

Eli voltou-se ao ouvir seu nome, mas desviou novamente os olhos sem qualquer sinal de compreensão. O resto das crianças começou a ir para o lado oposto da sala, onde uma estante de livros baixa estava encostada à parede e algumas gavetas de plástico transparente ficavam empilhadas. Vimos cadernos e uma caixa de lápis.

Addie e Devon estavam a ponto de seguir Lissa quando o Sr. Conivent nos interrompeu com a mão no ombro.

— Olá de novo — disse ele com um sorriso. Também tinha segurado Devon, que se desvencilhou de seu toque com o rosto impassível.

— Oi — respondeu Addie suavemente.

— Então — continuou, nos conduzindo pela sala em direção às estantes de livros e à escrivaninha. — Como vocês dois estão indo até agora? Tiveram uma manhã agradável? — Ele pegou um fichário da estante. — Vocês já tiveram geometria? Tenho algumas folhas de exercícios aqui.

— Como? — indagou Addie, perplexa com a repentina mudança de assunto. — Geometria?

Devon não disse absolutamente nada, observando o Sr. Conivent como faria ao ver uma criança especialmente estúpida que se considerava esperta.

O Sr. Conivent sorriu para nós.

— Tenho certeza de que seus pais não gostariam que você se atrasasse nos estudos enquanto estiver aqui.

Com tantas coisas para se preocupar naquele momento. Escola. Geometria!

— Hoje é sábado — disse Addie friamente.

— Sim — respondeu o Sr. Conivent. — Não nos importamos com coisas como essas por aqui. — Seu sorriso tinha se endurecido, como um bolo exposto por tempo demais. — Então, vocês tiveram ou não geometria?

Addie se esforçou para não deixar a aversão evidente no rosto.

— Sim, no ano passado. E Devon está dois anos à frente, então tenho certeza de que ele também já teve. — Os olhos de Devon se deslocaram para nós, mas ele continuou em silêncio, aceitando a resposta que Addie deu por ele.

— Ótimo. Então não deve ser muito difícil para nenhum de vocês dois. — O Sr. Conivent enfiou algumas folhas de papel em nossas mãos. — Temos lápis e calculadoras na segunda gaveta perto da estante. Darei uma olhada em vocês daqui a pouco.

— Mas...

— Sim? — disse ele, ainda sorrindo. Sua expressão era suave, serena. Compreensiva. Assustadora.

Aceite, falei. *Não podemos discutir com ele, Addie. Simplesmente aceite.*

O restante do protesto de Addie desceu amargamente por nossa garganta.

— Certo — disse ela.

Os dentes do Sr. Conivent eram muito brancos e alinhados. Perfeitos, assim como sua camisa perfeitamente passada e sua perfeita gola branca.

— Boa menina — disse ele, e estendeu as mesmas folhas de exercícios a Devon. — Devon, você verá o Dr. Wendle às 10 horas, então tente terminar o trabalho antes.

Ninguém levantou os olhos quando nos sentamos, nem mesmo as crianças que estavam a nossa direita e a nossa esquerda. O silêncio era opressivo. Nos curvamos sobre os papéis e começamos a trabalhar, sem saber por que ou para quê.

A matemática era ainda mais fácil do que esperávamos. Passamos pela primeira página em poucos minutos. Mas em vez de virar para a folha de exercícios seguinte, Addie olhou ao redor da sala. Cada um estava concentrado no próprio trabalho: um livro, um embrulho, uma pilha de folhas de exercícios. **Todos** *pareciam* normais. Se tivéssemos conhecido qualquer um **deles** fora da Nornand, talvez na escola ou na rua, nunca teríamos percebido o segredo em suas cabeças. Nunca saberíamos que eram como nós.

Olhe, disse Addie. Ela moveu minimamente nossos olhos para a direita, em direção ao que queria que eu visse.

Eli.

Olhe o rosto dele, sussurrou ela.

Começou com uma contração dos músculos próximos aos olhos, um movimento trêmulo, intermitente, agitado. Depois a testa dele se enrugou, suas sobrancelhas se contraíam e descontraíam. Então se espalhou por todo o rosto, dos grandes olhos castanhos à boca. Duas expressões diferentes batalhando pelo controle.

Nosso coração batia, *tump, tump, tump*, contra as costelas. *Será que deveríamos...*

Eli gemeu suavemente, cobrindo o rosto com as mãozinhas. A garota que estava sentada ao lado dele não levantou os olhos, mas fixou-os com atenção demais no seu livro de exercícios, o lápis em sua mão tremendo. Ninguém mais parecia ter percebido.

Eva? Eva, será que deveríamos...

— Não! — sussurrou alguém, e agarrou nosso braço. Addie virou-se depressa, ficando cara a cara com a menina de cabelos escuros. A menina-fada. Suas unhas rombudas se enfiaram em nossa pele. — Não — repetiu ela. — Você não pode fazer isso.

— Mas...

— Não — disse ela.

Eli gritou, enfiando a cabeça entre os braços. Seu corpo inteiro tinha espasmos. Certa vez, quando Addie e eu éramos bem pequenas, durante uma de nossas primeiras visitas ao hospital local, tínhamos visto um garoto cair da cama no enlace frenético de uma convulsão. A enfermeira não conseguiu chegar até o quarto antes que ele batesse no chão, com a cabeça movendo-se para a frente e para trás tão violentamente que tivemos medo de que quebrasse o pescoço. Eli estava se aproximando desse estado naquele momento, mas não era sua cabeça que se movia. Eram seus dedos, suas pernas, seus ombros, seus braços. Tudo, como se ele e a outra alma que compartilhava seu corpo estivessem tentando despedaçá-lo.

Mas aquilo não estava certo, aquilo não estava certo. Addie e eu nunca tínhamos ficado assim. Nunca, a despeito do quanto brigássemos pelo controle quando éramos crianças.

Então o Sr. Conivent apareceu, tirando o menino da cadeira com uma das mãos enquanto esticava a outra para pegar o walkie-talkie.

— Dra. Lyanne, precisamos de você. É o Eli. Está me ouvindo? Dra. Lyanne, *responda*.

Uma explosão de estática. Depois:

— Estou indo.

Eli convulsionava sob o controle do homem, com os braços se agitando em um borrão de pele clara, cabelos ruivos e uniforme azul da Nornand.

— Pare com isso — gritava ele sem parar, as palavras quase incompreensíveis. Mas gritava para quem? — *Pare com isso. Pare com isso.* — Um de seus tênis se chocou contra o queixo do Sr. Conivent. Ele grunhiu, quase soltando o menino. Eli libertou um dos braços. Mas seus movimentos eram desordenados demais, sua coordenação, incerta demais para que fosse adiante. O homem parcialmente o carregou e parcialmente o arrastou pela sala.

A porta bateu. O silêncio reinou com punho de ferro. Mas apenas por um instante.

Os sussurros começaram como o farfalhar em um campo. Todos os trabalhos foram abandonados em um piscar de olhos. Cabeças se juntaram, ombros se curvaram, olhos colados na porta. O vigilante tinha saído. Todos ganharam vida. Do outro lado da sala, Devon e Lissa conversavam em voz baixa, ambos olhando para mim e Addie.

A mão em nosso braço (tínhamos esquecido que estava ali) se contraíra.

— Você precisa fingir que ele não existe quando ele faz isso — disse a garota de cabelo escuro. — A não ser que ele fique violento. Aí você pode fugir. Mas não temos permissão de falar com ele nesse estado.

— Por que não? — perguntou Addie.

A garota franziu as sobrancelhas.

— Porque ele está doente — disse ela. — E os médicos estão tentando fazê-lo melhorar. Se falarmos com ele, podemos fazê-lo piorar outra vez.

— Isso é estar *melhor*? — questionou Addie. — Como ele era antes?

A garota não teve tempo de responder. Porque nesse exato momento, Eli gritou.

Passos ressoaram, vindos de todas as direções. Chamados e comandos abafados infiltravam-se pela porta. O menino gritou novamente, e dessa vez o tom era diferente. Desafinado.

— Ele é o Eli agora — disse a menina. Ela puxava o próprio cabelo, enrolando nervosamente mechas longas e escuras em torno dos dedos.

Addie franziu as sobrancelhas.

— Como assim? Ele não era Eli antes?

A menina-fada pressionou os lábios.

— Eles dizem que é o Eli — explicou um menino que estava em uma mesa a nossa direita. — Eles fingem, porque Eli sempre foi o dominante antes. — Ele olhou em volta para as outras crianças. Nenhuma delas o encarou, e ele se retraiu um pouco.

— Cale a boca — disse a garota loura. Aquela que usava o cabelo em tranças longas e finas presas com fitas pretas. *Bridget*, Lissa tinha sussurrado em nosso ouvido enquanto andávamos pelo corredor depois do café da manhã. — Cale a boca. Agora.

A porta se abriu antes que alguém pudesse falar mais alguma coisa. A Dra. Lyanne esquadrinhou a sala, cruzando seu olhar com todos os que não desviaram.

— Está tudo bem — disse ela. Seus cabelos castanho-acinzentados estavam escapando do rabo de cavalo, mas ela os ignorou. Sua voz estava calma, modulada. — Voltem ao trabalho.

O Sr. Conivent entrou depois dela, e os dois trocaram algumas palavras em voz baixa antes de se separarem. Ouvimos apenas o finalzinho da conversa: *Resolva isso antes que eles venham.*

— Tudo bem — disse o Sr. Conivent para nós. — Vocês ouviram o que a Dra. Lyanne falou. De volta ao trabalho.

Trabalhamos em silêncio absoluto até as 10 horas, quando uma enfermeira veio buscar Devon. Os dedos de Lissa se contraíram. Ela parecia estar se controlando para não agarrar o braço do irmão. Em vez disso, os dois apenas trocaram um olhar antes de Devon largar seu lápis, se levantar e sair.

Sem confusão. Sem nervosismo. Apenas uma saída silenciosa.

Enquanto observávamos, aterrorizadas.

Capítulo 17

O almoço foi exatamente às 12h30. Às 12h15, o Sr. Conivent nos disse para guardarmos nossas coisas e fazermos uma fila perto da porta. A enfermeira nos levou de volta à sala do café da manhã, e acabamos sentadas diante da menina-fada de cabelos escuros, que estava com a cabeça baixa. Lissa pegou o lugar a nossa esquerda, e senti uma pontada de alívio quando Bridget escolheu um banco na outra extremidade da mesa.

A enfermeira distribuiu nossas bandejas uma por uma, tirando-as de seu carrinho prateado. Purê de batatas. Uma poça de molho marrom-amarelado e ralo. Algo que provavelmente era frango frito, mas não dava para ter certeza por baixo de todo aquele empanado murcho.

Assim como no café da manhã, um murmúrio de conversa começou quando a enfermeira foi para o seu canto.

— Jaime não foi para casa — sussurrou Addie no ouvido de Lissa, com a voz tão baixa que me perguntei se Lissa entenderia. Mas ela ficou imóvel. — Eu o vi. Em uma maca. Com um curativo ao redor da cabeça.

— Devon — disse Lissa, alto demais, e as pessoas se viraram para olhar. Ela mal pareceu notar, olhando para nós com olhos perturbados. — Devon. Eles levaram Devon...

— Só o levaram para um teste — falou a menina-fada. Ela cutucava o frango frito, e seus olhos relancearam para a enfermeira antes de pousarem novamente em nós e em Lissa.

— Fazem muitos testes quando chegamos aqui. Ele vai voltar.

Lissa parecia abalada demais para falar, então Addie disse, rapidamente:

— Tem certeza...? — Ela hesitou.

— Kitty — disse a garota.

O nome não combinava com ela. Era comum demais, fofo demais. A garota merecia um nome de conto de fadas. Kitty parou de mastigar e olhou para nós. Corou, olhando de relance para as crianças que estavam em ambos os lados antes de murmurar:

— Sim. Acho que sim. — Ela puxou uma mecha de cabelo, que estava afastado do rosto por duas presilhas em forma de pinça. Ainda tinham traços de cor, um vermelho profundo, mas a maior parte da tinta havia descascado, revelando o esqueleto de metal.

— É isso que fazem aqui? — perguntou Addie. — Testes e essas coisas? O tempo todo?

A garotinha misturou seu molho com o purê de batatas.

— Não o tempo todo. Nós temos aulas. E brincamos de jogos de tabuleiro. Às vezes nos deixam ver um filme.

— Eles nos fazem perguntas — disse em voz baixa o garoto louro a nossa direita, olhando a enfermeira enquanto falava.

Addie se sobressaltou, mas ele continuou falando como se tivesse feito parte da conversa o tempo todo.

— Eles nos mandam falar sobre as coisas que fizemos em tal dia ou em tal semana, ou sobre qualquer outra coisa. Temos de contar a eles o que aconteceu quando éramos pequenos.

Kitty assentiu.

— Às vezes também nos fazem tomar pílulas, como Cal... — Ela ficou pálida e sua voz falhou, então continuou tão depressa que suas palavras saíram indistintas. — Como o Eli. Como o Jaime tomava.

— Que tipo de pílulas? — perguntou Lissa. — O que elas fazem?

— Elas nos fazem melhorar — disse Kitty.

O rosto de Lissa se contraiu, e Addie se interpôs antes que ela pudesse falar.

— Do que aquele garoto estava falando hoje de manhã? Na sala de estudos. Ele falou... ele falou que os médicos *diziam* que era o Eli, que eles *fingiam*, porque Eli era dominante... antes?

Kitty mordeu seu garfo. A boca do garoto louro se contorceu para baixo.

— Hanson não bate muito bem — explicou ele afinal, bruscamente. — Eli é o dominante. Sempre foi.

— Bem, é claro — disse Addie. — Mas...

O garoto desviou os olhos de nós.

Nosso olhar encontrou o de Lissa. Addie tentou fazer outra pergunta.

— Mas Eli não é novo demais para estar aqui? Não é possível que ele já tenha feito 10 anos, é?

Eli estava sentado a cinco ou seis bancos de distância de Lissa. Ninguém falava com ele. Porque ele era novo demais? Ou por causa do que tinha acontecido mais cedo na sala de estudos? A Dra. Lyanne o devolvera ao grupo no começo do almoço, trazendo-o pela mão. O comportamento arisco tinha desaparecido, sendo substituído por olhos sem vida e passos cambaleantes.

— Ele tem 8 anos — disse Kitty, ao mesmo tempo em que o garoto louro falou:

— Os pais se livraram dele.

— Por quê? — disse Addie. — Ele ainda tinha dois anos em casa.

Kitty deu de ombros, que eram tão finos que mal apareciam sob as mangas curtas azul-celeste.

— Eles não o queriam. Pelo menos não o queriam híbrido. Talvez se o curarem eles o aceitem de volta. — Ela enfiou uma garfada de purê na boca, engoliu e olhou para nós. — Eles deviam aceitar, se ele ficar curado. — Mas havia um tremor em sua voz que era semelhante ao tremor nos olhos do garoto louro, ao tremor no queixo de Lissa e ao tremor em cada movimento de cada criança naquela mesa. A subcorrente do medo.

Uma mesa cheia de crianças fingindo que não sabíamos nada, fingindo que confiávamos em nossos guardiães. Fingindo que não estávamos com medo.

Aquele acabou sendo um dia de jogos de tabuleiro. Todos se dividiram em pequenos grupos, cada um com sua caixa ou baralho. Os olhos de Kitty nos seguiram, então Addie a chamou com um gesto para que viesse conosco e com Lissa para um canto da sala.

Escolhemos nossas peças e jogamos o dado para saber quem começaria. A porta se abriu bem na hora em que Addie esticou a mão para pegar o dado. Primeiro, entrou uma enfermeira. Depois, Devon. Um pouco trêmulo, um pouco pálido. Mas Devon.

Lissa se sobressaltou, e sua mão disparou para segurar nosso pulso. Para nos impedir de sair dali. Ou para impedir a si mesma?

A enfermeira que tinha entrado com Devon falou em voz baixa com outra que já estava na sala, então elas se viraram e olharam em nossa direção. Não, não apenas em nossa direção. Olharam para *nós*. Para mim e Addie.

Uma delas empurrou levemente Devon, que cambaleou para a frente.

O que está acontecendo com ele?, perguntou Addie. Em meio a seu turbilhão de medo havia uma inesperada mancha de raiva, vermelho-escura. *Fizeram alguma coisa com ele.*

— Addie? — chamou uma das enfermeiras. Nossos olhos não se desviaram de Devon. — Addie, venha cá, por favor.

Addie não se moveu. Sua voz estava tensa.

O que fizeram com ele?

Eu não acho...

Então Devon pareceu nos ver pela primeira vez. Seus olhos entraram em foco. Seus passos se aceleraram.

— Addie... — disse ele.

— Addie! — chamou a enfermeira, desta vez em um tom mais severo. — Venha cá.

— Vá — sussurrou Kitty. Mas Lissa não soltava nosso pulso, e Devon ainda estava nos chamando.

Só que não era Devon. Só reconheci Ryan quando ele estava a menos de um metro de distância, mas o reconheci, mesmo que Addie não.

— Addie — disse ele, deixando-se cair a nosso lado. — Addie. Não... Quando, quando eles... — Ele franziu a testa como se não conseguisse encontrar as palavras certas. — É mentira, Addie...

A mão de alguém nos fez ficar de pé. Nos desvencilhou de Lissa e das frases murmuradas e confusas de Ryan.

— Você não me ouviu? — perguntou a enfermeira.

Addie se esforçava para olhar para trás, tentando pegar as últimas palavras de Ryan.

— Não, eu...

— Bem, o Dr. Wendle está esperando você. Venha comigo. — Para Lissa, que nos fitava com olhos assustados, ela disse: — Cuide do seu irmão. Ele está um pouco tonto por causa do remédio, mas logo vai ficar bem. Não se preocupe.

— *Que* remédio? — perguntou Lissa.

Mas a enfermeira não ouviu, ou fingiu não ouvir. Ela nos afastou dos outros, dos grandes olhos castanhos de Kitty, ao dado preto e branco e do tabuleiro colorido abandonado.

A última coisa que ouvimos antes de a porta se fechar foi a voz de Ryan, finalmente encontrando o que queria dizer

— Não acredite neles, Addie. Não...

E isso foi tudo.

O Dr. Wendle sorriu quando entramos. Pensei que iríamos para o consultório dele, mas em vez disso estávamos em uma sala muito menor. Ali, as paredes eram de um azul-acinzentado desbotado, e o piso brilhava por causa das luzes do teto. O Dr. Wendle estava ao lado de algo que se assemelhava vagamente a uma cadeira de dentista.

— Aí está você, Addie — disse ele, como se fôssemos uma moeda perdida. Ele esticou a mão em nossa direção, e Addie se retraiu. — O que foi? Ah, não vai ser nada parecido com o que aconteceu hoje de manhã. Prometo. — Ele apontou a cadeira. — Tudo aberto, viu?

— Devon — falou Addie. — Devon, ele...

— Estava meio tonto? Não se preocupe, é só um sedativo. Vai voltar ao normal logo.

Addie esquivou-se de outra tentativa que ele fez para segurar nosso braço.

— Por que você deu sedativos a ele?

Por que Eli, Cal, ou fosse lá quem fosse, se debatia dentro da própria pele até me deixar com medo de vê-lo se despedaçar? O que vocês fizeram com Jaime Cortae?

E por que disseram às outras crianças que ele tinha ido para casa?

A risada do Dr. Wendle parecia um chiado. Ele rearrumou os óculos, colocando-os mais para cima em seu nariz curto.

— Foi para ajudá-lo a se acalmar um pouco. Como quando dão gás hilariante no dentista, sabe?

Acalmá-lo para quê?, eu queria perguntar, mas o Dr. Wendle não nos permitiu mais tempo para conversa. Ele deu alguns tapinhas na cadeira.

— Sente-se. Só vai levar um instante, e depois você poderá voltar para os seus amigos.

Havia uma bandeja de metal no canto, uma seringa reluzindo ali dentro.

— Addie? Ande logo, por favor.

Addie se esforçou para dar cada passo até a cadeira azul-escura e se sentou, recostando-se contra o apoio de cabeça. O que mais podíamos fazer?

— Eu estava examinando seus registros — disse o Dr. Wendle. — Você não tem uma vacina que deveria ter tomado havia alguns anos.

— Para quê? — questionou Addie. Nossas unhas se enfiaram nos braços acolchoados da cadeira.

— Tétano. Estou surpreso que sua escola não a tenha obrigado a tomá-la.

Tétano?, disse Addie.

Não sei. Não me lembro.

Havíamos tomado todas as vacinas obrigatórias, é claro. Sarampo. Caxumba. Esse tipo de coisa. Deixar de vacinar uma criança era algo punido com multas pesadas. Mas a maioria das vacinas tinha sido dada quando éramos bebês ou ainda muito pequenas; muito tempo atrás para lembrar. A vacina contra tétano não devia ser obrigatória.

Addie olhou a agulha na mão do Dr. Wendle.

— Tem certeza? — disse ela. — Não podemos... não podemos ligar para os meus pais antes?

— Está bem aqui em seu arquivo — alegou ele, embora não estivesse olhando para o papel. — Não é nada de mais, Addie. Vai ser só uma picadinha.

Não era da agulha que estávamos com medo.

— Mas eu...

— Fique parada — disse o Dr. Wendle. — É apenas uma injeção. E, além disso, uma injeção importante. Você sabe o que o tétano causa?

Não sabíamos. E antes que pudéssemos protestar mais, ele tinha dado um jeito de posicionar a agulha e enfiá-la na dobra de nosso cotovelo.

Addie gritou, mas a mão livre do Dr. Wendle segurou nosso braço e nos manteve imóveis enquanto ele pressionava o êmbolo. Ficamos em silêncio enquanto o médico tirava tranquilamente a agulha e pressionava um chumaço de algodão contra nossa pele.

— Pronto — disse ele. — Não precisava ficar nervosa, viu?

Não conseguíamos falar. Nossos olhos estavam colados ao minúsculo ponto vermelho na parte interna de nosso cotovelo. Então o Dr. Wendle o cobriu com um Band-Aid, e foi isso.

— Prontinho — disse o médico com um sorriso.

Ficamos sentadas ali por um instante, encarando-o. Ele era tão baixo que quase não era necessário olhar para cima. A pele sensível na parte interna de nosso cotovelo latejava.

Ele tossiu e fez um gesto para a porta.

— Vou chamar uma enfermeira e ela vai levá-la de volta ao grupo.

— O quê? — perguntou Addie. — E... e o teste?

— Infelizmente ainda não está pronto — disse ele. — Talvez você precise voltar antes do jantar. — Ele já tinha se virado para seus instrumentos. — Agora espere perto da porta, por favor. A enfermeira logo estará aqui.

Nós o encaramos por mais um instante. Então, lentamente, Addie fez o que ele mandara, andando até a porta e passando para o lado de fora. Como prometido, uma enfermeira apareceu alguns segundos depois.

Andamos em um estado de perplexidade, toda a nossa adrenalina acumulada desmoronando a nossa volta. Apenas uma vacina. Volte mais tarde para o verdadeiro teste.

— Venha, querida — chamou a enfermeira. Ela estava muito mais à frente do que tínhamos pensado. Addie acelerou o passo, mas não adiantou. A mulher andava rápido demais. Na verdade, todos pareciam andar rápido demais. Havia um borrão no canto de nossa visão, movendo-se quando nos movíamos, parando quando parávamos.

— Não demore — disse a enfermeira, voltando até nós. Ela estendeu a mão, franzindo as sobrancelhas, como se... como se estivesse pronta para... nos pegar. — Os outros estão esperando, e não iríamos querer...

Não chegamos a ouvir o que não iríamos querer.

Houve um grito abafado.

Um enfraquecimento...

Uma queda.

Escuridão.

Capítulo 18

A ddie?

O nome dela foi a primeira coisa que apareceu em minha mente quando acordei. Quando éramos crianças, antes dos médicos, antes do medo, quase sempre chamávamos uma à outra quando acordávamos de sonhos compartilhados. Isso tinha acontecido cada vez menos conforme os anos passavam, até que o hábito desapareceu completamente.

Addie?

Estávamos deitadas, completamente imóveis. Eu me estiquei na bruma de nossa mente, tentando encontrar Addie. Ela não podia mais estar dormindo, mas às vezes acordava mais devagar que eu.

... Addie?

Ela não respondeu. Procurei com mais afinco, o medo como uma lâmina fria e afiada cortando as camadas do meu sono.

Addie, onde você está?

A memória e a consciência me ocorreram de uma só vez. Hospital. Estávamos em um hospital. A clínica. Estávamos no corredor. Havia uma enfermeira. E agora? O que estava acontecendo?

Addie!

Minha voz ressoava e ecoava de volta com um tremor de *déjà-vu*. Era a segunda vez que eu chamava o nome de Addie desse jeito, me arrastando por nossa mente para encontrar um fragmento da existência dela.

A primeira tinha acontecido mais de um mês antes, quando bebemos o chá misturado com a droga. Refcon, era como Ryan tinha chamado.

Para que é usada?, eu tinha conseguido perguntar. Fora em uma das últimas sessões, quando já tinha maior controle de nossa língua e nossos lábios. Ryan dissera alguma coisa sobre cuidados especializados e alas psiquiátricas.

Alas psiquiátricas. Hospitais psiquiátricos.

Clínica de Saúde Psiquiátrica Nornand.

Aqui.

Addie, gritei.

Sem resposta. Eu estava sozinha. Aquele lugar não era como a casa de Hally. Ryan não estava sentado ao nosso lado, conversando para passar o tempo.

Forcei nossos olhos a se abrirem. Onde quer que estivéssemos, estava escuro. Não havia janelas. Um brilho amarelo percorria a parte inferior da porta, mas isso era tudo. Fechei os olhos outra vez.

...Addie?

Mas não esperava por uma resposta, e não tive nenhuma. Addie havia desaparecido. Por quanto tempo? Na casa de Hally, nunca demorava mais do que uma hora. Mas lá eu nunca tinha ficado inconsciente junto com Addie.

Não conseguia pensar nisso. Quando mais pensava, mais enjoada me sentia.

Estava tudo bem. Talvez já tivéssemos ficado inconscientes por bastante tempo. Talvez Addie voltasse logo. Eu simplesmente ficaria deitada naquela cama e esperaria.

Não me permiti pensar sobre o que faria se ficasse esperando e esperando e nada acontecesse.

Nosso peito se movia suavemente para cima... para baixo... para cima... para baixo. Nossos olhos permaneceram fechados. Mantive distância da escuridão nebulosa que engolira Addie. Normalmente, quando ela voltava, eu a sentia pressionar as margens desse breu, dobrando o vazio como um cobertor, flutuando para o espaço ao lado do meu. Tudo o que eu precisava fazer era esperar até o efeito da droga passar e ela acordar.

Eu não pensaria em mais nada. Não me perguntaria por que estávamos ali, por que haviam feito isso conosco, por que tinham mentido. O que faríamos quando Addie acordasse.

Não. Eu esperaria até ela voltar. Até estarmos completas de novo. Aí poderíamos nos preocupar com coisas como essas juntas.

Nossa respiração estava calma, suave. A respiração de uma pessoa adormecida. Pelo que nosso corpo sabia, *estávamos* dormindo. De qualquer maneira, Addie estava, e isso era tudo o que importava. Quanto tempo fazia desde que minha raiva era capaz de acelerar nossa respiração, meu medo fazer nosso coração bater com força, meu constrangimento nos fazer corar? Claro que, em geral, quando eu estava zangada, assustada ou constrangida, Addie também estava, então não era grande coisa.

Ou era o que eu...

Uma sirene cortou meus pensamentos. Nossos olhos se abriram de repente.

Uma luz no teto piscava vermelho... vermelho... vermelho...

Minha mente ficou vazia, depois sobrecarregada.

Um incêndio? Um vazamento de gás?

Nossa respiração falhou.

Alguma coisa estava errada.

Addie. Addie, acorde...!

Nada. Nada além da sirene penetrante e desenfreada e da luz vermelha pulsante.

Addie!

Talvez aparecesse alguém. Sim... sim, com certeza. Alguém tinha nos levado até ali. Eles sabiam. Eles apareceriam. Eles nos salvariam.

Porque Addie estava dormindo e eu não conseguia me mover.

Nossos olhos moviam-se freneticamente para a porta, mas a brecha de luz continuava livre e sem interrupções. Não havia ninguém na porta. Não havia ninguém ali.

Mas eles viriam. Precisavam vir.

Ah, por favor, Addie!

Achei ter ouvido uma debandada de pés: vozes distantes chamando, gritos. Pessoas evacuando o lugar. Gente correndo. Correndo para longe de nós. O episódio do museu de Bessimir e o dia da incursão pareciam estar acontecendo de novo.

Addie, você precisa acordar. Você precisa pedir ajuda...

Mas ela não acordou. E ficamos deitadas ali.

Mais vozes, bem perto de nossa porta desta vez. Murmúrios, então passos se afastando rapidamente.

Não, gritei. *Não, não, não. Por favor. Voltem. Voltem.*

Eu já tinha falado antes. Podia falar naquele momento. Se conseguisse me concentrar.

Por favor! Aqui. Aqui!

Nossa boca continuava fechada, nossa língua, imóvel. Nem um som. A sirene tocava sem parar. A luz piscava sem parar. Vermelho branco vermelho branco vermelho branco vermelho...

Um som gorgolejou em nossa garganta, seguido de uma palavra, fraca e sussurrada:

... Socorro.

— *Por favor. Por favor...* socorro!

Nosso corpo tremia. Cada inspiração minha fazia barulho, e eu gritava o mais alto que podia.

— Alguém! Aqui! Não consigo sair!

Alguém deveria ter ouvido. Alguém deveria ter vindo. Mas não apareceu ninguém.

Só haviam se passado alguns minutos desde que o alarme começara. Não tinha dado tempo de todos saírem. Não tinha dado tempo de estarmos ali sozinhas.

Certo?

Eu gritava, esquecendo palavras. Nossa garganta se retesava com o som desconhecido. Addie nunca gritava assim.

Ninguém estava vindo. Ninguém viria.

Addie!, gritei uma última vez.

Ela não estava ali. Ela não ia nos movimentar. E eu não conseguia.

Mas precisava.

Eu me concentrei o máximo que pude em nossos dedos. Em encolhê-los. Em dobrar os cotovelos para apoiar nosso corpo. Na escuridão, com nossa cabeça imóvel, não sabia se estava mesmo me movendo ou só imaginando.

Não percebi o que estava acontecendo até que nossas unhas agarraram as cobertas.

Não havia tempo para pensar. Não havia tempo para parar. Nosso coração batia com tanta força que não era possível que continuasse no peito por muito tempo. Ou ele explodiria ou eu, e nenhuma das duas opções era promissora.

Dobrei os dedos, procurando uma maneira de nos levantar. Nossos braços não funcionavam direito. Eles se contorciam nas laterais de nosso corpo, dobrados feito asas de frango, dando solavancos conforme meu controle aumentava e diminuía. Com um grito silencioso, dei um impulso para a frente e me sentei.

O mundo girava. Eu queria gritar, rir ou chorar. Não havia tempo para nada disso. A sirene tocava, a luz piscava.

Eu precisava sair.

Ficar de pé não era menos estranho. Nossos músculos eram fortes, mas eu não conseguia controlá-los. Oscilei, caí de volta na cama e precisei começar tudo outra vez. A segunda vez foi um pouco mais fácil que a primeira.

Finalmente, com o suor escorrendo por nossa nuca, dei o primeiro passo.

Meu primeiro passo em quase três anos.

Não havia tempo para comemorar.

Segundo passo.

Terceiro.

Quarto.

Eu cambaleei. Gritei. Caí.

Agarrei a lateral da cama e nos coloquei de pé outra vez. O equilíbrio era a pior parte. A que distância eu devia posicionar os pés?

Caí mais duas vezes antes de chegar à porta.

Nossa mão segurou a maçaneta. Eu pressionei a bochecha contra a madeira fria e fechei nossos olhos. A porta. Eu tinha chegado até a porta.

E agora?

Será que alguém me encontraria no corredor? Ou eu teria de andar até lá fora?

Estremeci. Realmente estremeci, meu corpo reagindo a minha incredulidade.

Eu jamais conseguiria chegar lá fora.

Simplesmente vá para o corredor. Vá para o corredor e peça ajuda de novo. Alguém vai ouvir você. Alguém virá.

Nossa mão escorregou levemente, depois se firmou outra vez ao redor da maçaneta. Eu a girei. Por um segundo, a porta não se moveu. O medo enfraqueceu nossas pernas, que já estavam trêmulas. Estaria trancada? Mas não... eu girei um pouco mais e a porta se abriu. Oscilamos com ela, acompanhando o movimento de abertura em direção ao corredor, nos segurando com todas as forças.

E havia alguém ali. Alguém estava nos segurando. Alguém nos empurrava, nos puxava, nos arrastava de volta para a cama. De volta para a cama? Não, não... era a direção errada!

— Precisamos ir embora — falei. — A sirene. O incêndio... o...

— Shh — sussurrou ele. — Shh...

— Ryan — gritei. Eu quase sorri, embora ele obviamente não tenha entendido. — Ryan, sou eu! Eu! Eva.

— Shh — insistia ele, sem parar. Estávamos de volta à cama. Ryan parcialmente nos empurrou, parcialmente nos colocou no colchão. Seus movimentos estavam rígidos, seu maxilar, contraído.

— Eu me movi, Ryan — falei, rindo. Rindo. Engasgando. — Mas precisamos ir. O alarme...

— Não existe incêndio. — Ele me segurou quando tentei me levantar.

— O vazamento de gás, ou seja lá o que for... precisamos ir. O alarme...

— É um truque — disse ele. — Eles enganaram você.

Eles me enganaram?

Eu ri outra vez, mais alto.

— O quê?

— Para fazê-la se mover. Para fazê-la aparecer.

Uma rolha de borracha bloqueou nossa traqueia, interrompendo nossa respiração tão repentinamente que eu vi estrelas.

Para me fazer me mover. Para me fazer aparecer?

A risada começou de novo, um risinho fraco e incessante. Eu não conseguia reprimi-lo.

— Bem, funcionou, não é?

Ryan olhou para mim, a luz ainda piscando sobre a cabeça dele, lançando sombras vermelhas e brancas em seu rosto. Ele não estava rindo. Sequer sorria.

Eu ri por ele, ri até mal conseguir respirar.

— Eu me movi, Ryan. Eu andei. *Eu andei!*

— Sim — disse ele, parecendo muito sério.

Uma estranha obstinação risonha nublava minha mente. Se Ryan não estivesse segurando nossos ombros, eu poderia ter caído.

— Eu me movi — falei de novo, só para ter certeza de que ele tinha ouvido direito. Eu ria e ria. Eu me sentia cheia de bolhas, cheia de nuvens.

Então agarrei a gola da camisa de Ryan... o segurei e o puxei para perto, sentindo seus braços se apertarem ao meu redor. A risada apodreceu em minha garganta.

— *Eu não vou deixar eles me mutilarem* — falei, sem fôlego.

— *Não vou. Não vou.*

Addie e eu estávamos sentadas com a luz acesa.

A claridade era o bastante para alertar alguém no corredor, mas nenhuma de nós duas sugeriu desligá-la. Tivéramos escuridão bastante por um dia. Haviam nos deixado ligar para nossos pais, mas só por alguns minutos, e uma enfermeira ficou nos vigiando o tempo todo. A mulher fingira tirar a poeira e arrumar a já impecavelmente limpa sala, mas sabíamos que estava ouvindo. Mesmo que a enfermeira não estivesse ali, não poderíamos ter contado que haviam nos drogado à força, que haviam nos enganado. Se contássemos, precisaríamos explicar como tínhamos nos movido. Teríamos de dizer que sim, que os temores deles eram verdadeiros, que o Sr. Conivent estava certo. Que ainda éramos defeituosas.

Não que eles não fossem descobrir logo, de qualquer jeito. Os médicos contariam. Seria necessário, caso quisessem nos manter ali.

Mas parecia que ainda não tinham dito nada. Primeiro a mamãe, depois o papai foram ao telefone. Como você está? Como foi o voo? Empolgante? A comida é boa? Eles lhe deram um bom quarto?

Pouco antes de a enfermeira começar a pigarrear significativamente e olhar para nós, o papai disse:

— Acho que não importa muito, não é? É só uma noite.

— Sim — sussurrou Addie. Ela estava sussurrando desde que havíamos acordado. — É verdade.

A enfermeira se aproximou e murmurou que as linhas do hospital eram muito congestionadas. Eles não podiam se dar ao luxo de deixar uma delas ocupada por tanto tempo. Parecia mentira, mas o que podíamos dizer?

— Ligaremos novamente amanhã — prometeu o papai.

Não nos deixaram voltar para perto das outras crianças, alegando que estávamos Hipersensíveis, Exaustas e Nervosas Demais.

Você precisa descansar, nos disseram, nos acompanhando pelos corredores. *Seu quarto está pronto. Levaremos seu jantar.*

E praticamente nos trancaram no quarto.

Silenciosamente, Addie desamarrou os sapatos e se deitou na cama. Havia uma parede ao redor da parte dela da nossa consciência. Um escudo, que começara a se formar logo que ela acordou, horas antes, quando sentira os braços de Ryan nos envolvendo calorosamente. Uma enfermeira irrompera na sala um segundo depois, com o rosto vermelho e os olhos escuros arregalados. Ela havia afastado Ryan, gritando com ele dizendo que deveria ficar com o grupo e ouvir as instruções. Ele não apresentara resistência a ela, embora seus olhos não tivessem se desviado de nosso rosto.

Eva?, dizia Addie agora, com os olhos fixos no teto. Era quase igual às paredes, uma superfície branca interrompida apenas pela luz intensa acima. O quarto era pequeno e básico, contendo apenas uma cama e um criado-mudo. A cama ia quase de uma parede à outra, e não havia janelas. Pelo menos nossa bolsa estava nos esperando, como a enfermeira prometera de manhã.

Eu me mexi.

Sim?

Uma pausa. Então:

... como é?

A princípio pensei que de alguma forma eu tinha perdido parte da frase dela. *Como é o quê?*

Ela demorou mais um instante para responder.

Estar sozinha.

Estar sozinha?

Como assim?

Ela suspirou suavemente, nossos olhos ainda percorrendo os calombos do teto.

Quando eu acordei, você estava sentada com o Devon, e...

Ryan, falei. *Era o Ryan, não o Devon.*

Ela se calou, depois disse:

Você estava sentada com o Ryan, e ele estava... Ela se interrompeu outra vez. *Você estava sozinha. Sem mim.*

Eles nos enganaram, falei, sem muita certeza do que ela queria dizer. *Dispararam o alarme. Achei que havia um incêndio ou coisa assim. Não sabia que eles estavam observando...*

Não é disso que estou falando.

Eu interrompi:

Bem, do que você está falando?

Ela fechou os olhos com força. Nossos dedos agarraram a borda do travesseiro.

Não sei... Você. Ryan. Ela deu um longo e profundo suspiro. *Como é falar sem que eu esteja ouvindo, Eva?*

Como não respondi imediatamente, ela se apressou em continuar:

Já faz mais de um mês... todos os dias. Todos os dias você pode falar com as pessoas sozinha. Você pode... estar aqui quando eu não estou.

Eu não disse o óbvio, que na maior parte do tempo não tinha conseguido juntar palavras suficientes para formar uma frase.

Eu nunca pude fazer isso, completou ela.

Por um instante ridículo e insano, achei que ela parecia estar com ciúme.

Addie. Com ciúme de mim!

Uma risada borbulhou e se derramou, animada e melosa demais. Uma risada silenciosa, porque, sem o remédio, Addie tinha o firme controle de nossos lábios, nossa língua, nossos pulmões. Mas ela ouviu a risada, assim como ouvia minha voz silenciosa.

O que foi? Qual é a graça?

Qual é a graça? Ela precisava mesmo perguntar?

Você nunca pôde fazer isso, Addie? Ah, sinto muito. A vida é muito injusta mesmo, não é?

Ela se retraiu. Nossos olhos se abriram de repente.

Eva, eu...

Talvez devêssemos trocar de lugar, então. Seria mais justo, Addie? Você acharia melhor?

Ela se virou de lado.

Eva...

Eu tive cinco minutos hoje, Addie. Cinco minutos nos últimos três anos, e você está com ciúme disso?

Não estou!, disse ela. *Não foi isso o que eu quis dizer.*

Então o que você quis dizer, Addie? perguntei. *Me diz.*

Ela ficou em silêncio.

Uma nuvem de tempestade deslizou entre nós, fervendo com trovões e gelada de chuva.

Olhamos a parede. Lentamente, Addie se virou, deixando nosso rosto contra o travesseiro.

Você acha que é muito fácil, não é?, disse ela.

Não sei do que você está falando.

Nossa respiração ficou tensa.

Vá em frente, sinta pena de si mesma, Eva. Você merece. Eu sou a sortuda, não é? Sou a afortunada. Addie é dominante, então qualquer coisa ruim que acontece é culpa dela. Não existe uma só vez em que você leve a culpa.

Você não está dizendo coisa com coisa, falei.

Uma parede caiu entre nós. Branca. Trêmula. Um grito escapou de nossos lábios. Addie enfiou nosso rosto no travesseiro, abafando os soluços até não haver som. Apenas lágrimas.

Estragamos tudo de novo, disse ela. *Nós íamos ser normais dessa vez, Eva. Eu só quero ser normal uma vez.*

Eu me encolhi para dentro de mim mesma, ficando o menor que podia. Me enfiei no canto de nossa mente, escondendo-me das lágrimas de Addie. Mas não consegui me esconder do que ela dissera.

Eu queria desaparecer, escorregar para aquele nada que havia encontrado no inverno de nosso 13º ano, onde não existia nada afiado, nada que machucasse, apenas uma corrente de sonhos que me girou sem parar até que eu me tornasse parte deles.

Mas eu não podia. Agora eu tinha muito a perder.

Capítulo 19

Na manhã seguinte, vestiram-nos de azul. Blusa de botões azul-celeste, saia azul-marinho que ia até os joelhos. As roupas eram engomadas de um jeito que a mamãe jamais conseguira fazer, a gola rígida e branca como a neve. Ao contrário de nosso uniforme escolar, esse não tinha qualquer emblema ou decoração. Não podíamos ter bolsos.

— Venha comigo — disse a enfermeira quando Addie terminou de amarrar nossos sapatos. Pelo menos tinham deixado que ficássemos com eles, assim como com nossas meias longas e pretas de escola. Eu queria saber o que aconteceria com o resto de nossas roupas.

Addie tinha surrupiado o chip de Ryan de nosso bolso. Agora ele estava pressionado firmemente na parte côncava sob o osso do calcanhar, a meia comprimindo-o contra nossa pele.

— Aonde estamos indo? — perguntou Addie com a voz embotada.

Ambas tínhamos acordado em silêncio naquela manhã. Meu nome não se formara na língua dela quando os últimos véus de sono se dissiparam. Ou talvez tivesse, mas ela o engolira amargamente, assim como eu fizera com o dela.

A enfermeira sorriu.

— Conhecer sua nova colega de quarto. Todas as outras crianças vivem em uma ala especial. Você vai se mudar para lá hoje.

— Me mudar? — perguntou Addie. A enfermeira não respondeu, apenas continuou nos lançando aquele sorrisinho meigo.

Addie tentou pegar a sacola, mas a enfermeira tocou nossa mão.

— Vão levá-la para você mais tarde.

Não podiam ser mais de 8 horas. Sem relógio, não tínhamos como saber exatamente, mas assim que passamos para o corredor, vimos o sol dourado no céu através das grandes janelas da Nornand. Parecíamos ser as únicas olhando pelo vidro. A mulher que nos conduzia pelos corredores olhava apenas para a frente, e as outras enfermeiras e médicos que passavam pareciam ter coisas mais importantes para fazer do que olhar para além das paredes da clínica.

Finalmente, a enfermeira parou diante de uma porta de aparência simples. Tirou um aro de chaves do bolso, escolheu uma e enfiou-a no buraco da fechadura.

— Bem-vinda à Ala, Addie — disse ela.

Lá dentro ainda estava escuro. Uma luz noturna lançava um brilho vago no canto oposto da sala, mas não era o bastante para que fosse possível enxergar, especialmente depois da claridade dos corredores. Addie piscou, tentando habituar nossos olhos.

Mas foi em vão, pois a enfermeira ligou as luzes um segundo depois. Agora conseguíamos ver tudo.

A Ala e a sala de estudos eram similares em diversos aspectos. O carpete era feito da mesma fibra grossa, e as paredes, pintadas de azul-claro, eram interrompidas apenas duas vezes: uma por uma porta cinza e outra por uma pequena alcova que parecia levar a dois banheiros. Uma planta de folhas grandes ficava em um dos cantos, literalmente explodindo em seu minúsculo vaso. Havia duas mesas redondas de tamanho médio, algumas cadeiras e um armário pequeno. Mas nenhuma criança.

— Todos ainda estão em seus quartos — disse a enfermeira, como se tivesse lido minha mente. Ela fez um gesto em direção à porta cinza. — Vamos levá-la até o seu, está bem?

A porta levava a outro corredor, mais estreito e curto que qualquer um dos outros que tínhamos visto. Um brilho fraco iluminava a extremidade, mas a enfermeira logo o ofuscou ligando as luzes do teto.

Eu consegui contar oito portas antes que a enfermeira abrisse uma delas e nos empurrasse para dentro.

— Kitty? — disse ela quando entrou atrás de nós e acendeu as luzes. — Acorde, querida. Você finalmente vai ganhar uma nova colega de quarto.

A garota que estava na cama se sentou tão rápido que chutou os cobertores para o chão. A menina-fada. Seu cabelo longo e escuro estava embaraçado e arrepiado por causa da noite de sono, parecendo ainda maior em comparação ao resto de seu corpo. Seus olhos estavam arregalados e os lábios entreabertos.

— Esta é Addie — disse a enfermeira. Sua voz era de uma alegria implacável, como a de uma professora de jardim de infância no primeiro dia de aula.

Kitty fixou os olhos em nós, mas não disse nada. O longo silêncio pesou sobre nossos ombros. Finalmente, a enfermeira bateu palmas.

— Então está bem, garotas. Vou acordar as outras crianças. Vista-se, Kitty, e explique a Addie a rotina matinal.

Kitty saiu da cama, dando uma olhada de relance em nosso rosto enquanto ia, apressada, pegar as roupas. Elas já estavam a sua espera no criado-mudo, arrumadas em uma pequena pilha azul. A enfermeira fechou a porta quando saiu.

Addie ficou absolutamente imóvel, com as mãos entrelaçadas à frente.

— Oi — disse Kitty em voz baixa, e não falou novamente enquanto se vestia.

Ela mal tinha acabado quando uma voz soou no corredor:

— Todos para o corredor, por favor.

Kitty foi depressa até a porta. Addie deu uma última olhada no quarto: as paredes brancas, o chão de ladrilhos, as camas com armação de metal e os travesseiros finos. Obviamente, a única janela não devia ser aberta, nunca. Tentei imaginar dormir ali. Acordar ali. Quanto tempo levaria para me acostumar com os lençóis brancos e frios de hospital?

Não, a enfermeira estava errada. Ainda não tínhamos conversado com nossos pais direito. Papai prometera ir nos buscar.

Aquele não era nosso quarto.

— Você não vem, Addie? — perguntou Kitty, demorando-se no vão da porta.

Por um segundo, apenas uma fração de segundo, senti uma brecha na parede entre mim e Addie. Depois ela sumiu. Porém, por mais breve que o lapso tivesse sido, foi o bastante para que eu percebesse um sussurro das emoções de Addie.

Um sinal de medo.

— Sim — disse Addie. — Estou indo.

A sala principal estava repleta de um caos silencioso. Algumas das crianças ainda pareciam meio adormecidas, caídas em cadeiras de madeira com a cabeça descansando sobre o tampo da mesa. Eli estava abaixado em um canto, tão encolhido que os joelhos praticamente escondiam seu rosto. Alguns dos mais velhos conversavam em voz baixa perto da porta mais distante.

Hally estava saindo de um dos quartos. Ela segurava os óculos em uma das mãos e esfregava os olhos com a outra, a boca aberta num grande bocejo. Um segundo depois, Ryan apareceu. Ele olhou rapidamente pela sala, e nossos olhos se encontraram. Addie os desviou. Logo depois, ele estava ao nosso lado.

— Você está bem? — Ele manteve a voz enterrada sob o murmúrio sonolento da Ala.

— Ótima — disse Addie.

Ele hesitou.

— Ela está ótima também — disse Addie, então se afastou da parede, indo para o canto da sala. Ela havia acabado de passar pela enfermeira quando a mulher bateu palmas.

— Ouçam — disse ela. — Eli? Shelly? Estou com seus remédios. Por favor, venham até aqui.

Addie tinha parado de se mover ao som das palmas. Quando recomeçou, seu movimento deve ter chamado a atenção da enfermeira, que olhou para baixo, franziu a testa por um instante, depois sorriu de novo.

— Quase me esqueci, Addie. Acabaram de vir me dizer que seus pais estão no telefone.

Nossos pais. Já deviam ter contado os resultados a eles. Todo o resto fugiu de nossa mente. Nossos pais estavam no telefone e isso era tudo o que importava no mundo.

— Posso falar com eles? — perguntou Addie. Nossa voz saiu mais alta do que eu esperava. — Por favor? Eu preciso...

— Um momento, Addie. — A enfermeira levantou a mão e se virou para uma menininha que tinha se aproximado dela. — Pronto, Shelly... onde está seu copo? Você precisa beber isto com água, se lembra, querida?

A garota se afastou novamente, e Addie tentou ganhar a atenção da enfermeira de novo.

— Por favor, posso falar com eles agora?

A mulher hesitou. Ela olhou em torno da sala, então para os frascos de pílulas em sua mão. Finalmente, suspirou.

— Você não pode esperar cinco minutos? — Addie fez que não com a cabeça, os olhos suplicantes. — Bem, tudo bem então. Vou achar alguém para levá-la até um telefone.

— Obrigada — sussurrou Addie.

Ryan levantou a cabeça quando passamos, mas não disse nada.

Era cedo, e o corredor estava relativamente vazio; havia apenas um entregador e dois médicos curvados sobre uma prancheta conversando em voz baixa. Mas não demorou muito e outra mulher usando um uniforme cinza e branco apareceu e foi chamada pela enfermeira.

— Addie precisa usar um telefone — disse a primeira mulher. — Vou levar as outras crianças para tomar café da manhã. Você poderia levá-la a um dos escritórios? É a linha quatro.

— Claro. — A outra enfermeira sorriu para nós. — Por aqui.

Não tínhamos andado mais do que alguns minutos quando ela nos conduziu a um pequeno escritório. Uma mesa, coberta de documentos e pastas de papel, ocupava a maior parte do espaço. A enfermeira indicou uma cadeira giratória atrás da mesa.

— Pode sentar ali.

Addie fez o que ela disse, observando-a tirar o fone do gancho e apertar um dos botões laranja acesos.

— Alô? — disse ela. Uma pausa. — Sua filha, senhor? O nome dela? — Outra pausa. — Está bem. Sim, ela está bem aqui. Um instante, por favor.

Ela colocou o fone em nossas mãos abertas. Addie o comprimiu contra a orelha.

— *Alô?*

— Olá, Addie — disse papai. Uma alegria falsa retesava cada palavra. — Como você está?

— Bem — respondeu Addie. Ela enrolou o fio do telefone em nosso pulso, engoliu em seco e virou as costas para a enfermeira, que rondava a mesa. — Estou com saudades de você. E da mamãe. E do...

E do Lyle, mas nossa voz falhou antes de conseguirmos dizer isso.

Houve uma brevíssima hesitação. Depois nosso pai falou de novo, e a alegria tinha sumido.

— Também estamos com saudades de você. Nós te amamos. Você sabe disso, não é, querida?

Addie fez que sim. Agarrou o fone. Sussurrou:

— Sim. Eu sei. — Como papai não falou, ela perguntou: — Como está o Lyle?

O que vocês disseram a ele?

— Ah, ele está ótimo, Addie — falou papai. Então, como se percebesse como aquilo podia soar, acrescentou. — Está muito triste por você não estar aqui.

Addie não disse nada.

— Mas nós... recebemos uma ligação ontem à noite — continuou papai. — Do médico dele.

Nossos músculos se enrijeceram.

— Addie, vão adiantar Lyle na lista de transplantes. Disseram... disseram que vão dar a ele prioridade máxima. Mesmo que tenham de trazer o rim de outra área.

A princípio, nada. Então frio. Tontura. Fogo no fundo de nossos olhos. E, finalmente, a tentativa de respirar com os pulmões apertados. Sabíamos o que isso significava. Não apenas para Lyle, mas para nós.

Um transplante significava que acabariam as horas de diálise toda semana para Lyle, acabariam as contusões sem sentido e os dias em que ele não queria abrir os olhos.

Um transplante era o milagre pessoal dos meus pais.

Um transplante significava uma troca.

— Você disse que só seriam dois dias, pai. Você disse... você disse que viria me buscar se... — Nossa garganta estava se fechando. Apertamos o fone com tanta força que nossos dedos ficaram com cãibra. Addie não conseguiu terminar a frase.

— Eu sei — veio a voz dele. — Eu sei, Addie. Eu sei. Mas...

— Você disse — gritou ela. Um soluço perfurou nosso peito. Ela fechou os olhos com força, mas as lágrimas escaparam mesmo assim, descendo quentes por nossas bochechas. — Você *prometeu*.

Nosso irmão. Nosso maravilhoso, terrível, irritante irmão mais novo ficaria quase tão bem quanto antes.

E nunca mais o veríamos.

— Addie — disse nosso pai. — Por favor, Addie...

O rugido em nossos ouvidos tornava as palavras dele inaudíveis. O que importava o que ele queria dizer? Ele não viria. Ele não viria.

Ele *não viria*. Não para nos levar embora.

— Eles falaram que podem curar você, Addie — disse ele. — É um bom hospital... e é o único lugar desta parte do país especializado nesse... nesse tipo de coisa. Queremos que você melhore. *Você* quer melhorar, não é, Addie?

Não houve menção ao que a "melhora" de Addie significaria para mim, para sua outra filha, que ele dizia amar. Ele dissera que me amava. Eu o *ouvira*.

Addie não respondeu. Ela pressionou o fone contra o ouvido e chorou, sabendo que a enfermeira nos observava e odiando-a por estar vendo aquilo.

— Addie — disse nosso pai em voz baixa. — Eu amo você. Mas, e eu?

— Nós... — ofegou Addie. — Quer dizer, eu...

Era tarde demais. O silêncio que vazava do telefone dizia tudo.

— Eu quero ir para casa — argumentou Addie. — Pai, me leva para casa. Por favor...

— Você está doente, Addie — argumentou ele. — E eu não posso curá-la. Mas eles... eles dizem que têm diversos métodos. Eles podem.

— Pai...

— Eu sei que é difícil, Addie — disse ele, e sua voz estava tensa. — Eu sei. Meu Deus, eu sei, mas é o melhor para você agora, está bem? Eles vão ajudá-la a ficar bem, Addie.

Em quanto daquilo ele realmente acreditava e quanto só estava dizendo para se sentir melhor por nos abandonar?

— Mas eu não estou doente — disse Addie. — Eu...

— Está, sim — insistiu ele. As palavras eram tão carregadas de derrota que nos deixaram sem fôlego.

— Não estou — disse Addie, mas tão suavemente que só eu ouvi.

— Ligaremos de novo hoje à noite, e iremos até aí assim que pudermos — falou papai. — Addie, escute o que eles disserem, está bem? Eles só querem o melhor para você. A mamãe e eu só queremos o melhor para você. Entendeu, Addie?

Durante um longo momento, ela não disse nada. Ele não disse nada. A linha telefônica zumbia com o silêncio.

— Addie? — repetiu nosso pai.

Não respondemos.

Capítulo 20

Ficamos entorpecidas pelo resto do dia. Havia gente demais, pares de olhos demais. As outras crianças. As enfermeiras. O Sr. Conivent. Nunca estávamos sozinhas, e não havia nada que quiséssemos mais do que ser deixadas sozinhas. No entanto eles nos empurravam de uma sala para a outra, de uma refeição a outra, de uma atividade a outra, sempre sob vigilância, sempre observados. Tudo era ruído de fundo, feito o som da estática em um rádio. Diversas vezes, Ryan e Hally tentaram falar conosco. Addie fugia sempre que um dos dois se aproximava demais, virando o rosto e ziguezagueando por entre o grupo de crianças até estarmos o mais longe possível. Não tentei persuadi-la do contrário.

Finalmente anoiteceu, e uma enfermeira colocou todos em fila, guiando-nos através dos agora tranquilos corredores que levavam até a Ala. Além das janelas da Nornand, um sol cor de gema descia lentamente no horizonte. Algumas das crianças tomaram seus remédios enquanto o resto de nós andava sem rumo. Nos sentamos em uma das cadeiras de encosto duro, olhando o carpete.

— Addie? — chamou Kitty, tirando-nos de nosso devaneio. — Precisamos ir para o quarto agora.

Addie a seguiu em silêncio. Hally também andava ao nosso lado, contorcendo as mãos, olhando rapidamente de mim para o irmão, que mantinha uma distância maior. Ela parecia a ponto de dizer alguma coisa quando Addie chegou a nossa porta, mas não o fez; ficou apenas olhando o chão e entrou no quarto ao lado do nosso.

Kitty fechou a porta depois que entramos. Nossa sacola estava ao lado da outra cama, com uma camisola branca dobrada sobre ela. Addie não se deu ao trabalho de trocar de roupa, simplesmente se arrastou para baixo das cobertas sem sequer tirar os sapatos.

Depois de alguns minutos, as luzes se apagaram. Finalmente, havia escuridão e a vigilância tinha terminado, junto com o barulho sem sentido. Addie cerrou os dentes, mas as lágrimas conseguiram passar por nossas pálpebras mesmo assim.

Silêncio. Então um sussurro na noite.

— Addie? — Kitty tinha saído da própria cama e andado até a nossa. A escuridão escondia a expressão dela; não víamos nada além da forma suave de seu nariz, do contorno de suas bochechas e de seu queixo. Ela falava com um fio de voz, como em uma canção de ninar triste. — Addie, você está chorando? — Viramos o rosto para a parede, mas a mão dela roçou nossa bochecha. — Addie?

— Sim? — sussurrou Addie.

Por um instante, Kitty não respondeu. Cheguei a pensar que ela havia voltado para a cama. Mas Addie levantou os olhos e Kitty ainda estava ali, com uma aparência mais feérica do que nunca em sua camisola branca.

— Às vezes... — Ela hesitou, depois continuou. — Às vezes, pensar no que eles estão fazendo em casa me ajuda. — Como Addie não desviou os olhos, Kitty engoliu em seco e disse: — Eu conversava com Sallie sobre a nossa casa. Sobre meus irmãos e a minha irmã.

— Sallie? — disse Addie.

Kitty assentiu.

— Era minha antiga colega de quarto. Mas ela já foi embora há meses.

— Para onde foi? — perguntou Addie, erguendo-nos lentamente. Ela se inclinou para trás até as omoplatas se encostarem à parede. Nossos olhos tinham se acostumado ao escuro o bastante para discernir a boca trêmula de Kitty.

— Disseram que ela foi para casa — respondeu ela. — Como Jaime.

Jaime outra vez. Será que deveríamos contar a ela? Adiantaria alguma coisa?

— Addie?

Algo na voz dela nos fez lutar contra nossa desconfiança e as pontadas em nossas entranhas. Era a mesma voz que Lyle usava quando estávamos apenas nós três e ele estava cansado demais para se preocupar em parecer forte.

Pensar em Lyle fez nosso peito se apertar novamente. Se havia algo bom para tirar daquele inferno era a possibilidade de nosso irmão mais novo ter a chance que todos nós desejávamos.

Addie deu um tapinha na nossa cama. Kitty hesitou, depois se deixou cair em nosso colchão, enfiando as pernas sob o corpo.

— Fale sobre a sua casa — disse Addie.

— Casa?

Addie confirmou.

— Casa. Família. Conte sobre os seus irmãos.

— Eu tenho três — contou Kitty. — E uma irmã. Mas Ty é o mais legal. Ele toma conta de nós desde que a mamãe... Ele tem 21 anos.

— Ah, é? — disse Addie. Cuidadosamente, ela estendeu a mão e passou nossos dedos pelo longo cabelo da garota. Estava embaraçado, e não tínhamos escova, então ela começou a desfazer os nós com as mãos. Kitty ficou tensa, depois relaxou.

— Ele toca guitarra e é muito bom.

Addie continuou desembaraçando os nós do cabelo de Kitty.

— Disse que ia me ensinar a tocar também — continuou Kitty. — Mas isso... mas agora ele está encrencado. Porque tentou impedir que me levassem embora...

Nossos dedos ficaram imóveis.

— Vamos falar da sua irmã — disse Addie. — Quantos anos ela tem?

— Dezessete... não, acho que agora tem 18.

— Eu tenho um irmão mais novo — disse Addie rapidamente, ignorando a dor que se intensificava em nosso peito. — O nome dele é Lyle. Ele tem 10 anos.

Kitty assentiu, mas percebi, de uma forma tão tangível quanto uma cortina se fechando ao final de uma peça, que a conversa estava acabando.

Addie tirou uma mecha de cabelo do rosto da menina.

— Acha que consegue dormir agora? — perguntou ela. Kitty fez que sim sem nos olhar, mas não se moveu. — Você pode ficar aqui se quiser — disse Addie. O ar estava frio, e a camisola dela parecia fina. — Posso ir para a sua cama.

Outra aquiescência frágil.

— Boa noite, Kitty — disse ela.

Addie saiu da cama, mas não tinha dado um passo quando uma mão disparou e segurou nosso pulso.

— Sim, Ki...

Ela se colocou ao nosso lado, sua boca tão perto de nosso ouvido que quando ela falou, a palavra foi mais sentida do que propriamente ouvida.

Nina.

Então seus olhos ficaram muito arregalados, brilhantes e atentos aos nossos.

Esperando.

— Boa noite, Nina — sussurrou Addie.

A pequena mão em nosso pulso se contraiu, as unhas enfiando-se no espaço entre nossos ossos. Ouvimos um suspiro que era como a libertação de um sonho. Então a mão se soltou. Nina virou-se e enfiou-se sob nosso cobertor sem dizer palavra alguma.

*

Horas depois, ainda estávamos acordadas. Uma enfermeira tinha acabado de abrir nossa porta, lançando um rápido olhar sobre as camas antes de voltar ao corredor.

Ouvíamos Nina respirando suavemente, o cabelo escuro espalhado ao redor de seu... de nosso travesseiro. Se a enfermeira tinha percebido a troca de camas, não tentara fazer nada a respeito. Talvez alguém nos repreendesse pela manhã. Ou talvez decidir quem dormia em qual cama fosse o pouco de controle que podíamos manter.

Nossa cabeça doía por causa da falta de descanso. Não tínhamos dormido mais de quatro horas por noite desde que saímos de casa. Eu não falava desde a noite passada. A parede entre Addie e eu estava firme e homogênea, não deixando passar nada.

Eu disse a mim mesma que ainda estava zangada com ela. Zangada pelo que ela dissera. Zangada pelo que tinha insinuado. Mas nossos pais não viriam. Nosso pai não iria nos arrebatar em seus braços como quando éramos crianças. Estávamos sozinhas. Não tínhamos mais ninguém.

Deveríamos ter uma à outra.

Ainda assim, ali estava a parede, o silêncio e a raiva no meio do caminho. Ali estávamos Addie e eu, sem falar uma com a outra. Eu podia esperar que ela desse o primeiro passo, como fizera durante anos.

Mas eu estava cansada da solidão.

Addie.

Ela estremeceu. Por um segundo, tive medo de que fosse me ignorar. Eu nunca a havia ignorado quando ela tentava fazer as pazes depois de uma briga.

Addie, eu...

Desculpe, disse ela. As palavras roçaram em mim como asas puídas de uma borboleta.

O quê?, perguntei.

Por tudo. Por... por tudo ter acabado assim.

Fiquei em silêncio. Sabia que ela não estava falando da ida para a Nornand, nem de médicos, de testes e do medo de nunca voltar para casa.

Lembra como sonhávamos sobre nunca nos definir?, perguntou Addie. *Quando éramos pequenas. Antes de começarmos a ir à escola. Achávamos que podíamos ser equivalentes e iguais. Para sempre.*

Eu lembro, falei.

Addie saiu da cama de Kitty, estremecendo quando nossos pés tocaram os ladrilhos frios. Ela andou lentamente até a janela, olhando a escuridão e as estrelas.

Eva?, chamou ela.

Sim?

Às vezes eu me pergunto como teria sido. Se nunca tivéssemos nos definido.

Se nunca tivéssemos aprendido a odiar a nós mesmas. Nunca tivéssemos permitido que o mundo enfiasse uma divisão entre nós, forçando-nos a nos tornar Addie-ou-Eva, não Addie-e-Eva. Tínhamos nascido com os dedos de nossas almas entrelaçados. E se nunca os soltássemos?

É, falei. *Eu também.*

Addie apoiou a testa contra o vidro gelado.

Desculpe, repetiu ela.

As desculpas dela deveriam ter feito eu me sentir melhor. Mas apenas aumentaram a dor. Como eu deveria responder? Sim, aceito as desculpas? Não, não é sua culpa?

Não era culpa de Addie. Eu nunca tinha achado que a culpa era dela. No mínimo, era minha. Eu não tinha me desvanecido quando deveria. Eu havia arruinado a vida dela para sempre. Uma alma recessiva estava marcada para morrer no momento em que nascia. Eu deveria ter desaparecido. Mas tinha arrastado Addie para essa vida incompleta, para essa existência perigosa, sempre com medo.

Eu fui em direção a ela, cruzando o espaço vazio entre nossas almas.

Desculpe também, falei.

Olhamos para o mundo do outro lado da janela. Havia uma espécie de pátio indistinto lá embaixo, um espaço irregular e fechado por uma cerca feita de correntes. Mal conseguíamos discerni-lo na escuridão. A Nornand se curvava ao redor de parte do pátio, obscurecendo parcialmente nossa visão. Mas havia um trecho fechado apenas pela cerca, e depois dela... depois dela existia apenas escuridão. Nem uma luz sequer.

Nós vamos sair daqui, falei.

Addie pressionou os dedos contra o vidro, e se eu forçasse minha imaginação o bastante, podia quase vê-lo cedendo, quase ver nós duas aterrissando ilesas no pátio abaixo, escalando a cerca como se ela não fosse nada, e correndo, fugindo até que a escuridão nos envolvesse e escondesse.

Capítulo 21

Sentimos a mudança no ar assim que acordamos na manhã seguinte. A enfermeira que conduzia a todos na Ala não sorria como fizera no dia anterior, e quando Eli tropeçou ao se levantar da cadeira, ela o colocou de pé tão bruscamente que ele gritou. Kitty deve ter visto Addie olhando, pois se esgueirou para perto de nós e sussurrou:

— É porque *eles* estão aqui.

— Quem? — perguntou Addie, mas a enfermeira exigiu silêncio e Kitty se recusou a falar, mesmo em voz baixa, até chegarmos ao pequeno refeitório onde fazíamos nossas refeições.

Mesmo então, Kitty esperou a enfermeira se retirar para sua cadeira no canto da sala.

— O comitê de avaliação — disse ela, inclinando-se em nossa direção sobre a bandeja de café da manhã. Uma mecha de seu cabelo escuro se arrastou em seu mingau de aveia, e ela soltou um gritinho de desânimo.

E o que é isso? murmurou Addie, mas não teve tempo de dizer em voz alta.

Porque nesse momento a porta se abriu, a enfermeira ficou paralisada e o Sr. Conivent entrou. Imediatamente, a atmosfera da sala mudou. Ele não se encaixava ali. Apesar do chão frio de ladrilhos, das fortes luzes fluorescentes e da enfermeira de vigia, o fato de todos nós estarmos comendo em uma mesa criava uma sensação de intimidade que combinava com o Sr. Conivent quase tão bem quanto água e óleo.

Ninguém falou enquanto ele inspecionava a sala. Ele fez um aceno de cabeça para a enfermeira, que respondeu nervosamente, como um passarinho. Muitas das crianças não estavam realmente comendo, apenas empurrando a comida de um lado para o outro. Hally parecia tão confusa quanto nós. A cabeça de Devon estava curvada sobre a bandeja, mas dava para ver os olhos dele fixos no Sr. Conivent.

Nós três estávamos sentados de frente para a porta, então tivemos uma visão perfeita dos homens e da mulher que entraram em seguida. Eram apenas quatro no total, mas se movimentavam com um poder que dominava a sala, dando a impressão de que ocupavam mais espaço do que deveriam. Os homens estavam bem-vestidos, com gravatas e calças vincadas, e a mulher usava uma saia-lápis, com um pequeno diamante cintilando em cada orelha. Eles olhavam para nós abertamente, como o entregador desengonçado fizera em nossa primeira manhã. Como se estivessem dando um tour no zoológico e fôssemos os próximos animais do itinerário.

O Sr. Conivent falou em voz baixa com um dos homens, que assentiu sem olhar para ele. Ficaram no ambiente uns dois minutos, apenas nos observando fingir que não os tínhamos notado. Então o Sr. Conivent foi embora e a sala inteira voltou a respirar como um só corpo, como se compartilhássemos os pulmões.

— Quem eram aqueles? — perguntou Hally quando um murmúrio de conversa surgiu pela mesa. A enfermeira tinha se encolhido levemente em sua cadeira e não parecia ouvir.

— O comitê de avaliação — repetiu Kitty. — Eles são do governo.

— Isto aqui *é* do governo — disse Devon, e ela deu de ombros.

— Eles são do *governo* do governo. São importantes.

— Com que frequência eles vêm? — perguntou Hally.

Kitty balançou a cabeça e pegou uma colherada do mingau de aveia. Ela segurava a colher do mesmo jeito que Lyle fazia quando estava brincando com a comida, como se fosse uma pá.

— Eu só os vi uma vez antes, há mais ou menos um ano. Depois que cheguei.

A enfermeira tinha recuperado a cor. Cor demais, na verdade. Suas bochechas estavam coradas. Ela esfregou a testa, depois se esforçou para ficar de pé e bateu palmas como as enfermeiras sempre parecem fazer.

— Vamos lá, crianças. Comam logo.

Ninguém mais voltou a falar. O silêncio me deixou digerindo lentamente o tempo que Kitty já tinha passado na Nornand.

A hora do estudo e o almoço passaram sem a intrusão do comitê de avaliação, assim como o jantar. Mas não fomos para a sala de estudos depois da última refeição, como tínhamos feito no dia anterior. Em vez disso, findamos em uma espécie de sala de espera.

Addie e eu estivéramos em incontáveis salas de espera ao longo dos anos. Algumas com mesinhas de centro cobertas de lustrosas revistas sobre saúde. Algumas com papel de parede de um azul frio e calmo. Outras com aquelas mesas de atividade bobas com bloquinhos para as crianças pequenas. Essa sala não tinha nenhuma dessas coisas. Havia uma fileira de cadeiras contra a parede, viradas para duas portas na parede oposta. Do outro lado das portas víamos apenas o que pareciam ser salas de exames, claras e brancas. E isso era tudo. Mas mesmo assim todo o ambiente gritava *sala de espera*.

A Dra. Lyanne, o Dr. Wendle e o Sr. Conivent estavam lá dentro, um trio estranho no canto da sala. O Dr. Wendle estava corado, a Dra. Lyanne, pálida, mas falando rápida e veementemente, o Sr. Conivent, frio, suas palavras mais frias ainda. A discussão deles, que já não acontecia em voz alta, parou imediatamente quando a enfermeira pigarreou. Os três levantaram os olhos. O Dr. Wendle empalideceu. A Dra. Lyanne titubeou. A expressão do Sr. Conivent não se alterou.

— Que bom, as crianças estão aqui — disse ele, e embora seu tom fosse educado e seu rosto estivesse com uma expressão suave, o tom pareceu de rejeição. — Vocês dois poderiam começar, por favor? O comitê vai chegar daqui a pouco.

Ele saiu, e todas as crianças abriram caminho para ele, sem tocar sequer a ponta de sua camisa. Por um instante, ninguém falou. A Dra. Lyanne olhava para a parede.

Foi a enfermeira quem finalmente quebrou o silêncio, valendo-se da reserva infinita de sorrisos que parecia possuir.

— Então está bem — disse ela. — Crianças, sentem-se e fiquem quietinhas. Os médicos vão chamar vocês quando estiverem prontos.

Lentamente, todos se acomodaram. Addie sentou-se em uma cadeira perto da porta, e Kitty pegou o lugar ao nosso lado. Lissa ficou do outro lado, com Ryan. Ele olhou para nós, mas apenas por um instante. Não tínhamos nos falado muito o dia inteiro. Todas as enfermeiras estavam tensas demais, nos repreendendo a cada mínimo sussurro durante a hora de estudo, rondando a mesa durante as refeições.

Ryan tinha tocado nosso ombro quando saíamos do almoço, e como Addie não se retraíra de imediato, ele perguntou suavemente se estávamos bem. Addie dissera que sim. Ryan dera um aperto delicado em nosso ombro. E foi isso.

Nós precisávamos contar a eles nossas suspeitas em relação a Sallie. Não tinha mais a ver com um menino apenas. Esse procedimento, essa *cirurgia*, tinha acontecido mais de uma vez. E parecia que nem Jaime nem Sallie iam voltar. Não se os médicos disseram a todos que os dois tinham ido para casa.

O Dr. Wendle desapareceu dentro de uma das salas de exame. A Dra. Lyanne ficou no vão da porta adjacente, sem sequer se encostar contra a parede ou contra a moldura da porta. Ficou apenas ali parada, suportando o próprio peso.

Eli começou a chorar. Uma agitação percorreu a sala, mas ninguém falou, e poucas cabeças se viraram para olhar.

Será que ele..., disse Addie.

— Cal tem medo de agulhas — disse Kitty, percebendo nossa expressão. — Ele sempre chora quando tiram sangue.

— Cal? — repetiu Addie.

Kitty hesitou, depois disse:

— Eu... eu quis dizer Eli.

— Então você se enganou? — Addie franziu a testa. — Pensou que era Cal, mas é Eli?

Kitty olhou para o garotinho. Ele estava com as mãos fechadas, as pernas curtas sobre a cadeira.

— É o Eli — disse ela, e sua voz estava fraca, porém segura. — É sempre o Eli.

O choro do garoto tinha chamado a atenção da Dra. Lyanne. Ela olhou para ele com o canto do olho, depois desviou novamente a atenção. Seu olhar percorreu a sala, estudando um de nós de cada vez. Alguma coisa nela parecia se abrandar.

— Kitty — disse ela, baixando os olhos para a prancheta. — Você é a primeira.

Kitty escorregou de sua cadeira e entrou com a Dra. Lyanne na sala de exames. Addie esperou até o Dr. Wendle também ter chamado alguém e as duas portas estarem fechadas, então se voltou para Hally e Ryan e murmurou:

— Não foi só Jaime.

— Nós sabemos — confirmou Lissa.

— O quê? — perguntou Addie. Ryan levantou as sobrancelhas em sinal de aviso, e ela baixou a voz para um sussurro. — Como?

— Eu conversei com alguns dos outros — explicou Ryan. Ele indicou com a cabeça um dos garotos mais velhos na extremidade da sala. — Alguns deles estão aqui há muito tempo. Anos. E viram outras crianças desaparecerem. Irem para casa. Só que...

— Ninguém vai para casa de verdade — disse Addie.

Eli estava chorando de novo. O garoto louro ao lado dele, constrangido, colocou uma das mãos em seu ombro, mas todos os outros fingiram não perceber. Todo muito parecia gastar muito tempo fingindo não reparar em Eli. Ele havia ficado estranhamente desajeitado a manhã inteira, com passos inseguros e falando pouco e arrastado, mas ninguém tinha comentado.

— Precisamos sair daqui — disse Ryan entre dentes. — Agora. — Não nos perguntávamos mais para onde iríamos. O que faríamos. Qualquer lugar era melhor do que aquele. Qualquer coisa era melhor do que aquilo. — Este lugar tem de ter brechas no sistema. Sempre existem brechas. Só precisamos encontrá-las.

Não podemos fugir desse jeito, falei. *Não com todos eles em alerta máximo. Talvez as coisas fiquem mais tranquilas quando o comitê de avaliação...*

Os referidos membros do comitê de avaliação apareceram na porta exatamente nesse momento, como se tivessem sido convocados por meus pensamentos. A enfermeira de plantão os deixou entrar. O Sr. Conivent não os liderava dessa vez. Pelo contrário, vinha atrás dos outros, sussurrando alguma coisa para o mesmo homem com quem falara no café da manhã.

Todas as crianças se encolheram um pouco. A pouca conversa que havia murchou. Como naquela manhã, o comitê de avaliação manteve certa distância de nós, quieto e observador. Nossos olhos iam de relance na direção deles de vez em quando, e pegamos algumas das outras crianças dando olhadelas também. Mas ninguém os encarava da forma como faziam conosco.

Os minutos passavam lentamente.

Quando a porta de uma das salas de exame finalmente se abriu, o ruído da maçaneta atravessou o silêncio. Kitty saiu primeiro e parou ao ver os homens e a mulher com suas roupas escuras. Atrás dela, a Dra. Lyanne ainda estava preenchendo alguma coisa na prancheta.

— Eli? — chamou ela, sem levantar os olhos. Então olhou.

Ela congelou, assim como Kitty. A garotinha se recuperou antes, voltando às pressas para sua cadeira ao nosso lado. Por um tempo enorme, pareceu que a Dra. Lyanne não conseguia obrigar seu corpo a se mover, mas depois ela pigarreou e repetiu:

— Eli?

Eli balançou a cabeça.

— Venha, Eli — chamou a Dra. Lyanne. Ela esticou a mão, mas não saiu do vão da porta. Seu maxilar estava tenso, sua voz, quase rouca.

— Não — disse Eli, com pânico na voz. Ele tinha recuperado um pouco da desconfiança de gato selvagem que eu percebera no primeiro dia. — Não. Não, *não*.

A mão de Kitty pressionou a nossa. Ela não olhava para nós, para Eli, para a Dra. Lyanne ou para o comitê de avaliação, apenas para os joelhos. Mas a pressão de sua mão era tão forte que machucava. Havia um Band-Aid na parte interna de seu cotovelo, e por alguma razão, Addie não conseguia tirar os olhos dele.

— Eli — disse o Sr. Conivent, e Kitty estremeceu.

Todo o comitê de avaliação o observava, um garoto de 8 anos que se recusava a sair da cadeira, se recusava a fazer o que os adultos mandavam.

— Algum problema? — quis saber o Dr. Wendle, abrindo a porta da outra sala de exames.

— Alguém poderia levar esse menino para uma sala? — perguntou o Sr. Conivent. Ele não parecia zangado. Muito menos nervoso, irritado ou frustrado. Mas sua mão direita pressionava-se contra a lateral do corpo, formando um punho, e víamos a tensão em seu pescoço. — Dra. Lyanne? Por favor.

A Dra. Lyanne foi até Eli, que pulou da cadeira. Ele estava cambaleante a manhã inteira, com passos vacilantes. Mas como estávamos distraídas, não tínhamos observado com atenção, não tínhamos visto a névoa sobre seus olhos. Ela combatia a desconfiança, forças opostas batalhando por seu corpo.

Resolva isso, dissera o Sr. Conivent no primeiro dia. Será que era assim? Isso era *resolver*?

Eli lançou-se para a frente, tropeçou e caiu. A Dra. Lyanne o segurou (se era para arrastá-lo para a sala de exames ou apenas para impedir que batesse no chão, não sabíamos), mas fosse qual fosse a razão, Eli gritou como se ela o tivesse aberto ao meio. Ele se desvencilhou. Conseguiu ficar de pé e correu.

Addie agarrou nossa cadeira para não se levantar, para não se desprender de Kitty a fim de correr até Eli e apanhá-lo. Ele tinha se comprimido contra um dos cantos da sala, encurralado entre os membros do comitê de avaliação e o Dr. Wendle, que abandonara sua sala de exames para ir atrás dele. Eu só conseguia pensar em Lyle durante as primeiras sessões de diálise. Ele chorava sem parar, mas as enfermeiras o tinham confortado, nossos pais estavam presentes para distraí-lo, Addie estava lá para ler para ele. E agora esse menino, gritando e chutando, estava sendo *maltratado* pelo Dr. Wendle, e todos estavam simplesmente assistindo...

— Deixe-o em paz — gritou Addie.

Nós congelamos. Os olhos de Ryan correram em nossa direção. Mas as palavras haviam sido ditas, e Addie não podia retirá-las. O Sr. Conivent se virou e nos encarou, mas o Dr. Wendle não parou, não deixou Eli em paz, e antes que eu entendesse o que estava acontecendo, tínhamos deixado nossa cadeira e estávamos do outro lado da sala. Será que não conseguiam ver o quanto ele estava nervoso? Será que não podiam ser mais gentis pelo menos em relação a isso?

Alguém nos segurou antes que conseguíssemos chegar até ele. Um dos membros do comitê de avaliação, aquele que estava sempre conversando com o Sr. Conivent, e seu aperto *doeu*. Ele nos puxou, prendendo-nos contra ele, e as primeiras palavras que ouvimos de sua boca foram: *Você vai parar com isso. Você vai se acalmar. Agora.*

As unhas dele cravavam-se em nossa pele com tanta força que ficamos com lágrimas nos olhos, não conseguindo ver seu rosto, apenas ouvindo a voz dele em nosso ouvido. Ele nos virou, mantendo nossas costas contra seu torso, mas com o rosto voltado para os outros. Cada um deles olhava para nós. Cada um deles tinha uma expressão diferente, mas em cada uma delas, a mesma corrente de medo. Ryan estava parcialmente fora de sua cadeira, mas tinha congelado.

Lenta e silenciosamente, o homem levou Addie e eu de volta para a fileira de cadeiras. Éramos uma boneca em suas mãos, feita de plástico e colorida artificialmente, com cada uma das juntas do corpo rígida. Ele nos empurrou para uma cadeira, e não nos levantamos outra vez quando Eli, encurralado e capturado pelo Dr. Wendle e duas enfermeiras, foi carregado para dentro de uma das salas de exames, agitando os braços e gritando.

Capítulo 22

Naquela noite, Kitty ficou quieta depois que as luzes se apagaram. Ela se enrolou virada para a parede, com os joelhos quase se encostando no peito e o cabelo se derramando como tinta sobre o travesseiro. Em menos de meia hora, o ritmo de sua respiração diminuiu e ficou uniforme.

Não conseguíamos fechar os olhos, muito menos dormir. Eu ouvia ecos de vozes que não estavam ali. Eli gritando. As palavras do funcionário do comitê em nosso ouvido. Eles sequer tinham terminado os testes. Os médicos e os membros do comitê haviam se enfiado em algum lugar com Eli, deixando o resto de nós com uma enfermeira insatisfeita que nos enfiou em nossos quartos, resmungando que seu turno já deveria ter acabado.

Ninguém se atreveu a sair. Mesmo que a enfermeira tivesse ido embora e não estivesse sentada na Ala principal, alguma outra pessoa certamente ouviria a porta se abrir... e quem sabe se iriam nos dedurar?

O que acha que estão fazendo com eles?, perguntou Addie. Ela segurava o chip de Ryan, fixando os olhos no lento pulsar. Talvez aquilo a reconfortasse da mesma forma que me reconfortava.

Eu não precisava perguntar do que ela estava falando.

A mesma coisa que estão tentando fazer com o resto de nós.

Não. Ela se virou de barriga para cima. *Há algo mais em Eli e Cal. Eles não estão simplesmente tentando fazê-los se definir... Ele é novo demais para estar aqui, e...*

Ele é novo demais porque os pais dele o rejeitaram, falei.

A frustração de Addie chocava-se contra mim, e eu sabia que ela não ia simplesmente deixar o assunto morrer. Mas antes que voltasse a falar, o chip em nossa mão começou a pulsar mais depressa.

Por um instante, apenas olhamos para ele. Então, sem dizer uma palavra, Addie empurrou as cobertas e passou as pernas sobre a lateral da cama. O piso gelado deixou nossa pele arrepiada.

Kitty não se mexeu. Addie atravessou o quarto, nossa camisola emitindo um brilho branco sob a luz da lua, nossos pés descalços sussurrando contra o chão. Quando chegamos à porta, a luz de nosso chip estava solidamente vermelha. Ela abriu a porta, deu um passo... e quase se chocou contra Ryan.

Addie pressionou os nós dos dedos contra nossos lábios para conter um grito de surpresa. Ryan não foi tão rápido. Ele chegou a dizer, em tom de surpresa, a primeira sílaba do nome de Addie antes que ela pressionasse a outra mão contra a boca dele, deixando nosso chip cair. Felizmente, o corredor era acarpetado e não fez barulho.

Ficamos absolutamente imóveis por vários segundos, tentando não respirar, tentando pensar em desculpas válidas para o caso de alguém ter ouvido e ter ido verificar. Mas não apareceu ninguém.

Ryan olhou para nós. Seu cabelo se arrepiava em várias direções; alguns dos cachos estavam amassados e outros pareciam desafiar a gravidade. Eu sentia a respiração dele contra nossa pele, a curva de seus lábios encaixada nas dobras entre nossos dedos.

Lentamente, Addie afastou a mão dos lábios dele. Esticou o braço para trás e fechou a porta de nosso quarto enquanto Ryan se curvava para pegar o chip.

Então, sem dizer uma só palavra, até mesmo sem qualquer espécie de sinal, Addie e Ryan se viraram e se dirigiram à Ala principal.

Ela parecia menor na escuridão. Não havia janelas ali, então a única fonte de luz era o brilho vermelho dos chips em nossas mãos. Nos sentamos em uma das mesas, e mesmo assim nem Addie nem Ryan falaram.

Havia um milhão de coisas que eu queria dizer. Um milhão de pequenas coisas que podia me imaginar fazendo, que queria fazer, se pudesse. Se eu simplesmente *pudesse*. Mas Addie estava no controle, e ela desperdiçava o tempo que tinha mantendo-se imóvel e séria na escuridão.

— A enfermeira deve vir para nos checar logo — murmurou ela, finalmente.

— Ainda vai demorar uma hora — disse Ryan, olhando para seu relógio. Ele parecia um pouco aliviado por ter alguma coisa a dizer. — Lissa disse que as enfermeiras vêm mais ou menos na mesma hora toda noite.

Addie assentiu. Então, antes que as coisas caíssem novamente no silêncio constrangedor, ela disse:

— Bom, o que você queria?

— Como? — disse Ryan.

Addie falou ainda mais rápido.

— Você foi ao nosso quarto. Deve ter um motivo. Se tem alguma coisa para dizer, diga.

O chip de Ryan estalava contra a mesa.

— Eu não tenho motivo — disse ele —, porque não estava indo para seu quarto. Estava passando. — Ele indicou com a cabeça a alcova na extremidade da Ala.

Nosso rosto ficou quente.

— Certo. — Ela se levantou. — Bem, então...

— Addie... — falou Ryan antes que ela escapulisse pelo corredor. Ele também se levantou, só que mais lentamente. — Addie, é mentira. Eu queria perguntar se você estava bem.

— Você está sempre me perguntando se estou bem — disparou Addie. — Estou *ótima*. Você está bem. Hally e Lissa estão bem...

— Eu *não* estou bem — disse Ryan. Mesmo na luz fraca, eu conseguia ver, quase sentir, a tensão em seus ombros. Suas sobrancelhas unidas. Seus dedos fechados em volta do encosto da cadeira. — Não tenho um plano para nos tirar daqui. Não sei para onde iríamos se tivesse. — Ele suspirou e empurrou a franja, arrepiando-a ainda mais. — Quanto mais descubro sobre este lugar, pior ele fica. E hoje, quando aquele homem segurou você e Eva... Então eu digo que não, não estou bem. E se você está, Addie, está se saindo muito melhor do que eu, OK?

Se eu estivesse no controle, teria dito que não era responsabilidade dele nos libertar. Teria lhe prometido que pensaríamos em uma solução juntos. Teria jurado que logo todos nós estaríamos em segurança. Teria falado qualquer coisa para aliviar um pouco da preocupação que enrugava sua testa.

Addie desviou os olhos, fixando-os no carpete.

— Você não precisa se preocupar comigo e com Eva — disse ela. — Nós temos uma à outra.

— Não se os médicos puderem evitar — alertou Ryan.

Isso nos fez levantar a cabeça tão rápido que sentimos uma vertigem.

— Acha que eu não sei?

— Então talvez... — Ryan hesitou. — Talvez você não devesse fazer coisas como a que fez hoje.

Addie se indignou.

— Eles estavam praticamente torturando o menino.

— Você não podia fazer nada — argumentou ele, girando o próprio chip sem parar na mão, ombros ainda tensos. — E agora vão prestar mais atenção em você.

Addie não disse nada, mas eu sentia a agitação dela, sentia suas emoções fervendo dentro de nós, impotentes.

— Só tenha cuidado, está bem? — disse Ryan. — Por favor.
Ele olhou nos nossos olhos até Addie concordar.

Na hora do almoço do dia seguinte, Eli ainda não tinha voltado para o grupo. A enfermeira serviu uma bandeja amarela a menos do que o habitual e não deu nenhum tipo de explicação. Quando Hally se perguntou em voz alta onde ele poderia estar, ninguém respondeu, ou sequer olhou para ela pelo resto do almoço.

Conforme as horas passavam e Eli não aparecia, minha mente se voltava o tempo todo para outro garoto. O que tínhamos visto estendido em uma maca. Aquele com os curativos muito brancos, os olhos vagos e fixos e as fotos de *antes e depois*.

Pelo menos ninguém nos dissera que Eli tinha ido para casa. Eu me reconfortava com o que podia.

— Foi assim que começou? — sussurrou Addie para Lissa quando saímos da sessão de estudos noturna. Nos últimos três dias e meio, eu tinha adquirido uma noção geral daquela parte da Nornand; com certeza estávamos voltando para a sala de espera onde estivéramos no dia anterior. — Com Jaime. Quando eles o levaram... foi tudo tão de repente assim? Ele simplesmente desapareceu?

Addie e eu éramos as últimas da fila, e Lissa estava bem a nossa frente. Ela precisava virar-se levemente para responder, e mesmo então falava em um tom tão baixo que praticamente líamos a resposta em seus lábios.

— Com Jaime, eles o chamaram... — A enfermeira olhou por cima do ombro, e embora fosse impossível nos ouvir lá atrás, Lissa parou de falar até a mulher se virar de novo. — Eles o chamaram na sala de estudos certa manhã... e ele nunca mais voltou.

A fila parou de andar quando chegamos à sala de espera, mas a porta estava fechada, e a enfermeira não tentou entrar, apenas suspirou e checou seu relógio. Devon se sentara com

Kitty perto da porta da sala de estudos, e agora os dois estavam presos na frente da fila, bem ao lado da enfermeira.

Ficamos parados no corredor, uma linha reta e azul em uma folha de papel. A etiqueta na parte de trás da blusa do uniforme arranhava nosso pescoço. Nossos braços estavam arrepiados, um testemunho do frio permanente que havia na Nornand.

Se estivéssemos em casa, estaríamos preparando o jantar com mamãe e Lyle. O micro-ondas estaria zumbindo com as sobras da noite anterior. Estaríamos todos suando por causa do calor do forno e do aperto da cozinha. Lyle estaria nos contando absolutamente tudo o que lhe acontecera naquele dia, e se ficasse sem assunto, incluiria algumas coisas que tinham acontecido no dia anterior, ou no outro.

Eu quase conseguia vê-lo na bancada, de pé sobre um banquinho de três pernas enquanto cortava cenouras com precisão cirúrgica, com os dedos encolhidos como Addie ensinara.

Como nós havíamos ensinado...

Addie se sobressaltou quando a porta a nossa frente se abriu.

A Dra. Lyanne saiu, com uma pilha de pastas de papel debaixo do braço e uma caneca vermelha lascada na outra mão. Ela mal pareceu nos notar quando passou.

— Com licença — murmurou, e fez menção de fechar a porta atrás de si, então parou e olhou a caneca em sua mão como se tivesse acabado de perceber que estava ali. Ela suspirou e se virou, voltando para dentro de seu consultório. Quando reapareceu, as pastas e a caneca tinham sumido, e seus olhos pareciam mais atentos.

— Com licença, meninas — disse ela mais alto, e dessa vez Lissa e Addie saíram da frente.

— Dra. Lyanne — chamou a enfermeira, causando uma contração na mandíbula da médica. — Poderia vir aqui, por favor? Já são 19h30. O Sr. Conivent disse...

— Vou ver se eles estão acabando — falou a Dra. Lyanne. Ela ajeitou o jaleco e foi em direção à enfermeira, cada passo causando um estalo nítido dos saltos contra o chão de ladrilhos. Addie, assim como quase todos que estavam na fila, a observou. Ela desapareceu para dentro da sala de espera.

Rápido, falei. *Ela não trancou a porta...*

Eu estava com medo de ter que desperdiçar um tempo precioso com explicações, mas Addie não fez perguntas, apenas lançou um rápido olhar em volta, encontrou os olhos de Lissa e se esgueirou para dentro do consultório da Dra. Lyanne. Tínhamos reconhecido aquelas pastas, as abas marcadas com etiquetas azuis.

O consultório era pequeno e em formato trapezoidal, com um teto levemente inclinado e uma grande janela em uma das extremidades. Os últimos raios de sol se infiltravam por ela, refletindo-se nas telhas lá fora. A mesa da Dra. Lyanne ficava encostada à parede oposta, ao lado de um arquivo e de uma estante de livros baixa. A pilha de pastas estava na ponta da mesa.

— *Addie* — sibilou Lissa. Ela havia entrado conosco no consultório, de olhos arregalados. — O que você está *fazendo*?

— Tentando descobrir o que eles estão fazendo com Eli e Cal — disse Addie.

Será que ele seria a próxima criança na mesa de operações? O próximo menino na maca, sendo transportado às pressas enquanto os outros estão confinados à sala de estudos ou comem silenciosamente em suas bandejas amarelas?

E talvez... talvez, se conseguíssemos encontrar a pasta de Jaime Cortae, ou a de Sallie, descobríssemos onde eles estavam. O que estava acontecendo com eles, agora que a Nornand alegava que tinham ido para casa.

Addie atravessou o consultório.

— Avise se vier alguém.

— Mas... — disse Lissa.

Rápido, Addie, falei.

Foi ideia sua, disparou ela. *E eu estou andando rápido.*

Nossas mãos tremiam enquanto ela folheava as pastas de papel. *Bridget Conrade,* a menina loura com tranças longas e bem-feitas. *Hanson Drummond,* o garoto que falara sobre Eli no primeiro dia. *Katherine Holynd...* Kitty? *Arnold Renk... Addie Tamsyn.*

Addie hesitou, mas eu a fiz voltar para a tarefa.

Não dá tempo. Continue procurando. Tem de estar aqui.

Ela levantou os olhos rapidamente. Lissa estava bem ao lado da entrada, de costas para nós. Ela havia fechado a porta quase totalmente; através dos centímetros de espaço que restavam víamos apenas suas mãos remexendo-se atrás das costas.

Addie passou pelo resto dos relatórios.

Não está aqui, Eva. Nem os de Jaime ou Sallie. São só nove relatórios. Estão faltando cinco.

Cheque o arquivo, falei.

Addie se curvou e o abriu. Folheou os arquivos, puxando-os para verificar as etiquetas. Nossas mãos tremiam tanto que ela mal conseguia recolocar os arquivos no lugar.

Vai demorar demais, disse Addie. *Não temos tempo...*

Acalme-se, falei. *Continue procurando.*

Sua exasperação doía, pressionava punhais contra mim, mas ela fez o que eu disse, olhando cada pasta antes de enfiá-la de volta no lugar.

Espere, falei. *Espere, aquele... já ouvimos falar daquele.*

Addie congelou. Relemos a etiqueta.

Refcon.

A noite em que fomos levadas. A cena na sala de jantar, o olhar desamparado do papai, os nós dos dedos da mamãe, brancos no encosto de nossa cadeira. As palavras do Sr. Conivent reverberavam em nossa cabeça. *É o que chamamos de droga de supressão, uma substância altamente controlada. Ela afeta o sistema nervoso. Suprime a mente dominante.*

Addie inclinou-se para trás, apoiada nos tornozelos, e tirou a pasta do arquivo. Checar a porta tinha se tornado um tique nervoso. Mas Lissa não havia saído de seu lugar ou dito qualquer palavra, e nossos olhos voltaram para a pasta. Estava gasta, com as bordas macias e enrugadas devido ao uso. Addie a abriu.

É só... informação sobre a droga, disse ela, passando os olhos pela primeira página. *Era sobre isso que o Sr. Conivent estava falando, não era? O que Hally... que Hally roubou do hospital da mãe dela. Aquela droga de supressão.*

Então por que a folha de papel também dizia *Vacinas*?

Addie folheou o arquivo. O maço de papéis que havia ali dentro tinha mais de um centímetro de grossura, alguns impressos em papel timbrado com aparência oficial, outros folhas de caderno arrancadas com rabiscos escritos à mão. Addie passou o peso de um pé para o outro, depois praguejou quando o movimento fez metade dos papéis escorregar de nosso colo e cair no chão. Ela continuou praguejando entre dentes enquanto pegávamos os papéis e os enfiávamos de volta nas pastas. Eu rezava para que a Dra. Lyanne não tivesse alguma ordem especial que estivéssemos desfazendo.

Foi com uma sensação de *déjà-vu* que nossa mão pegou uma folha de papel com uma pequena foto presa em um clipe no canto superior.

BRONS, ELI

HÍBRIDO

Pulamos as informações básicas e fomos para o relatório mais longo abaixo. Alguém tinha rabiscado observações nas margens e sobre o texto impresso. Já sentíamos um amargor no estômago desde que havíamos pisado no consultório da Dra. Lyanne, mas agora uma nova sensação de asco se esgueirava, um sentimento terrível, meio enjoo, meio dor. Nossa mão se pressionou contra os lábios, depois contra os dentes. Cravamos os dentes. E não sabia se as lágrimas vinham por causa disso ou pela dor impressa no relatório de Eli. O segredo que conectava o Refcon, as vacinas e todas as crianças da Nornand. Todas as crianças do país.

Meu Deus, sussurrou Addie. *Eva...*

Um som a interrompeu. Um grito abafado. Depois o rangido de sapatos contra o ladrilho. Levantamos a cabeça.

A brecha entre a porta e o batente estava vazia.

Lissa tinha sumido.

Cada nervo... cada músculo e tendão de nosso corpo se afrouxou e depois esticou como um elástico.

Jogamos a pasta de volta dentro do arquivo e o fechamos. Exploramos a sala tentando achar algum lugar, *qualquer lugar* para nos esconder. Não havia nenhum. Bastou um relance para saber disso. Já sabíamos no momento em que havíamos entrado no consultório. A escrivaninha não era sólida, e sim parecida com uma mesa, sem forro na parte de trás. A janela não tinha cortinas. O melhor que podíamos fazer era nos agachar atrás do arquivo, e nem sequer tivemos tempo para isso.

A porta se abriu.

O funcionário do comitê, o homem que tinha nos segurado na sala de espera, cujas marcas dos dedos ainda eram recentes em nosso pulso, entrou.

Capítulo 23

Por uma fração de segundo, um milésimo de segundo, não nos movemos. O homem não se moveu. Ele não saiu do vão da porta. Nós não gritamos.

Gritar. Uma risada borbulhou no fundo de nossa garganta. Como se isso fosse adiantar alguma coisa. Como se isso pudesse ajudar.

O homem fez um gesto para trás sem tirar os olhos de nós.

— Traga a outra garota para cá e tire os outros pacientes do corredor, assim como aquela enfermeira. — Ele falava no mesmo tom baixo e homogêneo que tínhamos ouvido no dia anterior.

Houve uma agitação de passos contra os ladrilhos. Devon gritando. Então Lissa estava na sala conosco, empurrada para dentro pela funcionária do comitê. Vimos suas unhas enfiadas no ombro de Lissa. A porta bateu atrás delas.

— Chame Conivent — disse o homem. A mulher assentiu, soltou Lissa e saiu. Então ficamos apenas nós, Lissa e o homem no consultório da Dra. Lyanne.

Ele nos observava, com os olhos indo de nós para Lissa. Ele não era mais alto que o Sr. Conivent. Não tinha os ombros mais largos, nem maiores. Usava as roupas de alguém que estivesse indo a um concerto: camisa com abotoaduras, um colete escuro, calças vincadas, sapatos pretos. Nosso pulso latejava com a lembrança de seu toque. E nosso peito doía por causa de sua expressão, uma expressão que dizia claramente que não importava o que fosse aquela situação, não importava o que tivéssemos feito nem o que *pensássemos* que podíamos fazer, jamais o derrotaríamos. Podíamos lutar até sangrar, e mesmo assim ele venceria. E ele sairia da luta com a aparência perfeitamente composta que tinha naquele momento.

— Jenson? — disse o Sr. Conivent, abrindo a porta. Isso nos permitiu ver de relance o corredor, agora vazio.

O homem, o Sr. Jenson, não se virou para olhar para ele.

— Você disse que este prédio era seguro, Conivent... que os *pacientes* estavam seguros, que ninguém jamais podia desaparecer *neste* hospital. — Mesmo quando ele modulava as palavras, o tom pouco se alterava. Sua expressão nem chegava a estremecer. — Mas, aparentemente, esta paciente sumiu por tempo bastante para entrar aqui. — Jenson não esperou por uma resposta. — De quem é este consultório?

Houve uma pausa brevíssima antes que o Sr. Conivent abrisse a boca para responder, mas outra voz falou por ele.

— É meu.

A Dra. Lyanne chegou à porta. Ela fitou o Sr. Conivent, que retribuiu o olhar. Então, com um gesto do braço, ele a chamou para dentro. O consultório, que já não era grande, agora parecia lotado, embora ninguém sequer se encostasse.

— Feche a porta — disse Jenson, e isso foi feito. O Sr. Conivent ficou do outro lado.

Cada inspiração parecia serrar nossos pulmões.

— Não é a política daqui trancar o consultório ao sair? — perguntou Jenson.

— Só saí por um instante — disse a Dra. Lyanne. Sua voz estava baixa, porém fria. — Planejava voltar imediatamente.

— Parte da culpa é da enfermeira de plantão — alegou Jenson, então, finalmente, seu olhar moveu-se de nós para a Dra. Lyanne. Foi como ser libertada de um peso esmagador, como emergir do fundo do oceano. — O que eu gostaria de saber é por que essas pacientes queriam acesso a seu consultório.

A Dra. Lyanne nos avaliou.

— Talvez devêssemos perguntar a elas.

— Elas mentiriam — disse Jenson. — Seria um desperdício de tempo.

Os olhos da Dra. Lyanne foram em direção à pilha de pastas de papel sobre sua escrivaninha. Eu percebi, com uma contração no estômago, que as tínhamos deixado em uma pilha bagunçada. Em seguida ela nos examinou e, por extensão, o arquivo. Sem dizer nada, ela se aproximou e começou a abrir as gavetas. Havia apenas duas. Quando chegou à de baixo, ela viu a pasta que estava por cima, aquela que não havíamos tido tempo para recolocar no lugar.

Eu ainda estava tentando pensar em algo para dizer. Ou algum lugar para onde fugir... Poderíamos simplesmente empurrar a Dra. Lyanne para o lado, agarrar a mão de Lissa e *fugir*.

A Dra. Lyanne olhou para nós.

— Me dê aqui — disse Jenson. Ela pegou a pasta e a entregou. Ele a abriu, e tivemos de ficar ali paradas, Addie, eu e Lissa, enquanto Jenson lia as páginas. A cada momento eu só desejava morrer, porque o medo e o desconhecimento nos deixavam tão enjoadas que não conseguíamos respirar.

Finalmente, o homem levantou os olhos outra vez e examinou nosso rosto. O relatório de Eli estava por cima, e ele o segurava, observando-nos cuidadosamente. Tentamos, *tentamos* manter nossa expressão neutra, mas não conseguimos. A sala ficou levemente desfocada. Nossa pele formigava de calor.

— Caso interessante — disse ele.

— Está nas vacinas — deixou escapar Addie, e a sala ficou ainda mais desfocada. Nos esforçamos para não piscar, porque se piscássemos poderíamos chorar, começar a chorar de verdade, e isso seria outro sinal de fraqueza diante daquele homem que não demonstrava absolutamente fraqueza alguma.

A Dra. Lyanne se endireitou. Lissa ainda estava perto da porta, tão imóvel e quieta que podia se passar por uma peça da mobília. Mas seu olhar estava cravado em nós. Não no funcionário do comitê. Não na Dra. Lyanne. Em nós.

Soltamos a borda do arquivo.

— Essas vacinas que todos têm de tomar quando são bebês... Vocês colocam alguma coisa nelas para... — Nossa respiração ficou presa na garganta. Foi preciso que fizéssemos uma pausa para recuperar o fôlego. Uma lágrima caiu. — Para eliminar uma das almas. Para impedir as pessoas de serem híbridas...

O hibridismo era genético. Todo mundo sabia disso.

Mas o resto do mundo... o resto do mundo era tão predominantemente híbrido, e havia tão poucos híbridos em nosso país que sempre tínhamos pensado... sempre tínhamos pensado que era simplesmente uma questão de genética, uma questão de ascendência, como nos ensinavam em biologia, mas não era assim *de jeito nenhum*...

— Não é isso — disse a Dra. Lyanne. — A maioria das pessoas deste país perderia a alma recessiva de qualquer forma. As vacinas apenas... ajudam...

— Elas são *doentias* — gritou Addie. — São um veneno. Vocês estão nos envenenando. A todos nós. — Encaramos Jenson com olhos desfocados, porém firmes. — E quando não funciona... quando aparece alguém como Eli ou Cal ou nós... vocês nos reúnem e tentam de novo. E, às vezes, tem até a chance de escolher quem querem que morra.

Havia almas dominantes e almas recessivas. Determinadas antes do nascimento. Escritas em nosso DNA. *Um processo natural*, insistia nossa orientadora pedagógica durante todas aquelas sessões. Imutável. Irrefutável.

Certamente não era algo a ser decidido por médicos, ali nos frios corredores, sob fortes luzes brancas.

— Quem decidiu que Eli não era adequado para a sociedade? — perguntou Addie à Dra. Lyanne. — Quem decidiu que ele não era bom o bastante? Quem disse a Cal que ele teria de tomar seu lugar e responder a um falso nome pelo resto da vida? Você?

Pensei ter visto a Dra. Lyanne se retrair. Addie deve ter visto também, porque se endireitou um pouco.

— Há mais alguma coisa que você queira dizer? — perguntou Jenson, e sua expressão estava tão cuidadosamente composta que era praticamente de tédio.

— Quem sabe sobre isto? — disse Addie suavemente. — Meus pais não sabiam... eu sei que não sabiam. Só gente como vocês sabe, não é?

Encaramos Jenson, que nos olhou de volta.

Depois disso, chamou os seguranças.

Primeiro eles nos trancaram em nosso quarto, então não vimos o que aconteceu mais adiante no corredor. Apenas ouvimos Lissa gritar e a porta bater... e Lissa não parou mais de gritar.

— Lissa? — chamou Addie. Nós esmurramos a porta, depois a parede que nos separava dela. — Lissa? *Lissa?*

Ela não respondia. Soluçava, e podíamos ouvi-la através da parede, mas ela *não respondia* e não sabíamos o que tinha acontecido, não sabíamos o que estava errado.

— *Lissa?*

A maçaneta sacudia em nossa mão, mas não girava.

— *Abram a porta* — gritava Addie. — *O que vocês fizeram? O que vocês fizeram com ela?*

Ninguém veio. Lissa continuou chorando. Andávamos sem parar de um lado para o outro do quarto, e não havia *nada*, não havia como sair. Não havia como chegar até ela.

Só pela janela, falei.

Addie não hesitou. Não parou. Ela pegou o pequeno criado-mudo de madeira ao lado de nossa cama e estilhaçou a janela. Vidro voou para todo lado, tilintando no pátio lá embaixo. Esticamos a mão para fora e conseguimos alcançar a janela de Lissa, então também a estilhaçamos, com um impulso violento que quase arrancou o criado-mudo de nossa mão. Não havia mosquiteiros. Essas janelas não eram feitas para serem abertas.

Também não havia alarmes, embora eu só tivesse pensado nisso depois que já estávamos saindo pela janela. O vento agitava nossos cabelos. Havíamos nos livrado da maior parte do vidro das laterais e da parte de baixo, mas nossas pernas e braços estavam sangrando quando encontramos um lugar para apoiar o pé do lado de fora do prédio.

O céu estava todo cor de pêssego, maculado apenas por um enorme e indolente torvelinho num tom de framboesa quase sangue bem no meio.

Não olhamos para baixo. Estávamos no terceiro andar, e parte de mim ria histericamente. Aquilo vinha direto dos livros de aventura de Lyle. Mas nos livros ninguém nunca morria caindo do parapeito de uma janela ao tentar se esgueirar para dentro de um quarto a um metro de distância. Nós não tínhamos essa garantia.

Prendemos a respiração e soltamos nossa janela com uma das mãos, agarrando em seguida a borda da de Lissa. Não tínhamos retirado vidro o bastante, e um caco furou nossa pele, mas não soltamos. Impulsionamos um pé até a borda da janela e empurramos com força com o outro. Assim, caímos dentro do quarto de Lissa, cortadas e sangrando, porém quase intactas.

Lissa sobressaltou-se. Ela estava com lágrimas nas bochechas, boca aberta e óculos tortos. Nos encarou quando perguntamos com a voz rouca:

— Você está bem? Você está bem? Ele machucou você?

Capítulo 24

Lissa tinha marcas vermelhas nos pontos em que o segurança havia agarrado seus braços e um corte na mão que eu não sabia como conseguira, mas tirando isso parecia bem. Não conseguíamos imaginar o que tinha acontecido para fazê-la se debater daquela maneira, para fazê-la gritar daquele jeito, até que ela correu para nossos braços e gritou:

— *Eu sou a próxima. Eles vão me operar em seguida.*

— O quê? — Addie segurou os ombros dela.

Lissa tremia.

— O homem do comitê de avaliação. Ele disse... Ah, meu Deus, Addie, você está *sangrando*. A *janela*.

— Esqueça a janela — falou Addie. Eu nunca tinha ouvido nosso tom de voz tão duro, feroz e frio. Nunca em nossa vida.

— O que foi que ele disse? Exatamente.

— Ele alegou que seríamos uma boa candidata para a cirurgia — disse Lissa.

Nossas mãos e pernas latejavam nos lugares machucados pelo vidro, mas fora o corte em nossa mão, não parecia muito profundo. Addie se deixou cair em uma das camas, manchando os lençóis com sangue.

— Eles não podem fazer isso — disse ela, as palavras em um só fôlego. — Por que você? Por que não nós? Fomos nós... fui eu que, na verdade...

Lissa não tinha se sentado. Suas lágrimas estavam desaparecendo, sendo substituídas por uma espécie de calor que saía de seus olhos e de sua voz quando ela disse:

— Addie, Addie, *olhe* para mim.

Nós olhamos. Olhamos para ela e vimos seus óculos pretos de armação grossa trabalhada com pedras de strass brancas, seu cabelo grosso e encaracolado, suas mãos longas, pés pequenos e nariz pontudo.

— Addie — disse Lissa, e agora ela parecia cansada, muito cansada. — Meu pai não consegue encontrar um emprego decente porque ninguém o contrata. Os pais da minha mãe mandam dinheiro porque têm bastante, e pelo menos eles têm essa decência, mas eu jamais conheci ninguém daquele lado da família. Eles nunca quiseram nos conhecer. — Ela veio e se sentou ao nosso lado na ponta da cama, embolando o lençol e pressionando-o contra nossa mão para estancar o sangramento. Addie se retraiu, mas não se afastou. — Addie — continuou Lissa. — Você não entende? Eles acham que nossas vidas não têm valor porque somos híbridos, mas para nós, é pior do que isso. Se eles operassem você, pode ser que alguém ainda se importe. Se seus pais reclamarem e fizerem um estardalhaço, haveria uma pequena chance de alguém ouvir. — Ela inspirou, trêmula. — Mas nós? Ou Devon e Ryan? Ninguém se importaria conosco.

Ninguém se importaria com crianças mestiças e híbridas. O governo poderia fazer o que quisesse e ninguém diria nada. Eles poderiam destruir os Mullan, arrancá-los de casa, levar até seu último centavo, jogá-los na cadeia por causa de uma bobagem, e ninguém se surpreenderia, ninguém questionaria. Seria praticamente algo esperado. Eu posso até ouvir os sussurros que surgiriam, o alívio. *Eu sempre soube que eles estavam escondendo alguma coisa. Eu não disse? Uma família como aquela... Eles tinham de estar escondendo alguma coisa.*

— Bem, isso está errado — disse Addie. — Está tudo errado.

Eu não me lembrava da última vez em que Addie tinha abraçado alguém além de nossos pais e de Lyle. Não por vontade própria. Não de propósito. Mas ela colocou os braços em torno de Lissa.

— Eu não deveria ter envolvido você — revelou ela, encostada em seu ombro.

— Ei — disse Lissa suavemente. — Fui eu que envolvi *você*.

Foi naquele momento, com nosso queixo apoiado sobre o ombro de Lissa, que olhamos pela janela destruída e vimos a enfermeira do outro lado do prédio, depois do pátio. Olhando para nós. Não conseguíamos vê-la bem o bastante para discernir sua expressão, mas não havia como confundir o movimento de seu pulso, o walkie-talkie preto. O óbvio chamado por ajuda.

Addie deu um salto para trás.

Lissa se sobressaltou, depois virou-se, seguindo seu olhar.

— Você precisa voltar para o seu quarto — disse ela, depois riu do ridículo da própria sugestão. Como se isso fosse ajudar, considerando o estado das janelas, de nossas mãos e pernas.

Coloque a cama contra a porta, falei, e Addie se levantou rapidamente, levantando Lissa junto. Nós estremecemos. Nossa mão ainda sangrava, mas não havia tempo para se preocupar com aquilo.

— Me ajude a mover isto. — Addie segurou uma das extremidades da cama e tentou ignorar a nova pontada de dor. — Rápido.

A armação de aço era mais pesada do que parecia e guinchou durante cada centímetro do caminho até a porta. Mal tínhamos força suficiente para colocar a cama contra a entrada, e quando conseguimos comprimi-la contra a madeira, Addie estava ofegante. Ela soltou a armação da cama para tirar nosso cabelo do rosto, e tentei não prestar atenção à marca ensanguentada que deixamos no metal.

— Agora a outra — disse Addie, e logo a segunda cama estava comprimida contra a primeira.

— E agora? — perguntou Lissa.

E agora? As camas estavam contra a porta, mas isso só *os* impediria de entrar, e apenas por algum tempo. Addie correu para a janela. Voltar para nosso quarto não adiantaria nada. A porta também estava trancada. Abaixo de nós havia uma queda de três andares e o concreto duro e quente. Talvez pudéssemos quebrar a janela do *outro* lado do quarto de Lissa e tentar sair por lá, mas quando Addie foi pegar um dos criados-mudos, ouvimos o inconfundível som de alguém começando a destrancar a porta de Lissa.

Descer era impossível. Ir para os lados era inútil.

Uma lembrança parcial flutuou em minha mente, algo que eu tinha visto, nós tínhamos visto, e eu precisava lembrar. Algo importante.

— Addie... — disse Lissa quando começaram a esmurrar a porta e gritar *Abra! Afaste-se da porta!* — Addie!

Então me lembrei. O primeiro dia. Antes de pisarmos nos corredores esterilizados da Nornand. Tínhamos visto alguém no telhado.

Para cima, falei. *Podemos subir?*

Addie enfiou a cabeça para fora da janela e olhou para cima. Sim... sim, podíamos, talvez. Havia uma pequena saliência não muito acima da janela, e se tivéssemos cuidado, se tivéssemos muito, muito cuidado, poderíamos alcançá-la e, dali, ir para o telhado.

Isso era dez vezes mais insano do que o que tínhamos acabado de fazer ao ir do nosso quarto para o de Lissa, mas agora que sabíamos o que planejavam fazer com ela, como ficar esperando que a levassem embora?

— Venha. — Addie disparou até Lissa e agarrou sua mão. — Vamos subir.

— Subir? — gritou ela.

— Para o telhado — disse Addie muito séria conforme o som dos murros na porta ficava mais alto e mais ritmado, como se usassem algum tipo de aríete. Pouco a pouco, as camas guinchavam em nossa direção.

— E o que faremos quando chegarmos ao telhado? — disse Lissa, com os olhos fixos em nós. — Vamos ficar presas lá.

Addie explicou sobre os homens que tínhamos visto no primeiro dia, falando o mais rápido que podia.

— Eles chegaram lá de alguma forma, e certamente não foi quebrando janelas. Então deve haver outra maneira de descer.

— E se eles tivessem uma escada? — disse Lissa. — E se fecharem todas as descidas? E não podemos simplesmente deixar meu irmão...

Agora a porta estava aberta 15 centímetros.

Não temos tempo para discutir, falei.

— Não há outra saída — disse Addie. — Eu vou primeiro. Depois puxo você para cima. Lissa... *Lissa*, escute.

— Mas Devon e Ryan...

— *Lissa* — gritou Addie. — Lissa, eles iriam querer que você fosse. Você só vai poder ajudá-los se for.

Lissa deu uma última olhada na porta, com os lábios contraídos, então assentiu. Addie respirou fundo.

Torcíamos para que a última coisa que víssemos na vida não fosse a lateral da Clínica de Saúde Psiquiátrica Nornand enquanto caíamos lá embaixo.

— Cuidado — sussurrou Lissa enquanto Addie saía pela janela. Nunca fôramos atléticas. Nunca havíamos praticado esportes, corrido ou sequer dançado. Mas o que havíamos feito muito na infância era subir em árvores. Eu adorava, adorava a sombra das folhas, o toque da casca, o cheiro da seiva, da terra e do sol no parque.

Fingi que estávamos subindo em uma árvore quando Addie segurou a saliência bem acima de nossa cabeça e cerrou os dentes quando nossa palma machucada raspou contra o concreto. Precisávamos contar basicamente com a força do braço para nos levantar. Nós, que nunca tínhamos conseguido nos erguer na barra uma única vez nas aulas de ginástica. Mas nunca tivéramos uma equipe de seguranças arrombando uma porta como motivação, e enquanto eu sussurrava encorajamentos, rezava e torcia, Addie esticou nossa outra mão, segurou o mais forte que conseguíamos e impulsionou para cima com os pés.

Houve um terrível momento de ausência de peso. De ficar pendurada no ar. De não saber, de lutar com nossos braços, nossos cotovelos e nossos dedos para encontrar apoio contra os ladrilhos. De pânico cego e de pensar que era isso; que estava tudo acabado. E então paramos de escorregar. Addie se firmou. E com um impulso que fez nossos músculos se extenuarem, ela nos puxou para cima da saliência.

O céu estava repleto de cor. Violeta. Vermelho. Não havia tempo para admirá-lo. Não havia tempo sequer para recuperar o fôlego.

— Lissa — gritou Addie, e esticou a mão para baixo. — Segure minha mão!

Puxamos Lissa no exato momento em que a porta do quarto se despedaçava.

O vento fustigou nosso rosto enquanto corríamos pelo telhado, secando o suor de nossa testa, nossas sobrancelhas, nosso pescoço. Cada passo ressoava. Cada inspiração doía. Mas não podíamos parar. Precisávamos encontrar uma maneira de descer. Qualquer maneira de descer.

O telhado parecia enorme, e não era totalmente plano. A Nornand era um prédio de ângulos estranhos, de protuberâncias inusitadas que escondiam partes do telhado. Não gostávamos de olhar pela beirada do prédio, mas era preciso, pois procurávamos algum tipo de saída de incêndio, de escada embutida ou *qualquer coisa*. Qualquer coisa.

Ali, falei. *Ali, à esquerda. O que é aquilo?*

Alguma coisa cintilava à luz fraca do sol. Algo de metal. Addie correu para lá, mas Lissa chegou primeiro. Era um alçapão. Um alçapão de metal que conduzia de volta ao prédio.

E no exato momento em que Lissa esticou a mão para pegar a maçaneta, o alçapão se abriu e um segurança saiu.

Lissa se retraiu, virando-se e correndo a toda velocidade em nossa direção, mas não foi rápida o bastante. O guarda a segurou pela cintura. Ela gritou. Nós nos lançamos à frente e nos chocamos contra a lateral do corpo do segurança. O homem grunhiu, mas não pareceu muito machucado.

— Me solte! — disse Lissa. Suas pernas se agitavam... chutando, batendo.

— Alguém me ajude aqui! — gritou o segurança. O telhado reverberava com passos velozes. Dentro de um segundo, mais dois homens nos cercaram. Roupas pretas. Expressões rígidas.

— Pare — disse Lissa. — Me solte!

— Acalmem-se — falou um dos homens recém-chegados. — Ninguém quer machucar vocês.

Ele olhava Addie enquanto falava, aproximando-se cada vez mais. Nós recuamos. Um passo. Dois.

— Soltem ela — falei, nossos olhos em Lissa. — Ele a está machucando.

— Não está, não — disse o homem. Outro centímetro à frente. Outro. Outro.

Lissa gritou. Eu estremeci, dando mais alguns passos afobados para trás.

E descobri, com um choque repentino, sem peso e sem fôlego, que não havia nada ali.

Sacudimos a cabeça. Tentei me equilibrar.

— Addie! — gritou Lissa.

O céu estava profundamente roxo.

Inspirei uma última vez.

E senti os dedos do segurança deslizando através dos nossos enquanto caíamos de costas pelo telhado.

Capítulo 25

Ei. Ei, lembra?

Lembra quando tínhamos 7 anos e aqueles meninos nos prenderam em um porta-malas?

Estávamos brincando de esconde-esconde, lembra? E aquele garoto... qual era mesmo o nome dele? Ele disse para nos escondermos lá dentro porque ninguém nunca procuraria lá.

Ele estava certo, não é?

Ninguém nos achou.

Durante horas.

Acordando. Pressão. Pressão e dor em nossa cabeça. Tontura. Enjoo. Tentamos nos mover... Lissa e Hally. O homem estava com Lissa e Hally. Eu tentei me mover. Tudo estava embaçado.

— *Lissa?* — chamei. Mãos nos empurraram para baixo e nos seguraram. Uma nova pontada de dor. Alguma coisa nos puxava de volta para baixo, nos enterrando na escuridão. *Shhh, Shhh...*

Acordei, arrancada de um tipo de escuridão para outro. Demorei um instante para me lembrar do que tinha acontecido. Memórias daquele dia se misturavam às do dia anterior e de outros dias, peixes prateados e escorregadios em uma lagoa turva. Era um pouco difícil pensar... pensamentos dispersos, mal formados. Mas um deles persistia em meio a tudo aquilo.

Lissa. Os homens de uniforme preto nos encurralando no telhado, um deles segurando-a enquanto ela gritava e se contorcia.

Eu me sentei... e quase gritei quando o enjoo atingiu nosso crânio com um punho de pedra. Nossa respiração estava curta. Nossa cabeça latejava, cada batida do coração enviando outra explosão de dor e estremecimento através de nós.

Não estávamos em nosso quarto. Alguma coisa se enrugava sob nós. Papel.

Segurei a cabeça e saí desajeitadamente da mesa de exames, quase caindo no chão frio. Nossos dedos tocaram algo felpudo e macio em nossa têmpora direita. Um curativo. Eu me contraí. Havia mais curativos nas pernas, um enrolado em volta de nossa mão esquerda e...

E era *eu* quem estava se movendo.

Addie...

Ah, meu Deus, não...

Addie, gritei. *Addie!*

Ela respondeu.

Eu... eu estou aqui.

Nos agachamos no chão, assegurando uma à outra de que ainda estávamos bem, nós duas, vivas, presentes e *ali*. O curativo dilacerou nossa pele quando o arrancamos, e quase gritamos quando nossos dedos roçaram a ferida aberta que havia embaixo dele, mas era só isso, uma ferida. Nem sequer havia pontos. Não houvera cirurgia. Fiquei fraca de alívio.

— Lissa? — sussurrou Addie.

Não houve resposta. A dor diminuíra o bastante para que conseguíssemos nos levantar e manter o equilíbrio. Olhamos em volta e vimos a grande luminária em um braço giratório, os monitores, as bandejas prateadas abandonadas. A mesa de exames.

Uma sala de cirurgia.

Sai daqui, falei. *Sai, Addie... sai. Agora.*

Ela cambaleou até a porta e a abriu.

O corredor estava escuro, iluminado apenas pelas luzes de emergência. Addie olhou para a direita, depois para a esquerda, usando nosso ombro para manter a porta aberta. A luz fraca e pálida não ia muito longe. A escuridão assomava em ambas as extremidades do corredor. Com exceção de um zumbido baixo, estava tudo parado e silencioso.

Addie se esgueirou para fora e fechou a porta. Não reconhecíamos aquele corredor.

Para que lado?

Eu não via diferença, e disse isso a ela. Era difícil pensar claramente. Nossa cabeça ainda latejava. O enjoo vinha em grandes ondas. Nossa mão pulsava.

Addie hesitou, depois virou à direita. O silêncio amplificava nossa respiração, o farfalhar de nossas roupas, o som de nossos passos no chão de ladrilhos. Portas nos cercavam de ambos os lados. Como pessoas. Como soldados.

Será que Lissa estava dentro de uma daquelas salas? E Ryan? Será que também o tinham levado? Addie verificou o chip, ainda enfiado dentro de nossa meia, mas ele estava frio e apagado. Onde quer que ele estivesse, não era por perto.

Se aquele era o terceiro andar, era uma ala que nunca tínhamos visto. As paredes pareciam diferentes... de alguma forma mais ásperas. Talvez fosse apenas a luz fraca. As portas, entretanto, eram claramente de metal, não de madeira como as que ficavam perto da Ala, e não havia absolutamente nenhuma janela.

Addie não tirava os olhos de uma das portas, como se olhar para ela por tempo o bastante pudesse fazer Lissa aparecer do outro lado. À esquerda, havia o que parecia ser um pequeno alto-falante com dois botões pretos. Outro botão, vermelho e triangular, ficava um pouco mais para o lado. A porta em si era lisa, com exceção do *B42* estampado no alto e de um pequeno painel retangular no nível dos olhos. Havia um teclado sobre a maçaneta, ocupando o lugar de uma fechadura normal.

237

Acho que o painel é uma janela, falei.

Addie assentiu. Ela pegou o puxador de metal. Era frio contra a palma de nossa mão. Verificaríamos todas as salas se precisássemos, se fosse isso o necessário para encontrar Lissa e Hally.

Mas havia muitas salas. O que mais encontraríamos antes disso?

Engolimos em seco.

Pronta?, perguntou Addie.

Pronta.

Ela puxou. O painel deslizou suavemente para o lado, revelando uma vidraça por baixo.

A princípio, não vimos nada além de um pequeno ponto de luz envolvido pela escuridão. Quando apertamos os olhos, percebemos que era uma luz noturna, uma luz noturna de criança em formato de barco a vela. Ela iluminava o canto do cômodo que ficava mais distante da porta, porém o espaço não era grande, e logo nossos olhos se ajustaram o bastante para ver a cama.

E o menino sentado nela.

A cabeça dele estava curvada, seus ombros, levemente caídos. Pernas finas penduradas na beira do colchão. Não conseguíamos ver seu rosto claramente, apenas o bastante para saber que...

Ele está dizendo alguma cosia, sussurrou Addie. *Viu? Os lábios dele estão se movendo.*

Mas seja lá o que fosse que o menino estava murmurando, não tinha a menor chance de passar pela grossa porta.

O alto-falante, disse Addie. Ela esticou a mão para a pequena grade circular e os botões anexos. Nenhum deles estava etiquetado. Ela apertou o da esquerda antes que eu pudesse protestar.

Imediatamente, uma voz de menino saiu pelo alto-falante:

— ... e... ahm. E, ahm, eles, no... no dia anterior. Antes de ontem. Nós... nós, ahm... de novo. De novo, e, ahm... quando eles...

Addie apertou o botão novamente. A voz foi interrompida. Por um instante, nenhuma de nós falou.

Nossos olhos voltaram para a janela e para o menino, que ainda murmurava lá dentro.

Será que o outro botão nos permite falar?, perguntei.

Permitia. Houve estalidos e cliques quando Addie apertou o botão pela primeira vez, depois silêncio.

— Olá? — sussurrou ela.

Dentro da pequena sala, o menino levantou os olhos.

E imediatamente, imediatamente reconhecemos o garoto da maca. Jaime Cortae. Idade, 13. Jaime. Antes e depois. Cirurgia.

Era Jaime, que se levantara e mancava em direção à porta. Cada passo oscilava tanto que ele se inclinava de um lado para o outro como um navio afundando. Mas seus olhos estavam brilhantes, e havia um sorriso em seu rosto quando ele subiu em alguma coisa e pressionou a testa contra o vidro.

E ah, Deus... ah, Deus, a longa marca curva da incisão. A cabeça parcialmente raspada. Os grampos em seu crânio, segurando-o.

Nosso estômago se revirou, ácido subindo por nossa garganta.

A boca de Jaime começou a trabalhar ainda mais furiosamente, abrindo e fechando. Quando nos viu olhando, ele sacudiu o braço direito e inclinou a cabeça para o lado.

O alto-falante, Addie conseguiu dizer. *Ele quer que o escutemos.*

Mas quando ela pressionou o botão de recepção, não houve nada além de mais palavras incoerentes:

— Eu... sempre, eu... e, hum... ahm... por favor... eu, eu preciso...

As palavras febris do menino reverberavam no corredor.

Jaime começou a rir, ou a chorar, ou ambos. Ele desviou o rosto da janela e do alto-falante, então foi difícil ter certeza. Tudo o que conseguíamos ver eram seus ombros tremendo. Sacudindo-se. Ele estava sempre se sacudindo.

Então colocou a boca contra o alto-falante novamente e sussurrou:

— Se foi... se foi... eles... eles o retiraram. Cortaram. Ele... — gemeu. — Ele se foi.

Addie fechou a janela bruscamente.

Um enjoo terrível e enfraquecedor extraiu o fôlego de nossos pulmões. Nós o superamos, engasgando enquanto disparávamos pelo corredor. A voz baixa e vacilante de Jaime reverberava em nossos ouvidos, pulsava em nossas veias, vibrava em nossos ossos.

Corremos até batermos contra alguém que vinha apressado pelo corredor, na direção oposta.

A Dra. Lyanne deu um berro, mas seus braços nos envolveram, prendendo-nos. Gritei.

Tudo o que eu sentia era o suor frio, um medo que fervia e a incapacidade de respirar.

Ele se foi.

Ele se foi. Ele se foi.

A alma companheira de Jaime, nascida com os dedos fantasmagóricos segurando os dele. Eles a tinham extirpado. A cirurgia fora bem-sucedida, se é que aquilo podia ser chamado de sucesso. *Sucesso!*

A Dra. Lyanne imobilizou nossos braços, gritando: *Acalme-se. Acalme-se. Acalme-se.*

Alguém estava chorando, e foi só quando a névoa se dissipou um pouco e a dor diminuiu um pouco, só quando conseguimos respirar, respirar e respirar outra vez, que percebemos que não éramos nós.

Tínhamos nos esquecido de desligar o alto-falante do quarto de Jaime.

A mão da Dra. Lyanne era uma algema ao redor de nosso pulso enquanto ela nos levava de volta para Jaime. Não queríamos ir, contidas por medo e vergonha. Vergonha por ter sentido medo. Por ter fugido. Por ter deixado mais solitário do que nunca o garoto que já era sozinho.

— Jaime — disse a Dra. Lyanne. — Jaime, shh. Está tudo bem. — Ela nos soltou na pressa de inserir um código no teclado, destrancando a porta de Jaime. Nós esperamos, pressionadas contra a parede, tentando nos livrar da dor de cabeça pulsante e da tontura. Fuja, eu pensava, mas isso não se transferia para meu corpo.

— Shh, Jaime. Querido, está tudo bem. Está tudo bem.

Lentamente, nos desencostamos da parede. Apoiamos na lateral da porta e nos viramos para olhar o interior do quarto.

A pequena luz noturna azul em forma de barco a vela irradiava um brilho fraco. Juntamente com as luzes de emergência amarelas, era o bastante para nos mostrar a Dra. Lyanne na cama, com os braços em torno de Jaime, embalando-o suavemente, suavemente, suavemente.

— Shh, querido. Shh...

A Dra. Lyanne acendeu uma lanterna de bolso em nossos olhos. Addie piscou e se afastou, nossos dedos segurando a mesa de exames. Jaime tinha se aquietado, e a Dra. Lyanne o havia trancado novamente no quarto antes de nos puxar de volta para a sala de cirurgias onde tínhamos acordado.

— Está se sentindo tonta? — perguntou a Dra. Lyanne. Faltava algo do habitual tom autoritário em sua voz, como uma faca que ficou cega. — Enjoo?

Addie deu de ombros, embora nossa cabeça latejasse e nosso estômago se revirasse.

— Onde estamos?

— No porão — disse a Dra. Lyanne.

— Onde está a Li... Hally?

A Dra. Lyanne virou as costas para nós, mexendo em uma bandeja de equipamento médico. Ela deixou alguma coisa cair e precisou se abaixar para pegar. Seus movimentos eram irregulares, sua usual capa de compostura puída nas bordas.

— Na cama, provavelmente. Está tarde.

Será que ela estava mentindo?

Addie engoliu em seco, depois pigarreou suavemente.

— Ela está bem?

A Dra. Lyanne não se virou.

— Ela não caiu de nenhum telhado, então devo dizer que está melhor do que você. Ambas têm sorte por não terem ficado com nenhum caco de vidro sob a pele.

— Mas ela está bem? — disse Addie. — Está no quarto dela? Eles não a cortaram? Não a operaram?

A mulher olhou para nós com severidade. Talvez não devêssemos ter revelado o quanto sabíamos, mas naquele momento nenhuma de nós duas se importava.

— Ela está ótima — disse a Dra. Lyanne.

Addie baixou os olhos para nosso colo, para o tecido azul macio de nossa saia, o couro falso e sem brilho de nossos sapatos de escola. As meias pretas. Nosso chip ainda estava comprimido contra nosso tornozelo direito. O chip de Ryan. Nossos dedos deslizaram para baixo, percorrendo seu contorno. Não havia luz alguma.

Mas sentir sua solidez nos deu força para falar.

— Jaime. — A Dra. Lyanne se imobilizou. — Aquele era o Jaime. Ele não foi para casa. Foi ele quem vimos no primeiro dia. Ele... — Addie levantou os olhos, encontrou o olhar da Dra. Lyanne e sussurrou, com a voz rouca: — Vocês o cortaram. Vocês...

A Dra. Lyanne agarrou nossa gola e nos puxou em sua direção.

— Não. — A voz dela tremia. — Eu nunca encostei um dedo em Jaime Cortae. Está entendendo? Nunca encostei um dedo em *nenhuma* dessas crianças. Eu *não fiz isso com nenhum de vocês*... não prescrevi vacinas, não segurei o bisturi, não...

Addie se desvencilhou.

— Então nos *ajude*. Não deixe que façam isso com Lissa... Você *não pode* deixá-los fazer isso com Lissa...

A raiva nos olhos da Dra. Lyanne diminuiu, sendo substituída por algo mais comedido.

— Eu *estou* ajudando. Você sabe o que fazem com crianças como você... as jogam em algum depósito no meio do nada e esquecem que elas existem. Eu trabalho aqui porque estamos tentando melhorar as coisas, Addie. Estamos tentando encontrar maneiras de *tratar* vocês. Por que não consegue entender isso?

— Da mesma forma que trataram Jaime? — perguntou Addie.

As bochechas da Dra. Lyanne tornaram-se manchas vermelhas, contrastando com sua pele clara. Seus olhos estavam arregalados, escuros e ferozes.

— Estamos ficando cada vez melhores. Já percorremos um longo caminho. Algum dia...

— Algum dia — disparou Addie. — E *agora*? E Lissa?

— Isso não tem nada a ver com Lissa, você ou eu — disse ela. — Mas sim com o que é melhor para todo mundo. Para o país como um todo.

Ela nos encarou, e a encaramos de volta, ambas respirando com força.

— Como ela era? — sussurramos. A Dra. Lyanne olhava para nós silenciosamente, e seu rosto se enrijeceu até tornar-se uma coisa amena e inexpressiva. — Sua outra alma. A que você perdeu. Você sequer se lembra do nome dela?

Ela não respondeu.

— Nos ajude — dissemos, agarrando o braço dela... apertando com cada vez mais força. — Por favor.

Capítulo 26

Passamos a noite no porão, encolhidas no quarto em frente ao de Jaime, ouvindo nossa respiração no escuro. Lentamente, o enjoo diminuiu, e nós dormimos. Mas todas as vezes que começávamos a sonhar, a Dra. Lyanne aparecia e nos acordava. Algo a ver com uma concussão. Algo a ver com se certificar de que não tivéssemos sofrido dano cerebral.

Dano cerebral. Nós rimos, e ela virou as costas.

Nós dormimos e acordamos, dormimos e acordamos, sonhos se entrelaçando à realidade e a realidade fundindo-se aos sonhos. Não sei se era sonho ou realidade quando saímos da cama e vimos, através da pequena janela em nossa porta, a porta do outro lado do corredor completamente aberta. A luz noturna de barco a vela. A figura sombreada sentada na beira da cama, com os braços ao redor de um menino que murmurava infinitamente para si mesmo sobre alguém que não existia mais.

Podia ter sido real. Ou podiam ter sido meus desejos se manifestando em sonhos. Nossas lembranças da mamãe na cama de Lyle quando ele ficava doente. Em nossa cama quando tínhamos febre.

Estávamos confusas demais para saber.

A noite passou, embora não houvesse como ter certeza, estando tão abaixo da terra. Não havia janelas. Não havia sol. Nem sequer o movimento de médicos e enfermeiras que, nos níveis superiores do prédio, assinalava o começo de um dia na

Nornand. Não, ali embaixo só soubemos que estava na hora de acordar de verdade porque a voz da Dra. Lyanne nos informou.

Estávamos exaustas do ciclo de dormir, acordar, dormir, acordar, mas parecia que ela não tinha dormido nada. Ela nos disse que parecíamos bem e que voltaríamos para perto das outras crianças no café da manhã.

Ryan, falei quando finalmente o vimos no refeitório, e a julgar pela expressão que passou por seu rosto, ele estava igualmente aliviado por nos ver. Nossos olhos esquadrinharam a mesa procurando Lissa, mas ela não estava ali. Cal estava (ele era Cal, a despeito do que os médicos diziam), a névoa em seus olhos mais intensa do que nunca. Kitty também, olhando sua comida e movendo-se como uma boneca. Mas nada de Lissa. Nada de Hally.

A enfermeira nos interrompeu quando Addie tentou se sentar ao lado de Ryan.

— Pediram que eu mantivesse vocês dois separados — disse ela, sem emoção. — Escolha outro lugar, querida.

A boca de Ryan se contraiu, mas ele não protestou, apenas observou Addie andar lentamente para a extremidade oposta da mesa.

Mesmo assim, a enfermeira pousou olhos de águia sobre nós durante o café da manhã. Addie manteve nossa boca calada e nosso olhar na bandeja industrial amarela de comida, e quando a enfermeira nos mandou formar uma fila, Addie nem sequer tentou encontrar um lugar perto de Ryan. Na sala de estudos, ela ficou com umas das garotas mais novas, de frente para Bridget na mesa. Nenhuma das duas nos olhou nos olhos. Éramos iguais a Cal agora. Um risco.

Aquela manhã marcava nosso quinto dia na Nornand. Eu precisava contar regressivamente os dias para sequer me lembrar em qual dia da semana estávamos: quarta-feira. Todos os dias se misturavam. Que diferença fazia se era segunda, terça ou domingo? Não havia mais a caminhada até a escola, as risadas nos corredores entre os sinais, a corrida até o café do outro lado da rua para almoçar. Apenas uma sala de estudos quieta e sombria e 14 de nós usando o azul da Nornand. Treze de nós. Porque Lissa e Hally tinham desaparecido.

Eu me pegava pensando em várias coisas idiotas. Que tipo de roupa Kitty usava antes de chegar ali? Será que gostava de vestidos ou, com todos aqueles irmãos, fazia questão de usar calças? Será que Bridget só usava fitas pretas no cabelo porque gostava ou porque era a única cor que pensara em levar quando saiu de casa?

Olhávamos aquelas crianças curvadas sobre folhas de exercícios e redações sem sentido. Ainda não sabia a maior parte dos nomes ali, sequer tinha trocado uma palavra com algumas delas, e uma culpa que se parecia uma dor física formava um nó dentro de mim. A maioria delas não era muito mais velha do que Kitty. Tentei olhar cada uma delas, percebendo detalhes do rosto, do cabelo, da maneira como se sentavam ou se jogavam nas cadeiras. Uma das garotas tinha uma nuvem de cachos castanho-claros. O garoto ao lado dela era coberto de sardas e tinha roído as unhas até o sabugo. Muitas das outras crianças usavam tênis, mas algumas calçavam sapatos escolares, como nós. Uma das garotas estava com sandálias brancas, outra, com sapatos formais, como se tivesse sido sequestrada em uma festa e levada diretamente para lá.

Mas com cada pequena coisa que eu percebia sobre os outros híbridos a nossa volta, um pensamento nauseante crescia e se inflamava. Quantos deles acabariam como Jaime? Quantos deles se submeteriam ao bisturi, duas almas sussurrando despedidas enquanto a anestesia roubava a força de seus membros?

Lissa, falei, diversas vezes. Um gemido de medo. Eu não conseguia parar. *Lissa. Hally.*

Quebramos a ponta do lápis, e o Sr. Conivent veio nos entregar outro. Ele estava vestido com a mesma camisa engomada que usava no dia em que fora nos roubar de nossa família. A camisa que parecia neve e gelo, punhos dobrados para trás, gola engomada contra a pele. Ele foi até o nosso lado, curvando-se para sussurrar, para dizer bem baixinho em nosso ouvido:

— Aparentemente está um dia bonito. — O lápis, com a ponta para baixo, golpeou nossa mão. — Um dia perfeito para uma cirurgia.

Era um dia bonito. Nós vimos em primeira mão quando uma enfermeira nos fez descer três lances de escada e sair pela porta dos fundos. Um tremor percorreu as crianças quando pisamos na escada depois da hora de estudo, um zumbido quase físico de empolgação.

— Ela está nos levando lá para fora — sussurrou Kitty. Era a primeira coisa que ela nos dizia desde nossa volta, e embora não tivesse olhado para nós enquanto o fizesse, havia falado, o que já era alguma coisa.

O que as enfermeiras tinham contado às outras crianças, se é que tinham contado alguma coisa? Será que as tinham instruído a nos deixar em paz ou aquilo era natural? Evitar os indivíduos que causam problemas, como Cal, como Eli, por medo de causar o mesmo problema para si mesmo.

O pátio era muito maior do que parecia quando visto da janela do terceiro andar. A cerca de metal era mais ou menos um metro mais alta que nós, e não tinha sequer um portão. Havíamos sido libertados de uma gaiola apenas para ser presos em outra. Mas enquanto o interior do hospital era higienizado e frio, alguém ao menos tentara tornar o pátio mais acolhedor. Ao menos tinham-no enchido de objetos infantis aleatórios: uma cesta de basquete em um suporte instável, um parquinho infantil de plástico que até mesmo Cal teria dificuldades para usar. Quadrados de amarelinha parcialmente apagados cobrindo o chão. Uma espalhafatosa casinha de brinquedo rosa e vermelha ficava aninhada em um dos cantos, com as portas de plástico abertas. E isso era apenas o que víamos da escada; a lateral irregular do prédio ocultava certas partes do pátio.

A enfermeira começou a distribuir cordas de pular com pegadores de plástico e bolas de borracha. Os brinquedos eram arrancados de suas mãos assim que ela os tirava da bolsa. Então, com risadas agudas que pareciam quase enlouquecidas, todos se espalharam. Kitty deu uma olhada sobre o ombro, hesitou, e depois seguiu os outros.

Nossa mente ainda ressoava com as palavras do Sr. Conivent. Onde estavam Lissa e Hally agora? Será que a Dra. Lyanne tinha mentido quando dissera que estavam bem? Como podiam estar bem se estavam escondidas do grupo dessa maneira? Afastadas do grupo?

Vimos Ryan na extremidade mais distante do pátio, parcialmente abrigado pela lateral do prédio e enfiado em um pequeno espaço entre a parede áspera e a cerca de metal. A enfermeira estava mediando uma briga entre duas crianças por causa de uma bola de Four Square. Addie aproveitou a oportunidade para passar por ela e se dirigir para o enclave secreto.

— Addie — disse Ryan quando corremos para a sombra do prédio. As costas dele estavam contra a parede, mas ele veio em nossa direção quando falou. — Graças a Deus... O que aconteceu? Você está bem? Onde ela está? Onde está minha irmã? — Os olhos dele se demoravam nos curativos em nossa testa, em nossa mão, em nossas pernas. — O que *aconteceu*?

— Eu não sei onde Lissa está — respondeu Addie.

Ele congelou. A expressão em seu rosto fez nosso enjoo voltar, fez algo em mim se revirar com uma força cada vez maior até que achei que iria quebrar.

— Como assim você não sabe? Ela estava com você. Não estava?

Addie contou a ele que tinha quebrado as janelas para chegar ao quarto de Lissa. Contou que fugira para o telhado. Que havia caído e acordado na escuridão. Que... quem... tínhamos visto lá.

Ela contou a terrível informação que iniciara tudo aquilo. O que tínhamos descoberto no consultório da Dra. Lyanne sobre as vacinas, Eli e Cal. O que o homem do comitê de avaliação dissera quando trancaram Lissa em seu quarto.

Ryan não falou quando Addie fez uma pausa para respirar, apenas nos encarou, impassível. O dia estava muito quente, mesmo à sombra da Nornand. O suor fazia nossa blusa se colar à pele. Addie repetiu, apenas alto o bastante para ser ouvida, o que o Sr. Conivent tinha sussurrado em nosso ouvido naquela manhã.

Por um bom tempo... por um tempo insuportavelmente longo, ninguém disse nada e o mundo inteiro ficou imóvel.

Então Ryan falou novamente:

— Você entregou seu chip a ela?

Automaticamente, Addie olhou para nossa meia. Não, não havíamos entregado. Não tínhamos pensado nisso, e o silêncio serviu como resposta.

— Por que não? — Perguntou Ryan. Agora parecia que ele não conseguia ficar parado; fazia pequenos movimentos parciais com as mãos e com os pés, como se quisesse andar, esfregar as têmporas ou fazer *qualquer coisa*, mas sempre interrompesse cada movimento antes que ele começasse. Olhou para cima, depois para baixo, com a boca repuxada para o lado, os lábios contraídos. — É para isso que essas coisas *servem*, Addie. Para sabermos onde estão os outros. Para não perdermos ninguém...

Nosso maxilar doía por ficar tão contraído.

— Eu simplesmente não pensei nisso, está bem?

Ryan pressionou o punho contra a boca.

— Achei que ela estava com você. Ela pode estar em qualquer lugar. Eles podem estar...

— Eu estava caindo do telhado — disparou Addie. — Estava meio ocupada...

Ele não podia gritar, e não gritou. Tinha controle o bastante para manter o tom baixo, mas sua voz tremia.

— Ocupada demais para pensar em salvar minha irmã?

— Ryan, isso não é justo — falei, e quase mordi a língua. Porque eu tinha falado.

Não havia tempo para entender o que eu estava fazendo, como fizera, o que significava ou qualquer outra coisa, porque Ryan estava sendo injusto. Addie estava se agitando a meu lado, e eu mal conseguia manter o controle.

Tremia por causa da tensão de me manter de pé, de ficar parada, falando, pensando e observando, reagindo e me movendo. Disse:

— Você não está ajudando, Ryan. Isso é inútil. Nós não entregamos nosso chip a ela. Desculpe. Mas e agora? E *agora*?

Ele fixou os olhos em nós. Ele disse, em um tom que eu não entendi e não podia tentar entender porque estava me esforçando demais para manter o controle.

— Eva?

Foi uma sensação estranha, como nadar no melado. Nossos membros estavam pesados... densos. Eu não conseguia me mover, mas parecia que Addie também não conseguia. Estávamos presas no meio. Nosso coração *martelava* febrilmente em nosso peito, a única parte de nós que ainda se movimentava. Estávamos congeladas, suando no calor, nossa mão não machucada comprimindo-se contra a lateral do prédio, a textura áspera se fincando na palma.

Addie, chamei.

Então Ryan segurou nossa mão enfaixada. Se alguém, alguma de nós duas, estivesse totalmente no controle, poderíamos ter nos retraído quando seus dedos pressionaram levemente o machucado. Mas Addie e eu estávamos presas naquele meio-termo, naquele terrível meio-termo, e a dor foi abrandada pela luta que acontecia em nossa mente. Os dedos de Ryan eram familiares contra os nossos, a mesma pressão que eu sentira na primeira vez em que ficara sozinha em nosso corpo, cega e sentindo que não havia nada além deles me prendendo ao mundo. Eu lutei para segurá-lo, para fechar minha mão ao redor da dele, porque *ele precisava se acalmar*. Ele precisava se concentrar. Precisávamos salvar Lissa e Hally.

Mas não consegui, não consegui apertar a mão dele, porque Addie estava lutando para ir na direção oposta.

— Deixe-a, Addie, por favor — disse Ryan. A voz dele estava baixa; tudo o que dizíamos precisava ser sussurrado. Mas as palavras eram claras. — Deixe que ela tome o controle, Addie. Só por um instante... dê a ela apenas um instante...

Addie começou a chorar. Mas ela já não controlava nosso corpo o bastante para produzir lágrimas verdadeiras. Seu choro era silencioso e invisível. Para todos, menos para mim. Como o meu tinha sido para todos menos para ela por todos os dias, semanas e meses depois que nos definimos. Depois que eu tinha sido posta de lado e presa em meu próprio corpo, minha pele tornando-se uma camisa de força, e meus ossos, grades de prisão.

Eu me soltei.

— *Solte* — sibilou Addie. Nosso rosto queimava. Nosso corpo inteiro queimava. Ela se desvencilhou de Ryan, que soltou nossa mão antes que ela a arrancasse.

Addie virou-se para a cerca de metal, com a respiração irregular, os braços tensos nas laterais do corpo. Suas emoções me arranhavam, tão emaranhadas que eu não conseguia nem começar a distingui-las. Ela olhou para o estacionamento. O metal quente pressionava contra nosso rosto. Nossos dedos apertavam a cerca com tanta força, que os elos perfuravam nossa pele.

O ímpeto estava morrendo, substituído por um enjoo frio e profundo. Ao fundo, ouvíamos as outras crianças gritando e rindo pelo pátio.

— Vá embora — disse Addie. Ela fechou nossos olhos, perdida por um momento no turbilhão em nossa cabeça.

Quando os abriu novamente, Ryan estava a alguns metros de distância, nos observando.

— Eu *não* sou ela — disse Addie. Nosso rosto se contraiu.

— Eu não sou a Eva. Então... pare com isso. *Pare* com isso...

Agora as lágrimas de Addie eram reais, tangíveis em nossas bochechas. Ryan hesitou, mas ela lhe lançou um olhar de ódio e finalmente ele virou a quina do prédio.

Eu sentia Addie isolando-se em um lugar vazio e estéril. Um lugar seguro, silencioso, embotado e frio. Nosso peito doía. Nossa respiração estava irregular. Um raro vento levantou a poeira na parte de baixo da cerca, jogando-a sobre nossos sapatos e nossas meias.

Addie, falei suavemente. Minhas palavras deslizaram através das fendas da prisão autoimposta dela. Senti que lá dentro ela estremecia, enrolada em si mesma e tentando impedir que eu entrasse. *Addie, eu entendo. De verdade, Addie. Eu entendo.*

Se Addie perdesse o controle, eu seria ela e ela seria eu... presa em nossa cabeça. Observando, ouvindo, paralisada.

Eu entendia.

Eu não vou forçar nada, falei. *Addie? Está me ouvindo? Nunca, nunca, nunca.*

Addie não dizia nada, apenas olhava inexpressivamente através da cerca. Havia alguns poucos carros estacionados perto do prédio e uma van preta um pouco mais afastada, porém isso era tudo. O quintal da Nornand não era a joia verde que a frente era. Um entregador descarregava caixas da traseira da van, com um boné bem enfiado sobre a testa para protegê-lo do sol implacável. Ele girou os ombros, alongando os braços e flexionando os dedos antes de ir até a porta lateral levando uma grande caixa no colo. Esse percurso o deixou a poucos metros de nós. Nós o observamos silenciosamente. Focar nele significava que não precisávamos nos concentrar tanto uma na outra, podendo conversar sem examinarmos nossas almas.

Podemos esperar, Addie, falei. *Eu não me importo.*

Claro que se importa, disse ela. Suas palavras dilaceravam nosso tênue momento de paz. Nosso coração se apertou. Ela fechou nossos olhos. *Você quer se mover. Você quer estar no controle. Você quer... você quer estar no controle sempre que ele está por perto e...* Ela inspirou profundamente, nossos músculos doendo por causa da tensão em nossos membros. *E eu...*

Algo bateu contra a cerca, sacudindo-nos dos recônditos de nossa mente. Voltamos para o mundo ao nosso redor: o pátio, o ar quente e seco, os elos de metal entre nossos dedos. A cerca. Algo estava preso na cerca, um quadrado de alguma coisa, papelão, soprado pelo vento. Nos abaixamos para tentar pegá-lo. Nossa mão tinha o tamanho exato para passar pela cerca. Nos contraímos quando a puxamos de volta, o metal áspero arranhando a pele.

A frase inacabada de Addie ainda pendia entre nós, etérea: *E eu... E eu...*

Mas ficaria inacabada para sempre. Lemos a mensagem rabiscada em pilot preto em um pedaço de papelão em nossas mãos.

Addie. Eva.

Nós queremos ajudá-las a sair.

Addie levantou os olhos, mas não havia ninguém. Nada. Nada ali além dos carros e do asfalto e do... entregador, que já estava quase chegando no prédio.

Ele nos viu olhando para ele e sorriu.

Capítulo 27

Devon não se sentou ao nosso lado no almoço, e eu não soube ao certo se foi para tranquilizar as enfermeiras ou para nos tranquilizar. Não. Para tranquilizar Addie. Porque Addie não era eu, e eu não era ela, e isso era bom, mas agora nos sentíamos tão afastadas que eu tinha medo que nos desmembrássemos.

Não estávamos mais com o pedaço de papelão. Era muito perigoso. Addie o havia escondido sob a camisa até voltarmos para dentro, então o enfiara no fundo da lata de lixo do banheiro depois de borrar as palavras com água. Ela teria jogado no vaso e dado descarga, mas poderia entupir os canos.

Addie. Eva.

Nós queremos ajudá-las a sair.

A enfermeira bateu palmas, dizendo a todos para que saíssem das cadeiras e se enfileirassem perto da porta. Eu vi Devon dar uma olhada em nós, apenas uma vez, mas sua expressão não dizia nada. Depois ele desviou os olhos, e não havia nada que eu pudesse fazer para chamar a atenção dele novamente. Ainda nos sentíamos tontas de vez em quando; o mundo rodava quando nos levantávamos rápido demais. Nossos membros doíam. Tinham aparecido contusões da noite para o dia, roxas e vermelhas, nas pernas, nos braços e em torno do curativo na testa.

Devon estava perto do começo da fila, então entramos no final. As outras crianças ainda nos ignoravam. Devíamos estar horríveis, quase assustadoramente horríveis. De certa forma, eu estava contente por ser deixada em paz. Já tínhamos muito no que pensar.

O entregador. O que havíamos visto no primeiro dia, nos primeiros minutos na Nornand. Ele nos encarara naquele dia, o que havíamos atribuído ao fato de sermos híbridas e despertarmos nele um interesse mórbido. Mas e se tivesse sido porque nós éramos híbridas e...

Nós queremos ajudá-las a sair.

Mas não apenas nós, com certeza. Ele estava falando de todos. Todas as crianças. Então por que fazer contato conosco, e por que naquele momento?

E o que ele quis dizer com *Nós*?

Aquilo importava? Se iam nos ajudar a sair dali, será que importava quem eram?

Fechamos os olhos, e eu vi um flash de Jaime chorando no porão.

Ele se foi. Eles o arrancaram. Ele se foi. Ele se foi.

O Sr. Conivent na sala de estudos, o lápis apunhalando nossa mão.

Um dia perfeito para uma cirurgia.

Sairíamos daquele lugar para ir a qualquer outro. E mais importante, tínhamos de levar Lissa e Hally antes que fosse tarde demais.

Esbarramos na menininha que estava a nossa frente quando ela parou de andar. Ela se virou apenas por tempo suficiente para franzir a testa para nós e apontar para a enfermeira, que havia parado para conversar com um dos assistentes. A menina tinha o cabelo louro mais claro que já víramos e provavelmente uns 11 anos. A idade de Kitty. Em qualquer outro momento, eu a teria considerado bonita. Agora, apenas lutava para não imaginá-la trancada no porão ao lado de Jaime, soluçando e esmurrando a porta. Ou deitada na mesa de cirurgia, com o cabelo leve como pluma parcialmente raspado, expondo o couro cabeludo ao bisturi.

Addie quase gritou quando alguém agarrou nosso pulso. Mas graças a Deus nos contivemos, porque quando nos viramos para ver quem era, avistamos um relance do rosto do entregador — olhos azul-claros, nariz longo, franja repicada — no momento em que ele levava o dedo aos lábios e nos puxava alguns metros pelo corredor, depois nos empurrava por uma porta entreaberta.

Estávamos em uma espécie de depósito de materiais, rodeados por prateleiras de produtos de limpeza e espremidos entre um esfregão em um canto e uma vassoura no outro. Tudo tinha um cheiro estranho.

— Não temos muito tempo — sussurrou o entregador. Ele se inclinou em nossa direção e não pareceu notar quando Addie se afastou, quase derrubando um frasco de limpa-vidros. A única luz vinha de uma lanterna de bolso que ele acendera depois de fechar a porta. — Addie?

— Estou ouvindo — disse Addie. Ela apertou os olhos por causa da luz apontada para nosso rosto; o garoto desviou a lanterna para o lado. — Mas eu... Quem é você?

Apesar de tudo (o lugar apertado, o risco iminente de sermos pegos) o garoto sorriu. Mal conseguíamos ver seus dentes na obscuridade.

— Jackson — disse ele. — E eu não deveria estar falando com você. Não deveria mesmo... Peter me mataria se soubesse. Mas Sabine concordou que você precisava saber.

— Saber o quê? — perguntou Addie. Estava quente demais dentro do depósito de materiais. Precisamos de todas as nossas forças para não empurrar o garoto que bloqueava a passagem para um ar mais fresco. Ele era magro, e o depósito, grande o bastante para impedir que nos tocássemos, mas sua altura o tornava opressivo. Addie precisava virar o rosto para cima a fim de encontrar seus olhos, e isso só nos lembrava constantemente de o quanto o teto era baixo.

— Para manter a esperança — disse ele... Jackson. — Você precisa manter a esperança.

Manter a esperança. Que maneira estranha de colocar as coisas.

Manter a esperança.

— *O quê?* — disse Addie.

Jackson suspirou rápida e impetuosamente. Aquilo pareceu animá-lo.

— Nós temos vigiado a Nornand. Há algum tempo. E vamos tirar vocês daqui.

— *Nós* quem? — perguntou Addie.

— Emalia nos chama de *Resistência* — disse Jackson, atrevendo-se a sorrir, como se houvesse tempo para gracinhas. — Acho que...

— Eu não ligo para o nome do seu grupo — informou Addie.

Talvez devêssemos tentar não deixá-lo zangado, Addie, falei, mas Jackson não pareceu nem um pouco irritado. Na verdade, ele ainda sorria. O sorriso dele parecia um fósforo aceso, caloroso, quase quente.

— Híbridos — disse ele, e algo se contorceu em nosso estômago. — Como vocês. Como nós.

Nós. *Ele* era um híbrido? O garoto que tínhamos achado que nos julgara uma aberração era um de nós?

— Peter... ele é meio que o líder, sabe. Já fez esse tipo de coisa. Libertar crianças. Ele tinha um plano para a Nornand, mas falhou. Alguém que achamos que ia ajudar... — A expressão dele ficou sombria. — Bem, *ela* falhou.

Libertar crianças. Planos. Peter.

Antes de conseguirmos sequer digerir isso, Jackson continuou.

— Ele está planejando outra vez. Precisou alterar o plano, e quer manter a discrição até lá, então eu não deveria falar com você de jeito nenhum. Mas sei... sei como é. — Ele não estava mais sorrindo. Nem um pouco, e isso o fazia parecer muito mais velho. — Então estou contando pra você que nós viremos. Você só precisa esperar um pouco mais. E manter a esperança.

Estávamos tontas outra vez, mas se era por causa do lugar apertado, da queda do dia anterior ou da torrente de informação que o entregador não parava de despejar sobre a nossa cabeça, eu não sabia. Talvez as três coisas.

— Eles estão operando as crianças — disse Addie finalmente. Era a coisa mais importante que sabíamos naquele momento, e diante de tanta confusão, precisávamos repassar essa informação. Ela desviou os olhos. — E as vacinas que dão em todo mundo... essas vacinas para bebês... são feitas para as pessoas perderem uma das almas. E... com algumas das crianças, eles estão *decidindo* quem é dominante e quem não é. Estão escolhendo quem vive...

Jackson colocou uma das mãos em nosso ombro, e Addie encontrou os olhos dele novamente.

— Eu sei — disse ele.

— Vocês vão acabar com essas coisas? — Addie se desviou de seu toque. — Essa *Resistência* vai resolver isso tudo? — Ela zombou dele, modulando o nome do grupo como ele fizera.

— Estamos tentando — disse Jackson, e de repente, não era o bastante. Não era o bastante mesmo. — Addie — continuou ele em voz baixa. — Confie em mim, está bem? Eu...

— Eu nem *conheço* você — falou Addie, e ele levantou as mãos, com os olhos arregalados, pedindo que ela mantivesse a voz baixa.

— Você vai conhecer — disse ele, como se esse fosse um argumento legítimo.

Precisamos confiar nele, falei. *Qualquer lugar é melhor que este, Addie. Qualquer lugar.*

Jackson deu aquele sorriso exasperante outra vez.

— Ainda há muito que você não sabe... mas vai saber. Só precisa sair daqui primeiro.

Addie lançou a ele um olhar de dúvida. Estávamos cansadas de descobrir coisas que não sabíamos. Até agora, nenhuma delas fora boa.

— Como o quê?

— Como... — Ele hesitou, mas Addie o encarou até ele continuar. — Como que as Américas não estão tão isoladas do resto do mundo como o governo quer que você pense. — Ele continuou rapidamente, antes que Addie pudesse interromper. — Mas não temos tempo para entrar nisso agora. Juro que um dia conversaremos tanto quanto você quiser. Só precisa esperar um pouco mais.

Eu sentia que Addie estava a ponto de insistir que ele se explicasse, mas Jackson estava certo. Não tínhamos tempo.

Concentre-se, falei. *Ele está nos dizendo que existe uma saída.*

Nossos lábios se contraíram, mas Addie conteve suas perguntas. Então disse:

— Não temos tempo para esperar. A cirurgia de uma garota, minha amiga, está marcada. Talvez hoje. Talvez amanhã. Por que não podemos ir embora agora? Hoje à noite?

— Todas as portas laterais têm alarmes e ficam trancadas à noite — disse Jackson. — Não é possível sequer abri-las por dentro, então ninguém pode entrar ou sair. O único caminho é a porta principal, que é sempre vigiada pela equipe da noite.

Houve um sopro de silêncio. Podia ter se estendido, mas não havia tempo. A qualquer momento a enfermeira terminaria sua conversa ou uma das crianças perceberia que não estávamos ali.

— E se desligarmos os alarmes? — disse Addie. — Isso também destrancaria as portas?

Jackson sorriu.

— Não, mas nos daria tempo para arrombar sem atrair a cavalaria. Por quê? Você é um gênio da eletrônica?

— Não — disse Addie. — Mas conheço alguém que é.

Saímos do armário um pouco tontas, com Jackson atrás de nós. A enfermeira ainda estava um pouco adiante no corredor, conversando com o assistente. As outras crianças formavam algo que se parecia vagamente com uma fila, algumas conversando em voz baixa entre si, outras simplesmente apoiando-se com indiferença contra a parede.

Por quanto tempo ficáramos escondidas? Três minutos? Quatro? Será que ninguém...

Não, alguém havia percebido. Devon tinha dado por nossa falta. Ele franziu as sobrancelhas para nós, e só desviou os olhos e fingiu que não vira quando Addie colocou o dedo sobre os lábios num gesto de silêncio.

Olhamos para trás, para Jackson. Ele sorria, e Addie repuxou os lábios em uma imitação fajuta de sorriso. Os planos que fizéramos haviam sido forjados às pressas, construídos a partir de decisões imediatas e várias suposições. Mas a estrutura básica estava montada. O resto precisaria ser feito no improviso. Não havia tempo para mais nada. Lissa e Hally não tinham tempo.

Addie virou-se e voltou correndo para o grupo.

Capítulo 28

O Sr. Conivent isolou Addie e eu em uma mesa perto de sua escrivaninha durante a hora de estudo. De vez em quando, levantava os olhos e nos encarava, verificando se estávamos fazendo nossa tarefa. Sempre que passávamos mais de um ou dois minutos sem escrever nada, ele pigarreava. Talvez presumisse que causávamos menos problemas quando estávamos resolvendo problemas de matemática. Talvez pensasse que se nos mantivessem ocupadas, que se nossa cabeça estivesse confusa com matrizes, triângulos obtusos e divisões, não teríamos espaço para coisas como planos de fuga.

Poderia ter sido uma suposição correta se não fôssemos um híbrido. Addie e eu resolvíamos problemas de matemática e tínhamos todo o espaço do mundo para definir coisas importantes.

Jackson tinha repassado o plano durante nossos últimos instantes no depósito do zelador. A Resistência tinha vans, passagens aéreas e identidades falsas para 15 crianças. Eles tinham tudo de que precisaríamos quando escapássemos do hospital. Mas primeiro tínhamos de escapar.

Não olhamos de relance para Devon por cima de nosso ombro, pois o Sr. Conivent com certeza perceberia. Mas o tínhamos visto sentar-se quando entramos, e eu sentia sua presença na sala de forma tão sólida quanto sentia o chip do tamanho de uma moeda enfiado sob nosso tornozelo. Devia estar emitindo uma luz vermelha ininterrupta, mas por estar pressionado sob a lateral de nosso sapato e nossa meia preta, ninguém conseguia ver.

O Sr. Conivent se acomodou em sua mesa, preenchendo algum tipo de papelada. O comitê de avaliação não havia aparecido naquele dia, e eu me perguntava se tinham ido embora de vez.

Não foram, disse Addie. *Aquele homem. Ele escolheu Hally e Lissa. Ele vai ficar.*

A porta da sala de estudos se abriu. Saltos estalaram, depois silenciaram ao deixar o corredor ladrilhado e pisar no carpete. Nossos olhos se levantaram e encontraram os da Dra. Lyanne. Ela estava emoldurada pelo batente em seus escarpins pretos, sua saia e blusa perfeitas e bem passadas e seu jaleco branco. Bonita, quase linda. Uma mulher cheia de ângulos. Ela se dirigiu para a mesa do Sr. Conivent.

Addie e eu terminamos nossa folha de exercícios enquanto os observávamos conversar com o canto dos olhos. Eles sussurravam, mas o Sr. Conivent estava a menos de dois metros de distância, e embora não conseguíssemos distinguir as palavras, ouvíamos a tensão na voz deles, ficando cada vez mais forte até que o Sr. Conivent largou a caneta com o poder de um juiz batendo o martelo. Ele olhou diretamente para nós.

Nos esquecemos da compostura e retribuímos o olhar.

— Addie — disse ele. Sua voz conservava um eco de perigo. — Acabamos não examinando seu sangue ontem. A Dra. Lyanne vai levá-la para fazer isso agora. — Addie não se levantou imediatamente, e ele ordenou: — *Agora,* Addie.

Nos levantamos, deixando para trás o lápis e os problemas de matemática. Seguimos a Dra. Lyanne para fora da sala. Havia algo que precisávamos obter dela naquele momento, informações específicas que ela *precisava* nos dar, e nossa mente girava com tantos planos.

*

— Olá — disse Addie em voz baixa quando nos sentamos na pequena sala de exames. Era nossa primeira palavra para a Dra. Lyanne desde aquela manhã. Na sala onde estávamos, quase tudo era branco. As paredes. O chão. A pequena mesa que nos separava da Dra. Lyanne. E éramos um ponto azul em uma cadeira. O objeto que estava entre nós era cinza, um aparelho do tamanho de uma máquina de escrever, e continha frascos de vidro, visíveis através de uma espécie de malha prateada. Eles eram conectados a tubos de plástico que serpenteavam para a mesa.

A sala pareceu ainda menor quando a Dra. Lyanne fechou a porta. Depois de ficar trancada naquele depósito com Jackson, aquilo não era nada, evidentemente, mas tanto nós quanto a Dra. Lyanne parecíamos ocupar muito espaço, embora ela fosse uma mulher magra e nós não fossemos altas.

— Dê-me seu braço — disse ela. Mesmo com toda a palidez das bochechas, sua voz ainda era autoritária. Addie obedeceu.

Tínhamos passado por tantos exames de sangue quando éramos mais novas que agulhas não nos perturbavam mais. Addie não estremeceu quando a agulha entrou friamente ou quando nosso sangue espiralou para dentro do tubo, pingando dentro de um dos frascos de vidro. Por um bom tempo, ninguém disse nada. A agulha sob nossa pele quase não doía. Observamos primeiro um frasco se encher, depois o outro. Diante de nós, a Dra. Lyanne também olhava negligentemente para a máquina.

— Sobre o que vocês estavam discutindo? — perguntou Addie, e isso nos devolveu a atenção da Dra. Lyanne mais rápido do que qualquer outra coisa.

— Quem? — perguntou ela. Como se pudéssemos estar nos referindo a qualquer outra pessoa.

— Você e o Sr. Conivent — disse Addie.

A Dra. Lyanne pressionou nosso braço com um chumaço de algodão, depois tirou a agulha.

— Nada, Addie. E para começo de conversa, não é da sua conta.

— Era sobre Jaime? — perguntou Addie.

— Não — disse a Dra. Lyanne. — Não, não era sobre Jaime. Mantenha a pressão no braço.

Addie obedeceu, mas não tirou os olhos da Dra. Lyanne enquanto ela pegava um emaranhado de fios atrás de si. Em uma das extremidades, eles se conectavam a outra máquina cinza, maior que a primeira, e na outra, ao que parecia um solidéu.

— Era sobre Hally? — perguntei e estremeci. Tomar o controle não era parte do plano, e eu não tinha a intenção de fazê-lo. Pretendia esperar que Addie perguntasse, mas ela havia demorado demais, e eu precisava saber. — Hally está a salvo? — Então, como aquela era a pergunta mais idiota que eu poderia ter feito e logicamente Hally não estava a salvo, acrescentei: — Ainda não fizeram. Eles ainda não... ainda não a operaram.

O rosto da Dra. Lyanne estava imperturbável. Totalmente imperturbável, pálido e frio. Ela era muito *calma*, e aquilo me irritava. Como podia ser tão tranquila?

— Não — disse a Dra. Lyanne. Um alívio doce e frio deixou nosso corpo inteiro mole.

Senti o controle me escapando, e permiti, mas Addie disse: *Não, Eva. Resista. Resista. Fale com ela. Você pode fazer isso melhor que eu. Eu sei.*

Mas..., falei.

Você consegue, Eva.

— Onde ela está? — perguntei, resistindo à fraqueza. A Dra. Lyanne estava nos encarando, e eu tinha de engolir, respirar e me reorientar em nosso corpo compartilhado antes de conseguir falar outra vez. — Onde a estão mantendo? No porão? Com Jaime? Quando estão planejando a operação?

— Isso não é assunto seu — disse a Dra. Lyanne.

— Por que não? — Nossa voz tremia. A Dra. Lyanne segurava um frasco com um líquido límpido. Ela o apertava com tanta força que os nós de seus dedos ficavam brancos. — Se as coisas acabarem como acabaram para Jaime, uma das minhas amigas vai *morrer* e a outra vai enlouquecer... Eu mereço saber *quando*.

— Muito provável que isso não aconteça — sussurrou ela. O frasco de plástico cedeu sob a pressão de seus dedos. — Jaime teve sorte.

Algo gelado deslizou através de mim. Da cabeça aos pés. Da ponta dos dedos das mãos à ponta dos dedos dos pés.

— Do que você está falando?

Ela não respondeu, nem olhou para nós; sequer parecia respirar. Imóvel feito uma rocha, feito um cristal.

— *Dra. Lyanne...*

— Todas as outras crianças que eles operaram — disse ela —, nunca saíram da mesa. Jaime... Jaime foi o único que sobreviveu.

Metodicamente, a Dra. Lyanne começou a desatarraxar o frasco que segurava. Suas mãos tremiam, e ela deixou escapar a tampa.

Joguei o frasco da mesa.

Ele caiu no chão ladrilhado, derramando o líquido transparente em um amplo arco enquanto girava até um canto. O cheiro do álcool trespassou o ar, acre e pungente.

— Nos ajude — falei, e não era mais um apelo.

A Dra. Lyanne continuou imóvel, com os olhos fixos nas mãos. Tentei me lembrar da mulher no porão, sentada no quarto de Jaime, da expressão de seu rosto quando ele estava em seus braços, da maneira como o segurara.

— Você pode tirar Jaime daqui — falei, e, como ela não reagiu, respirei fundo. — Existem pessoas... pessoas que nos tirariam daqui. Elas também o levariam. Ele ficaria seguro. — Foi a única coisa em que consegui pensar... a única coisa grande e chocante em que consegui pensar em dizer para fazê-la *olhar* para nós, *reconhecer* nossa presença.

Funcionou. A Dra. Lyanne levantou a cabeça de repente, com a boca levemente entreaberta e um borrão de cor surgindo em suas bochechas. Uma estranha mudança de expressão que não era de confusão, mas de medo.

Então ela falou, e foi como se aquilo tivesse vindo de um sonho.

— Você falou com Peter?

Nossos membros ficaram fracos.

— Você conhece Peter.

Quase dava para ver a Dra. Lyanne se despedaçar, parte a parte. Havíamos entrado na sala sentindo que era muito pequena, que nós e a Dra. Lyanne ocupávamos espaço demais. Agora, a mulher parecia não ocupar espaço algum. Ela era tão insubstancial como um fruto da imaginação. Translúcida.

— Ele é meu irmão — disse ela.

Eu não conseguia. Não conseguia manter nossa compostura: absorver tudo aquilo e manter nosso coração batendo, nossos pulmões se expandindo e...

Mas era preciso. Era preciso, porque era eu quem estava no controle de nosso corpo.

— Ele é seu *irmão*? Seu irmão é um híbrido e você trabalha *aqui*?

— Como falei — disse ela. Havia novamente um toque de determinação em sua voz. — Eu queria *ajudar*...

— Então *ajude* — gritei. — Ajude. Agora. Nos ajude a sair daqui. — O vapor do álcool irritava nossos olhos. — Se você não nos ajudar a sair, Dra. Lyanne — falei com veemência —, estará ajudando a nos matar. — Fixei os olhos nela, e quando ela desviou o olhar, agarrei sua mão. — Hally está no porão?

Finalmente, ela assentiu. Apenas uma vez.

— As portas têm teclados. — Eu forçava nossa voz a ficar forte, obstinada e poderosa quando mal conseguia respirar, mal conseguia manter nosso corpo ereto e nossas palavras, claras. — Preciso do código.

Silêncio. Respiração. A dela e a nossa. Rápida, rápida, rápida. Curta. A sólida escrivaninha de madeira. As cadeiras desconfortáveis. Os ângulos do rosto da Dra. Lyanne. Seus lábios finos, as linhas de expressão entre seus olhos castanho-esverdeados.

Ela nos deu o código.

Capítulo 29

Tentei manter meu controle. Tentei. Eu lutei por ele, me esforcei por ele e sabia que Addie não estava me combatendo. Mas ele me escapou como água através dos dedos. Eu estava exausta e, por mais que nunca fosse admitir, talvez um pouco aliviada por deixar Addie assumir novamente, por deixá-la segurar as rédeas para que eu não precisasse fazê-lo.

Então foi Addie quem nos conduziu pelo resto do dia, foi ela quem encontrou o olhar de Devon durante o que deveria ter sido a hora das brincadeiras, mas que fora convertida em uma hora de leitura solitária, muito provavelmente por nossa causa. Foi Addie quem sussurrou para Devon quando passamos por ele no corredor: *vigie seu chip depois que as luzes se apagarem.*

Devon simplesmente assentiu. E quando Addie se esgueirou para fora de nosso quarto naquela noite, não precisamos esperar muito para que ele aparecesse no corredor.

Ali, sentados em uma das mesinhas da Ala principal, Addie contou tudo. Muita coisa tinha acontecido; parecia que jamais conseguiríamos repetir tudo. Mas Addie conseguiu, hesitando algumas vezes, respondendo perguntas conforme Devon as formulava, tentando ao máximo se manter calma, precisa e segura. Ela e Devon não olhavam um para o outro enquanto falavam. Ambos estavam com seus chips. A Ala externa estaria completamente escura se não fosse por eles, e tudo tinha um suave brilho vermelho.

— Então, você consegue? — perguntou Addie finalmente, olhando de relance para Devon. Ele estava totalmente imóvel, com os olhos fixos na escuridão. — Você e Ryan conseguem desligar o sistema de alarme?

Ele franziu as sobrancelhas.

— Precisaria ser bem-feito? Sutil?

— Simplesmente destruam — disse Addie.

— Então, sim — afirmou ele. — Se tivermos acesso à fiação, podemos desligar tudo. Luzes, alarmes. Talvez câmeras de segurança. — Ele olhou para a porta na extremidade mais distante da sala, envolvida em sombra. — Mesmo assim, precisamos sair daqui primeiro.

— Pedi ao Jackson para nos arranjar uma chave de fenda — disse Addie. — A maçaneta sai, do mesmo jeito que a da porta de Lissa.

Então era Ryan sentado diante de nós, não Devon, e ele estava sorrindo, apenas um pouco. O sorriso enviesado de que eu sentia falta.

— Será amanhã à noite — disse Addie. Aquilo fez o sorriso dele desaparecer, mas *precisava* ser na noite seguinte. Não havia mais tempo para esperar.

Havíamos exigido saber, e a Dra. Lyanne respondera: a cirurgia de Hally e Lissa estava marcada para dali a dois dias.

— Devemos contar aos outros? — perguntou Addie.

— Ainda não — disse Ryan. Ele mexia em seu chip, empurrando-o de um lado para o outro sobre a mesa com o que poderia ser distração, se não fosse pela pressão deliberada dos dedos. — Não até que seja preciso. Não sabemos se vão conseguir manter o silêncio.

Addie concordou. Não parecia certo não contar um segredo tão importante para os outros, mas talvez fosse melhor se conter por algum tempo. Com 11 crianças, alguém podia deixar alguma coisa escapar.

Bridget. Bridget com certeza deixaria. Será que ela sequer iria conosco quando chegasse a hora? Bridget, com seus duros olhos cinzentos, sua língua afiada e seus braços sempre cruzados. Tão raivosa, mas tão certa de que seria salva. De que seria curada. Quem mais estava se escondendo em seu corpo? Quando chegasse a hora de escaparmos, será que essa alma recessiva seria forte o bastante para tomar o controle? Será que ela desejaria fazê-lo?

— Então boa noite, eu acho — falou Addie, fechando a mão ao redor de nosso chip. O brilho vermelho vazou por entre os dedos, iluminando nossa mão por dentro. — Vejo você...

Ryan parou de mexer no chip e olhou para nós.

— Obrigado, Addie — disse ele. Ryan tinha um jeito de olhar para as pessoas como se elas fossem seu único interesse, como se fossem importantes. Eu já sentira isso várias vezes, e achei que Addie sentia um pouco naquele momento. Seja como for, ela ficou imóvel, mantendo-se na cadeira. — Obrigado por ver como Lissa estava quando vocês duas estavam presas. Se você não tivesse ido, não saberíamos nada sobre a cirurgia.

Addie baixou os olhos, esfregando a barra de nossa camisola entre os dedos.

— Não fui apenas eu. Foi a Eva também.

Foi basicamente você, falei.

— Eu sei — disse Ryan. — Mas isso significa que foi você também. — Ele deu um sorriso um pouco triste. — Então obrigado. E desculpe. Pelo que aconteceu antes.

Nossas mãos se remexiam no colo. Addie se agitava na cadeira.

— Vamos salvá-la — disse ela finalmente. — Vamos salvar a todos. E vamos sair daqui.

Na manhã seguinte, acordamos antes de a enfermeira chegar para acordar a todos, como de hábito. Kitty sequer tinha se mexido quando entramos e saímos da cama na noite anterior, e ainda não estava acordada. Addie não fez muita coisa, apenas sentou-se na beirada da cama. Alguns dias antes, também estávamos acordadas a essa hora. Tínhamos ido até a janela e observado a luz do sol entrar lentamente. Ali, contra o vidro, sentimos o calor através da janela antes que o ar-condicionado da Nornand o dissipasse. Vimos um pouco do mundo além do hospital.

Mas agora a janela estava fechada com tábuas de madeira pregadas diretamente nas paredes do hospital. Nem uma lasca do dia conseguia entrar.

Na manhã do dia seguinte, isso não importaria.

Íamos embora naquela noite.

Jackson nos dissera que tinha outro pacote para trazer ao Sr. Conivent naquele dia. Ele daria alguma desculpa para a entrega ser feita no final do dia, em vez de pela manhã, e aí nos passaria a chave de fenda. Ainda precisaríamos encontrar uma forma de escondê-la até voltarmos para nosso quarto, mas pelo menos não ficaríamos com ela o dia todo. Já seria bem difícil, pois nem bolsos tínhamos. Talvez pudéssemos esconder em algum lugar da sala de estudos enquanto estivéssemos lá, mas quando tomávamos banho, escovávamos os dentes e nos trocávamos para dormir, o fazíamos em um vestiário, com outras garotas e uma enfermeira perto da porta.

Mas íamos conseguir. Precisávamos conseguir.

O comitê de avaliação estava de volta naquele dia, mas não nos olhavam mais como antes. Acho que só valíamos um dia de observação. O zoológico perde a graça depois de algum tempo. Agora passávamos por eles no corredor e os víamos de relance nas salas de exames, quase sempre com o Sr. Conivent, às vezes também com o Dr. Wendle. Eles pareciam mostrar aos membros do comitê as máquinas que a Nornand usava. Uma vez vimos um dos homens conduzindo uma enfermeira para uma sala e fechando a porta ao passar. Uma entrevista? Um interrogatório?

Fosse lá o que estivessem fazendo, eles mantinham as enfermeiras no limite e o Sr. Conivent ocupado. Quando Jackson apareceu naquela noite, pouco antes do jantar, ele parou a enfermeira que estava nos conduzindo pelos corredores e disse a ela que tinha passado no escritório do Sr. Conivent, mas que não conseguira encontrá-lo. Ele a distraiu por tempo suficiente para que Addie deslizasse de nossa posição no começo da fila, onde a enfermeira podia ficar de olho em nós, para o final.

Jackson, descobrimos, falava espantosamente. Quando a enfermeira finalmente o convenceu de que ele *não* podia interromper o Sr. Conivent naquele momento, que precisaria esperá-lo voltar, estávamos atrasados para o jantar e a enfermeira, confusa e irritada, correu para o refeitório sem verificar a fila atrás de si.

Ele trocou um olhar com Ryan quando passamos, apenas um relance que ambos rapidamente interromperam. Addie ficou para trás quando o resto das crianças voltou a andar, e quando Jackson passou, ela manteve a mão apenas um pouco afastada do corpo. Jackson era muito mais alto do que nós. Ele precisou se inclinar um pouquinho para deslizar a mão perto da nossa. Sentimos o metal frio e pontiagudo da chave de fenda, as bordas amassadas do mapa da sala de manutenção que ele tinha desenhado para nós, onde Ryan iria para desligar os alarmes. Nossos dedos se apertaram ao redor de ambos.

Tudo isso levou menos de três segundos. Addie não olhou por cima do ombro para ver Jackson prosseguir pelo corredor, ainda que ouvíssemos o leve rangido de seus sapatos contra os ladrilhos polidos. Ela acelerou o passo até estarmos de volta ao fim da fila, deslizando a chave de fenda para o cós da saia. Mas o papel cairia. Ela se curvou para enfiá-lo em nossa meia, perto do chip.

Quando se levantou, uma das outras garotas tinha parado de andar também. Ela nos olhava fixamente, com o cabelo louro e trançado serpenteando sobre os ombros.

Bridget.

Será que ela tinha visto?

— O que foi? — perguntou Addie. — Minha meia estava caindo.

Os olhos de Bridget eram inescrutáveis.

— Você deveria estar no começo da fila.

— Meninas? — chamou a enfermeira, finalmente percebendo que duas integrantes do seu rebanho tinham parado. — Vamos logo. E, Addie, volte para cá. Você sabe que não pode ficar para trás.

Addie passou calmamente por Bridget, que observou cada um de nossos passos.

Capítulo 30

Enviaram a Dra. Lyanne para nos vigiar na sala de estudos depois do jantar, o que nunca tinha acontecido. O lugar do Sr. Conivent não era no refeitório. O da Dra. Lyanne não era na sala de estudos, não como vigia.

Mas tanto o Sr. Conivent quanto as enfermeiras tinham ido para lugares desconhecidos, e fomos deixados com a Dra. Lyanne. Ela não era mais a mulher que tínhamos visto na sala de exames, desmoronando. Recobrara a compostura e estava dura, fria e profissional. Mas havia um brilho em seu rosto que não existia antes, certo vazio em seus olhos que tornava as crianças mais ousadas do que teriam sido com as enfermeiras, e certamente mais do que teriam sido com o Sr. Conivent. Deveríamos estar brincando em silêncio com nossos gastos jogos de tabuleiro, mas lentamente um murmúrio de conversa se iniciou. Como a Dra. Lyanne não disse nada, apenas manteve sua posição rígida em uma cadeira perto da porta, cada vez mais de nós começaram a falar, até que a sala se encheu com uma conversa em voz baixa.

Addie não levantou os olhos quando Devon veio se sentar ao nosso lado. Estávamos no chão, parcialmente escondidas por uma mesa e um conjunto de cadeiras, a uns dois metros da pessoa mais próxima, Cal.

— Você pegou tudo — disse Devon da maneira habitual, deixando a frase no meio do caminho entre afirmação e pergunta.

Addie assentiu. Cal tinha pegado um baralho, e construía e reconstruía um castelo de cartas, sem nem se sobressaltar quando ele desmoronava. Seus movimentos ainda estavam mais desajeitados do que deveriam, embora os olhos estivessem mais lúcidos e mais alertas. Será que isso significava que tinham suspendido sua medicação?

Isso não importa, falei. *Ele vai embora conosco hoje.*

Então, com sorte, ficaria bem. Ele se recuperaria. Não ficaria irremediavelmente prejudicado de alguma maneira terrível.

Addie olhou para a frente da sala, para o relógio pendurado sobre a porta. Eram 19h45. Não faltava muito.

Para onde ela foi?

Demorei um instante para entender de quem Addie estava falando. Mas a cadeira vazia servia como resposta.

— Addie? — chamou alguém atrás de nós. Kitty segurava um jogo de tabuleiro, a caixa gasta amassada em suas mãos. — Quer jogar?

Addie conseguiu dar um sorriso enquanto indicava o chão ao lado de nós duas e de Devon.

— Claro. Você pode montar?

Kitty fez que sim. Addie olhou novamente para a cadeira vazia da Dra. Lyanne.

— Lá — disse Devon, inclinando a cabeça para falar em nosso ouvido. Eu vi os olhos de Kitty se levantarem do jogo, mas apenas por um instante. — Perto da mesa do Sr. Conivent.

A Dra. Lyanne contornava a mesa dele. Alguém que não estivesse prestando atenção, como nós estávamos, teria pensado que aquele era o lugar dela. Mas agora sabíamos como interpretar a Dra. Lyanne. E éramos híbridas, cercadas por híbridos. Éramos sintonizados em cada mudança na voz, no movimento, na expressão. Vimos a tensão em suas mãos quando ela abriu uma das gavetas da escrivaninha e tirou uma pequena caixa de papelão.

— O que ela está fazendo? — sussurrou Addie.

Devon não respondeu. Ele estava olhando para a Dra. Lyanne, que tinha colocado a caixa na mesa e a aberto, revelando recipientes brancos ainda menores lá dentro. Ela os tirou da caixa e os colocou de lado, pegando o que estava no fundo: uma folha de papel.

— É uma encomenda — disse ele.

Devon estava certo. Conseguíamos distinguir o carimbo do correio na lateral. Devia ser o que Jackson estava carregando mais cedo, quando nos passara a chave de fenda e o mapa, quando discutira com a enfermeira sobre encontrar o Sr. Conivent, já que somente ele podia assinar esses pacotes.

Por que só ele podia assinar?

Por que são coisas pessoais?, perguntou Addie, desviando os olhos da escrivaninha.

Então por que enviá-las para cá?, falei. *Se são tão pessoais, por que ele não as envia para casa?*

Kitty tinha terminado de montar o tabuleiro. Ela pegou uma peça e a colocou no *Início*, depois ofereceu um punhado de peças a Devon. Ele pegou uma e a colocou no tabuleiro próxima a dela.

A Dra. Lyanne ainda estava ao lado da mesa, com os olhos percorrendo rapidamente a folha de papel. Addie tinha se virado para dizer a Kitty que ela podia começar quando a porta se abriu. Ela se contraiu, e as palavras não chegaram a sair de sua boca. O Sr. Conivent estava parado no batente, mas tinha se virado para dizer alguma coisa ao homem que estava atrás dele.

Jenson.

Nossos olhos voltaram às pressas para a Dra. Lyanne. Ela também tinha percebido a porta. Rapidamente, a médica enfiou o pedaço de papel no bolso de seu jaleco e deu um passo à frente, bloqueando a visão do pacote.

Os dois homens olharam para ela de relance, e o Sr. Conivent acenou com a cabeça. Ela fez o mesmo, abaixando-se um pouco para parecer que estava apenas apoiando-se contra a escrivaninha enquanto vigiava a sala e as crianças.

Mas o Sr. Conivent franziu a testa, embora continuasse a conversa com Jenson, e após um instante, chamou o homem para entrar na sala de estudos. Eles entraram, conversando conforme se aproximavam cada vez mais da escrivaninha, da Dra. Lyanne e do pacote. Eu tinha cem por cento de certeza de que ela não deveria estar olhando aquilo. Dois seguranças entraram na sala com eles, mas pararam perto da porta. Talvez agora Jenson precisasse de proteção contra as crianças. Ou talvez a Dra. Lyanne já estivesse encrencada.

Isso não importa, Eva, disse Addie antes que eu pudesse falar alguma coisa, mas nossos olhos corriam do Sr. Conivent para a Dra. Lyanne. Ao nosso lado, Devon estava imóvel.

É claro que importa, falei. *Ele vai pegá-la. E Jenson vai pegá-la. E eles vão...*

Eu não tinha certeza do que fariam, mas nem o Sr. Conivent nem Jenson estavam satisfeitos com ela, para começo de conversa, e...

Eu não me importo. Não podemos nos importar, Eva, disse Addie. Para Kitty, ela falou:

— Você primeiro. Está com o dado?

Kitty assentiu e juntou as mãos em concha, agitando-as para cima e para baixo. Devon olhou para nós com o canto do olho, mas Addie voltou-se resolutamente para o tabuleiro. Só restavam algumas horas até que as luzes se apagassem. Até que o hospital estivesse vazio, com exceção de nós, os pacientes, e da equipe básica. Poucas horas até nossa fuga.

Não precisávamos de mais nada da Dra. Lyanne. Ela havia nos dado os códigos para os quartos do porão.

Mas...

O Sr. Conivent e Jenson estavam quase chegando até nós, que estávamos comprimidas contra a parede entre eles e a Dra. Lyanne. De alguma maneira, tínhamos de impedi-los, dar tempo para que ela colocasse tudo no lugar. Eu podia simplesmente ir até eles e falar alguma coisa. Mas o que diria para prender a atenção deles e dar tempo suficiente à Dra. Lyanne?

Houve um relance de vermelho e branco em nossa visão periférica. A casa de cartas de Cal tinha desmoronado outra vez.

Cal.

Eva, advertiu Addie.

Não posso deixar que a peguem, falei. *Ela nos ajudou, Addie. Devemos isso a ela.*

Não devemos nada a ela!

— Cal — falei. A palavra deslizou de nossos lábios com resistência, mas não tanta quanto eu esperava. Devon levantou a cabeça. Kitty parou de balançar o dado.

— Eli — sussurrou ela.

Cal levantou os olhos ao ouvir seu nome, franzindo a testa de forma desconfiada. Eu sequer tinha percebido a importância do que dissera. *Cal.* Quando fora a última vez que alguém o havia chamado pelo nome verdadeiro?

— Mas ele não é o Eli — falei. — É?

Kitty desviou os olhos e deixou o dado cair. Um de seus pregadores de cabelo tinha se soltado.

— Ele é quem os médicos disserem.

— Não — falei. — Não, Kitty...

Eva, disse Addie. *Você o está colocando em perigo. Está entendendo? Se pedir a ele e ele fizer alguma bobagem, e alguém descobrir que ele estava nos ajudando... Lissa nos ajudou, e olhe o que aconteceu com ela e com Hally.*

Hesitei. Ela estava certa. Mas o Sr. Conivent estava a apenas alguns metros do fundo da sala, parado enquanto indicava uma criança para Jenson, e eu podia ver a Dra. Lyanne agarrando a borda da mesa.

— Cal — falei. — Cal, você poderia me fazer um favor?

— O que você está fazendo? — perguntou Devon.

Estava ficando cada vez mais fácil. Cada palavra exigia uma concentração específica, mas eu conseguia.

— Precisamos distrair o Sr. Conivent antes que ele chegue à mesa. A Dra. Lyanne...

— Não é hora de pensar nela — disse Devon.

— Ela nos ajudou — falei. — Ela nos deu o código do quarto de Hally...

Ele se calou, e eu não esperei pelo que iria dizer em seguida.

— Cal — falei —, você poderia... poderia distrair todo mundo? Só por alguns minutos? — Então um pensamento me ocorreu. Eles drogavam Cal quando ele e Eli brigavam. Podiam drogá-lo novamente. Logo agora que a lucidez estava voltando a seus olhos...

Cal se agachou sobre suas cartas, com o lábio inferior projetado para fora. Ele tinha apenas 8 anos. Era mais novo e menor do que Lyle. Apenas um pouco mais velho do que Lucy. Fora uma insanidade pedir a ele algo assim, expô-lo à possibilidade de mais prejuízos.

Nossos ombros se curvaram.

Então Cal gritou.

Seu grito partiu a sala ao meio, profundamente, trespassando a inquieta imobilidade e indo diretamente para o caos. Eu dei um salto para trás, e Kitty apressou-se para nosso lado. Devon levantou parcialmente as mãos até os ouvidos.

Um baralho inteiro se chocou contra a parede, seguido por um jogo de tabuleiro abandonado. Cal gritou outra vez. Cartas voavam para todo lado. Branco. Vermelho. Branco. As outras crianças que estavam por perto saíam do caminho. Os seguranças parados à porta olharam, mas não se moveram. Talvez não soubessem o que deviam fazer com um menino pequeno gritando.

O Sr. Conivent se virou.

Eu peguei a mão de Kitty e corri para a parede mais afastada quando ele foi em direção a Cal, com a boca rígida. Jenson ficou onde estava. Eu me atrevi a olhar de relance para a Dra. Lyanne,

279

que estava parcialmente virada, recolocando os recipientes brancos na caixa de papelão.

Cal parou de gritar exatamente na hora em que o Sr. Conivent tentou pegá-lo, abaixando-se e correndo para longe. O silêncio repentino doía. O maxilar do Sr. Conivent se contraiu. Ele tentou pegar Cal outra vez, mas Cal escapuliu de novo. Eles olhavam um para o outro, o menino e o homem, sem dizer palavra alguma.

Então o Sr. Conivent suspirou, como se aquilo tudo tivesse sido a maior inconveniência do mundo. Ele se voltou para Jenson com uma expressão que dizia *Crianças. O que se pode fazer?*

A Dra. Lyanne estava perto da estante de livros, as mãos na lateral do corpo. O pacote não estava mais sobre a mesa do Sr. Conivent.

Eu dei um longo e trêmulo suspiro e olhei para Devon. Ele se apoiou lentamente contra a parede, os dedos se descontraindo, esticando-se sobre as pernas. Então Kitty apertou nossa mão. Como eu não olhei para ela de imediato, ela puxou nosso braço até eu me virar.

— O que foi? — sussurrei, mas então segui seu olhar e não precisei perguntar mais nada.

O Sr. Conivent vinha em nossa direção.

Ele viu a pequena chave de fenda amarela no chão no mesmo instante que nós.

Capítulo 31

O Sr. Conivent não fez nenhuma pergunta. Não exigiu saber a quem a chave de fenda pertencia. Ele apenas se abaixou, pegou-a e colocou-a no bolso. Depois fez um gesto para os seguranças, dizendo a eles para levar nós duas e Devon de volta para nossos quartos.

Não fomos em silêncio. Gritamos, lutamos e chutamos, e ouvimos Devon fazendo o mesmo atrás de nós. Mas eles eram mais fortes e nos enfiaram no quarto, aquele quarto terrível com suas pesadas camas de metal e a janela fechada com tábuas. Os seguranças ficaram do lado de fora depois de nos jogar na cama, mas o Sr. Conivent entrou conosco, e eu queria atacá-lo, empurrá-lo contra a parede, mas não fizemos isso. Agarramos a borda da cama e gritamos:

— Por quê?

Os olhos do Sr. Conivent estavam severos.

— Porque quero ver você sair dessa. — Ele veio em nossa direção, e nos arrastamos pelo colchão para longe dele até nossas costas estarem pressionadas contra a parede. Mesmo assim, ele se aproximou. — Gostaria de vê-la arrancar a madeira da janela com suas próprias mãos, Addie. Gostaria de ver você derrubar aquela porta.

— Eu não vou a lugar algum — disse Addie asperamente. — Você não precisa me trancar.

O Sr. Conivent parou na borda de nossa cama.

— Mas só por precaução — disse ele. — Não quero que você esteja em lugar algum que não trancada aqui enquanto Hally Mullan estiver na mesa de operações hoje à noite.

Afundamos contra a parede.

No dia seguinte. A Dra. Lyanne tinha dito que a operação seria no dia seguinte.

Ela havia nos prometido que seria *no dia seguinte.*

— Pode-se praticamente dizer que a culpa é sua — disse o Sr. Conivent ao se afastar, deixando-nos congeladas na cama. Seu tom se tornou repreendedor, decepcionado. — Foi você quem bisbilhotou quando não deveria. Se simplesmente tivesse se comportado, Hally não teria feito a tentativa equivocada de ajudá-la. Ela não teria sido escolhida.

Ele fechou a porta atrás de si e nos deixou com o efeito de suas palavras.

Tentamos abrir a janela. Mas só depois de esmurrar, esmurrar e esmurrar a porta. Só depois de chutarmos até nossa perna doer. Tinham retirado os criados-mudos, então a única mobília que restava eram as camas, pesadas demais para serem usadas como aríete. Finalmente, alguém do outro lado da porta nos mandou calar a boca e sossegar. Um segurança, talvez. O Sr. Conivent tinha deixado um segurança no corredor. Não seria fácil fugir por ali.

Então tentamos a janela. Enfiamos nossos dedos nas fendas entre a madeira e a parede, respiramos fundo e puxamos com toda a força. Socamos o centro da madeira com os punhos fechados, esperando quebrá-la. O corte em nossa mão esquerda reabriu e sangrou no curativo branco, mas nada se moveu. Nada sequer rachou.

Sentamos novamente na cama. Tudo doía. O chip estava ao nosso lado no colchão fino, pulsando suavemente em vermelho. O que será que Ryan estava fazendo em seu quarto?

Como fomos capazes de deixar a chave de fenda cair?

A culpa achatava nosso peito, esmagando as costelas como sucata. As bordas pontiagudas penetravam em nosso coração. Minha culpa, meu plano... meu plano idiota. Tínhamos ajudado a Dra. Lyanne, sim. Mas havíamos perdido a chave de fenda. E, com ela, qualquer chance de sair do quarto.

Achei que estava controlando melhor nosso corpo, mas as lágrimas vieram, e eu não as controlava nem um pouco. Elas é que pareciam me controlar.

Lágrimas por nossos pais, que foram medrosos demais para nos proteger.

Por Hally e Lissa, que precisavam tanto ser protegidas.

Por Jaime, para quem já era tarde demais.

Chorei até ficarmos sem energia, com o cabelo grudado nas bochechas e a visão embaçada. Nossas mãos latejavam dolorosamente.

Mas eu disse:

Não podemos desistir.

Não, disse Addie. *Não vamos desistir.*

Manter a esperança.

Manter a esperança.

Eu sentia Addie ali, aninhada a mim. Quente e firme, funcionando como uma fonte de força.

Ainda temos o mapa para a sala de manutenção, falei. Colocamos a cabeça entre as mãos, prendendo a respiração para tentar interromper as lágrimas. *Se conseguirmos sair da Ala, Ryan ainda pode desligar os alarmes.*

Sabemos o código do quarto de Hally e Lissa no porão, disse Addie. *Se chegarmos lá embaixo, poderemos soltá-la.*

Se a operação ainda não tivesse começado. Se já não fosse tarde demais. Mas não podia ser. Eu me recusava a acreditar que fosse. Ainda podíamos conseguir. Ainda podíamos salvar Lissa e Hally e Jaime e todas as outras crianças...

Onde estavam as outras crianças? Já devia fazer mais de uma hora que o Sr. Conivent nos trancara ali. Todos já deviam estar de volta à Ala.

Eles vão ter de trazê-los de volta em algum momento, falei. *E quando trouxerem, terão de abrir esta porta para deixar Kitty e Nina entrarem.* Olhei para o trecho de parede vazia ao lado da porta. *Se ficarmos ali...*

E o quê? perguntou Addie. *Empurrar o segurança e simplesmente sair correndo? Mesmo que conseguíssemos escapar da Ala, seríamos capturadas antes de sair do andar.*

Está tarde, falei. *Não haverá mais tantas pessoas nos corredores. Todo mundo vai ter ido para casa.*

Mas um segurança logo daria o alerta e o lugar ficaria cheio de gente. Eu sabia disso. Só desejava que não fosse verdade.

E eles não precisam deixar Kitty entrar, disse Addie. *Não precisam abrir a porta para nada.* Ela hesitou, depois acrescentou: *Há outra cama vazia.*

Mas bem enquanto eu absorvia isso, enquanto nossos olhos deslizavam novamente para o chão e nossos ombros afundavam contra a parede, uma chave estalou na fechadura. A porta se abriu, e a Dra. Lyanne entrou segurando a mão de Kitty.

Eu estava fora da cama antes que a porta terminasse de se fechar, correndo em direção a ela, afastando Kitty, sibilando:

— Você mentiu. Você *mentiu*. Disse que a cirurgia não aconteceria até amanhã. Você...

— Os planos mudam — disse ela. — Eu não sabia.

— Você *não sabia*...

— *Shh*, Addie — disse a Dra. Lyanne. Ela ainda usava o jaleco, e seu cabelo estava arrumado, penteado para trás.

— *Por quê?* — exigi saber. — *Por que eu deveria fazer silêncio?*

— Porque o guarda não vai me deixar levá-la se você estiver fazendo escândalo — disse a Dra. Lyanne. — Ele está perto da porta externa, mas virá correndo se você continuar gritando dessa maneira. E se isso acontecer, vou deixá-la para trás.

Eu olhei para ela, depois baixei os olhos para Kitty, que olhou para nós com tanta esperança confusa nos olhos que não consegui falar.

— Eu liguei para Peter — admitiu a Dra. Lyanne, como se aquilo fosse uma fraqueza, como se mesmo naquele momento, mesmo no meio daquilo tudo, lhe parecesse errado entrar em contato com o irmão híbrido. — Ele sabe a hora. Estará lá, na porta lateral. Eles terão vans... — Ela parou de falar. Olhou para nós. — Tenho certeza de que você já sabe. — Fiz que sim sem dizer nada. A mão de Kitty apertou a nossa. — Aquele garoto... Devon. Foi sobre ele que você falou para o pessoal de Peter, não foi? Ele consegue desligar os alarmes?

Será que ela estava nos enganando? Será que de alguma forma tinha descoberto nosso plano e estava tentando... Eu nem sequer sabia o quê. Mas se ela já sabia tanto, por que nos perguntar?

— Sim — respondi.

— Então venha — disse a Dra. Lyanne. Ela tirou algo do bolso do jaleco e jogou para nós. Precisei me esforçar para pegar antes que caísse no chão. Uma chave. — É da sala de manutenção. Você ainda está com o mapa? — Eu confirmei, curvando-me e enfiando a chave em nossa meia esquerda sem tirar os olhos do rosto da Dra. Lyanne. A chave era mais fria do que o chip de Ryan. — As outras crianças estão esperando. Não temos muito tempo.

— As outras crianças? — Eu franzi as sobrancelhas. — Todo mundo? Jaime e Hally também?

— Não — disse a Dra. Lyanne.

— Então precisamos pegá-los — falei. — Não vai demorar muito, não com o código...

A Dra. Lyanne balançou a cabeça.

— Não é tão fácil, Addie.

— Como assim? — questionei. — Claro que não vai ser fácil, mas...

— Você não está entendendo — disse ela.

— Então explique.

A Dra. Lyanne desviou os olhos de nós, olhando em direção à janela fechada com tábuas.

— Não vamos levar Hally.

Addie e eu reagimos ao mesmo tempo, descrença por cima de descrença, raiva alimentando raiva.

— O quê? — Engasgamos com uma risada. — Claro que vamos.

Ela balançou a cabeça.

— Addie, será que você não entende? Acha que o hospital simplesmente fica vazio à noite? Que todo mundo arruma suas coisas, vai embora e deixa os pacientes aqui sozinhos?

— Não — falei. — Claro que não...

— *Sempre* há médicos aqui— disse a Dra. Lyanne, elevando a voz. — Sempre. Sempre há enfermeiras. Sempre há alguém fazendo rondas.

— Sim, mas...

— A não ser... — disse ela. — *A não ser* nos dias em que operam uma das crianças.

Eu me calei. Não podia estar ouvindo aquilo. Ela não podia estar dizendo aquilo. Mas estava. Ela estava, e continuou falando.

— Addie, as pessoas vão até lá ver. Elas vão assistir. Não todos os médicos, mas vários. O comitê de avaliação estará aqui. E as enfermeiras também estarão em menor número; eles precisarão delas na sala de operações, então haverá menos pessoal nos corredores. Posso dizer a elas que estou levando as crianças para um exame. Vai ser suspeito, mas desde que elas não...

— Não. — falei. — *Não.*

— A cirurgia de Hally está nos dando essa chance — disse a Dra. Lyanne.

— Não. — Eu não gritei. Não berrei. Mas falei, e nossa voz era de aço. — Nunca. Não vamos deixá-la para trás. E Jaime? Ele também está lá embaixo. Você vai abandoná-lo? *Outra vez?*

A Dra. Lyanne deu um passo em direção à porta, um rubor perigoso em suas bochechas.

— Quando você crescer, Addie, vai perceber que às vezes precisamos fazer sacrifícios difíceis para podermos...

— Foi isso o que você disse a si mesma quando operaram Jaime? — perguntei.

Isso a interrompeu.

Ninguém falou.

A mão de Kitty se contorcia na nossa, e demorei um pouco a perceber que ela queria que a soltássemos. Eu olhei para ela, mas Kitty estava concentrada na Dra. Lyanne. Soltei sua mão. Alguns passos curtos a colocaram ao lado da mulher. Kitty enredou nos da Dra. Lyanne os dedos que estavam entrelaçados nos meus havia um instante.

— Me tira daqui — disse ela, observando a Dra. Lyanne com aqueles grandes olhos escuros e aquele rosto pálido, quase feérico. — Me tira daqui, por favor. Deixe Addie ir para o porão e simplesmente tire o resto de nós daqui.

Capítulo 32

Demorou uma eternidade para a Dra. Lyanne destrancar a porta de Ryan. Precisei me controlar para não pegar as chaves da mão dela e abrir eu mesma. Se quiséssemos ter alguma chance de chegar até Hally antes dos cirurgiões, tínhamos de andar depressa. E também havia um aperto em nosso peito, uma opressão que eu sabia que diminuiria, só um pouco, se eu visse Ryan e soubesse que ele estava bem.

Então a porta se abriu e ele estava pulando da cama. Em cinco passos eu soube que era Ryan, não Devon, correndo em nossa direção, com a confusão estampada no rosto. Estiquei os braços, envolvendo seu pescoço e enterrando o rosto em seu ombro. Eu sentia o coração dele batendo sob a camisa, tão rápido quanto o meu. O calor de seu peito na frieza do hospital. Houve um segundo, mas apenas um segundo, antes que os braços dele também se enrolassem em volta de mim.

— Eva — murmurou ele em meu cabelo. Eu confirmei, e os braços de Ryan ficaram rígidos. — O que está acontecendo?

— Precisamos correr — falei.

Os corredores ainda estavam parcialmente iluminados, porém vazios. Nossos passos ecoavam e nossas sombras nos seguiam como fantasmas queimados. De vez em quando passávamos por uma janela, correndo por um trecho de luar antes de imergir novamente na escuridão. Escuridão e luz. Escuridão e luz.

Então chegamos à escada, e não havia luz alguma. Nossa mão pairava sobre o corrimão, pronta para segurar se eu tropeçasse, mas não tropecei. Apenas continuamos correndo, correndo e correndo. Às vezes Ryan estava ao nosso lado, às vezes um pouco à frente, às vezes um passo atrás. Mas quando chegamos ao porão, estávamos sem fôlego.

Luzes de emergência amarelas iluminavam o porão como uma zona de perigo, e diminuímos o passo sem querer. Com exceção do zumbido fraco, tudo estava quieto e parado. O silêncio amplificava nossa respiração, o farfalhar de nossas roupas, o som de nossos passos no chão ladrilhado. Passávamos por porta após porta. Eu olhava por todas as janelinhas, vendo relances de mesas de exame e luzes cirúrgicas em longos braços plásticos, flashes de nossos pesadelos. Mas não víamos Hally. Nem médicos. Onde quer que estivessem, não era naquela ala do porão.

B⁴2, disse Addie, como se eu pudesse ter esquecido. *Temos de pegar Jaime.*

Não demoramos a encontrar o quarto certo. As luzes de emergência banhavam nós dois e a porta rígida e forte. Tinham operado o menino atrás daquela porta. Sem motivo, sem motivo algum...

E ele era o único sobrevivente.

Eu mal consegui digitar os números no teclado. Errei da primeira vez e tive muito medo de tentar de novo. E se só tivéssemos determinado número de tentativas? E se o alarme disparasse se errássemos demais?

Mas Addie disse:

Calma, Eva. Calma.

E eu respirei fundo e tentei de novo. A luz ficou verde e, quase tonta de alívio, abri a porta.

— Jaime — falei. — Jaime, acorde. Precisamos ir.

Ele acordou com um sobressalto e gritou. Eu pulei para trás, batendo em Ryan. Ele segurou minha cintura, me equilibrando só por um instante. Então tive de me desvencilhar novamente para me aproximar de Jaime.

— Shh, shh — falei, estendendo a mão para ele. — Sou eu. Lembra de mim? Estive aqui anteontem. Conversamos pelo alto-falante.

Ele não fez que sim nem que não. Não disse nada. Mas parecia haver um brilho de reconhecimento em seus olhos.

— Você consegue se levantar, Jaime? — perguntei. — Vamos tirar você daqui. Vamos lá para cima, está bem? Confie em mim, Jaime.

Ele assentiu, afastando as cobertas e movendo as pernas lentamente até elas ficarem penduradas para fora da cama. Ele conseguiu se levantar sozinho, mas oscilou, e eu estava a ponto de amparar seu braço quando Ryan o pegou. Jaime ficou surpreso, e Ryan o reassegurou com um gesto de cabeça.

O menino respondeu com um sorriso enviesado. Agora que o víamos mais claramente, ele parecia menor... Um menino pequeno com um tufo de cabelos cacheados castanho-escuros e pele pálida. Magro. E ostentando aquela cicatriz longa e curva da incisão.

Eu estava fechando a porta de Jaime quando ouvimos um grito.

Ryan pressionou Jaime contra a lateral do corredor.

— Fique aqui...

Eu já estava correndo, passando rapidamente por ele.

Lissa gritou novamente, e dessa vez havia uma palavra em meio ao terror. Ela gritava pelo irmão. Eu virei a esquina correndo, disparando pelo corredor. À frente, eu via o brilho de uma luz. Não das luzes amarelas de emergência, mas de intensas luzes fluorescentes. Do mesmo tipo que iluminava os outros andares da Nornand.

A esquina seguinte me levou a um corredor muito iluminado, quase de modo ofuscante. Havia apenas uma porta aberta, e os gritos vinham lá de dentro. Eu corri para lá, Ryan a um passo atrás de mim.

Um guarda, de costas para nós, com os braços esticados. Duas enfermeiras, uma segurando uma seringa, ambas usando luvas. Uma garota, se debatendo e gritando, gritando e gritando...

Ryan lançou-se para a frente. Eu disparei atrás. Ele empurrou o segurança para o lado, com força. O homem se chocou contra a parede. As enfermeiras levantaram a cabeça, pálidas e de olhos arregalados. Os óculos de Lissa tinham caído no chão, as pedras de strass brilhando à luz.

Ryan e eu alcançamos as enfermeiras quase ao mesmo tempo. Ele agarrou a que ainda estava segurando Lissa; a outra, que empunhava a seringa, já tinha dado um passo cambaleante para trás. Peguei o braço de Lissa, soltando-a à força.

O segurança tinha conseguido se levantar. Senti a mão dele se fechar em nosso ombro e, sem pensar, sem pensar nem um pouco, chutei seu joelho com força. Ele grunhiu. Enterrei nosso cotovelo em seu rosto, e isso, *isso* o fez me soltar. Havia sangue. Sangue e xingamentos chocados e aflitos. Uma das enfermeiras tentou pegar Lissa outra vez. Eu vi o relance da seringa e Ryan derrubando-a de sua mão. Ele a esmagou com o sapato, quase quebrando a agulha e entortando-a irremediavelmente. Ele pulou para a frente e recuperou os óculos de Lissa do chão, jogando-os para ela, que os recolocou. E lá estávamos nós, os três, os seis, no meio da sala, cercados pelas enfermeiras e pelo guarda, ofegantes. Suor brilhando sobre pele pálida. O guarda havia tirado a mão do nariz, e sangue pingava em seu lábio. Nosso estômago se revirou, mas não podíamos pensar naquilo. Ainda precisávamos lutar. Lutar para passar por eles, sair pela porta e depois correr, correr, correr.

A porta. Se conseguíssemos chegar até ela...

Por um instante, apenas um instante, um milésimo de segundo, todos ficaram imóveis. Um segundo. Um instante de medo, suor e sangue.

Então a sirene disparou.

Ela interrompeu a concentração de todos. De todos, menos a minha.

Eu já tinha agarrado o pulso de Lissa. Nossos olhos encontraram os de Ryan, depois relancearam para a porta. Nós corremos. A atenção de todos retornou para nós, porém era tarde demais. A sala era pequena, e nós passamos correndo pelas enfermeiras, disparando para fora do alcance do guarda. Chegamos à saída sem ar. Eu me virei e bati a porta. E com Ryan e Lissa me ajudando a mantê-la fechada contra as batidas das enfermeiras e do guarda, digitei o código no teclado, trancando-a.

A sirene tocava incessantemente. A mesma sirene que ouvíramos em nosso primeiro dia ali. Aquela com a qual tinham nos testado. A mesma que tinha me tirado da cama, agora transmitida para todo o hospital ouvir.

Dessa vez, eu sentia que não era um teste. Dessa vez era real. Algo tinha dado errado. Muito errado. Ninguém que estava no quarto de Lissa fizera contato com ninguém; nenhum deles podia ter nos reportado. Então deviam ser as outras crianças e a Dra. Lyanne. Alguma coisa tinha acontecido com eles.

O guarda ainda esmurrava a porta grossa, seus gritos abafados, quase inaudíveis sob o lamento da sirene. Ryan agarrou nosso braço. O aperto da mão de Lissa na nossa doía, suas unhas fincando-se em nossa palma machucada. Ainda assim, a dor me ajudava a pensar, mesmo que também lançasse fagulhas por nosso braço.

— Vamos. — Puxei os dois atrás de nós. — Precisamos pegar Jaime e depois subir. *Agora.*

Jaime cambaleou em nossa direção assim que aparecemos. Ele vestia roupas de dormir e parecia um fantasma, seu cabelo escuro nitidamente contrastando com o pijama branco. Lissa agarrou o braço dele com a mão livre, puxando-o atrás de nós. Mas ele tropeçou. Tropeçou, gritou e caiu, e tivemos de parar.

Tem pessoas vindo, disse Addie.

Conseguíamos ouvi-las. Passos apressados e palavras indistintas chegando da direção da qual viéramos.

Mas Jaime não conseguia ir tão rápido, mesmo que Lissa e eu quase o carregássemos. Ryan voltou correndo para nos ajudar, e devagar, dolorosamente devagar, nós três ajudamos Jaime a entrar na escuridão opressiva da escada.

Os alarmes, disse Addie enquanto andávamos com dificuldade. *Ryan precisa desligar os alarmes...*

Esqueça os alarmes. Eles já sabem que alguma coisa está acontecendo.

A sirene tocava seu som sinistro até acharmos que nosso coração explodiria. O som reverberava na escada, ocultando o barulho de nossos pés contra os degraus. Só faltava um andar.

Lissa abriu a porta do primeiro andar lentamente, e todos espiamos pelo saguão escuro. Havia apenas um corredor saindo dele. A porta lateral devia ser no final, em algum lugar. Não podia ser longe. E o saguão ainda estava deserto, ainda era seguro...

Eu soltei Jaime.

Ryan esticou a mão em nossa direção.

— O que...

— Preciso ir lá em cima — falei. — Preciso ter certeza de que os outros saíram.

Lissa ficou boquiaberta.

— Eva, isto é *insano*.

Eva, disse Addie. *Eva, precisamos levá-los até a porta lateral.*

Tentei engolir, mas nossa garganta estava muito seca.

— Algo está errado. Preciso verificar. Eu só... Kitty. Cal. As outras crianças... Elas...

— Eva... — disse Ryan.

— Porta lateral — falei. — Do outro lado do saguão. Sigam em frente até encontrá-la... não deve estar longe. Digam a Jackson que logo estarei lá.

— *Não* — disse Lissa. Seu cabelo estava todo bagunçado por causa da luta no porão, sua bochecha arranhada e seus olhos cintilando. Ela tentou pegar nossa mão outra vez, e eu a empurrei para a frente.

— Você precisa ir, Lissa. Você precisa levar Jaime até a porta antes que eles cheguem. Ele não consegue andar rápido. Você precisa ir *agora*.

Mesmo assim, ela hesitou. Balançou a cabeça. Olhou para o irmão.

— Vá — disse ele. — Por favor, Lissa. Vá. Estaremos lá em um instante.

Lissa hesitou por mais um instante, então assentiu. Eu a vi deslizar para o saguão escuro, mesclando-se às sombras, segurando Jaime.

— Vou subir — falei para Ryan. Se eu não tivesse sido tão idiota e perdido a chave de fenda, tudo poderia ter acontecido de forma diferente. Todos já podiam estar nas vans de Peter, fugindo para a liberdade. Esse caos, essa incerteza; era tudo culpa minha. — Tenho que ir. Você não pode me impedir, Ryan.

— Então vou com você — disse ele, estendendo a mão. Eu a peguei. Disparamos escada acima. Tínhamos acabado de chegar ao terceiro andar quando todas as luzes se acenderam.

Eles sabem que estamos aqui, disse Addie. *Eles sabem o que estamos fazendo. Eva. Eva... precisamos ir.*

Eu balancei a cabeça.

Não. Não podemos ir.

— Eva — disse Ryan. — Se as luzes estão se acendendo, eles vão vasculhar os corredores. Mesmo que os outros ainda não tenham saído, não temos nenhuma chance de passar pelos guardas.

Eu me abaixei, enfiando a mão livre na meia e tirando a chave que escondera ali. O curativo em nossa mão tornava nossos movimentos mais lentos, mas eu consegui.

— Então vamos ter de desligar as luzes. Todas elas. — Pressionei na mão dele a chave que a Dra. Lyanne tinha nos dado, junto com o mapa de Jackson. — Fica no último andar. Há uma porta, uma sala de manutenção...

— Desligar todas as luzes — finalizou ele.

Ficamos na escada vazia, a sirene berrando ao fundo. E de repente ele riu, balançando a cabeça.

— Meu Deus, Eva. Você guarda tudo nas meias?

Eu não sabia se também ria ou se começava a chorar. Meio que estava com vontade de fazer ambas as coisas, então não fiz nenhuma das duas, apenas os empurrei na direção do lance de escadas seguinte, sorri e disse:

— Vejo você daqui a pouco, OK? Lá na porta. Encontro você na porta lateral.

Ele concordou, o sorriso tenso.

A sirene parou.

Ambos os nossos sorrisos se desfizeram. O que significava aquilo?

— Vá — falei.

Ryan subiu correndo. Respirei fundo e abri a porta para o terceiro andar

Capítulo 33

O silêncio era sinistro. O eco da sirene ainda ressoava em nossos ouvidos. Eu quase sentia falta dela. Pelo menos, teria acobertado o barulho de nossos passos enquanto disparávamos pelo corredor. Teria mascarado o som de nossa respiração. Nos sentíamos nuas e expostas ao percorrer o corredor sob as luzes fortes.

Eu andava o mais rápida e silenciosamente que podia, mas nossos sapatos escolares não tinham sido feitos para ficar se esgueirando por aí. Eles estalavam suavemente contra o piso. Finalmente, eu os tirei e os levei na mão.

Talvez, se não tivesse feito isso, tudo teria acontecido de maneira muito diferente.

Addie e eu estávamos quase no final do corredor quando vimos a menina-fada com o azul da Nornand. E o Sr. Conivent, segurando seu braço.

Nenhum dos dois notou nossa presença.

Addie pressionou nossas costas contra a parede ao lado de um carrinho abandonado, bem na quina do corredor. O Sr. Conivent encontrava-se a apenas um metro de distância, mas estava de costas para nós.

— Onde estão os outros? — perguntou ele. Kitty fechou os olhos quando ele a sacudiu. — Se você quer ir para casa um dia, Kitty, vai me *dizer.*

Eu lutava contra Addie.

Espere, disparou ela.

— Eu não sei — disse Kitty. — Com a Dra. Lyanne e os seguranças. Bridget... Bridget não queria ir, aí a enfermeira chegou e depois chamou os guardas e...

Ele a sacudiu novamente, calando a boca da menina.

— Não estou falando *deles*, Kitty. Onde estão Devon e Addie?

— Não sei.

O carrinho ao nosso lado estava vazio, com exceção de uma das bandejas de metal do tipo que a Dra. Lyanne e o Dr. Wendle usavam para carregar instrumentos médicos. Lentamente, Addie se curvou, colocando nossos sapatos no chão. Ela pegou a bandeja com ambas as mãos.

— Eu *juro* — disse Kitty. — Eu juro que não sei. Eu...

Eu não conseguia aguentar aquilo nem mais um segundo.

Virei a quina e bati com a bandeja nas costas do Sr. Conivent. Ele urrou. Kitty gritou. Seus olhos estavam arregalados, seu rosto, pálido. Mas ela não ficou paralisada. Ela se livrou e correu em nossa direção. Eu a segurei e a empurrei para trás de nós, tentando nos afastar. O Sr. Conivent recuperou o equilíbrio e se virou, as veias de seu pescoço destacando-se contra a pele.

Seus olhos estavam gélidos. Seu rosto, congelado. A cortesia e a suavidade tinham desaparecido. Ele era todo pontiagudo.

Mas quando falou, a voz ainda era sedosa.

— Addie, aí está você. — Ele sorriu. Então, lentamente, pegou o walkie-talkie em seu bolso e murmurou: — Terceiro andar. Ala leste. Agora.

Nosso coração galopava.

Era um beco sem saída. Kitty estava atrás de nós, e havia pelo menos dois ou três metros entre nós e o Sr. Conivent. Se ele desse um bote, eu teria tempo de pular para trás e ele ficaria sem equilíbrio, o que me permitiria atacá-lo. Se Kitty e eu nos virássemos para correr, ficaríamos vulneráveis a ser atacadas por trás.

Beco sem saída.

— Estamos indo embora — falei. Nossa garganta estava tão seca que as palavras mal passavam. Dei um passo cuidadoso para trás. — Estamos indo embora, Sr. Conivent.

O Sr. Conivent vociferou novamente no walkie-talkie.

— Vocês me ouviram? Preciso de vocês aqui *agora*. — Então, para nós: — Addie...

— Eu não sou a Addie — afirmei. Parei de andar para trás. — Sou a Eva.

Meu nome borbulhou em minha garganta, doce e claro.

— Não seja ridícula — disse o Sr. Conivent.

Eu ri.

— Ridícula?

— Você está doente — disse ele. — Você é uma criança doente e destrutiva, e não entende...

— Não estou doente — afirmei. Ele tentou falar outra vez, mas o interrompi. — Não sou doente. Ou defeituosa. Não preciso ser consertada ou curada, ou seja o que for que vocês fazem. — Dei um suspiro longo e profundo. Parecia ser a única no corredor que ainda respirava.

— Addie — disse o Sr. Conivent em um tom mais alto. O veludo tinha desaparecido de sua voz.

— Eu *não sou* a Addie — gritei.

As luzes se apagaram.

Eu me lancei para a frente, oscilando e sentindo a bandeja de metal acertar o crânio do Sr. Conivent com tanta força que nossos ossos vibraram com o golpe.

Eva, gritou Addie.

Eu recuei. Ele não tinha gritado. O Sr. Conivent não tinha gritado quando eu o acertara, e agora...

As luzes de emergência se acenderam, banhando tudo com a mesma luminosidade amarelada do porão.

O Sr. Conivent estava caído no chão. Feito um boneco. Nada além de um boneco de trapos.

Ah, Deus.

Ah, Deus.

Larguei a bandeja. Ela se chocou no chão, o estrépito ressoando pelos corredores.

Ah, Deus.

Uma pequena mão fria enfiou-se na nossa. Kitty. Ela nos puxou para longe do corpo caído. Um passo. Dois. Três. Precisávamos ir. Precisávamos ir. Peter estava esperando.

Quase esmaguei a mão de Kitty na nossa, mas ela não reclamou. Voltamos correndo na direção em que Addie e eu tínhamos vindo, na direção da escada.

Ryan nos encontrou no vão da escada, quase se chocando contra nós.

— Você os encontrou? Onde estavam? Eles saíram?

Então ele viu Kitty. Ela mal parecia se manter de pé. Seu cabelo estava grudado nas bochechas, na boca. Ela agarrava nossa mão, e a sentíamos tremer.

Ela balançou a cabeça.

— Bridget... Bridget não queria ir... — A voz dela falhou, mas ela se recompôs antes de continuar: — Encontramos uma enfermeira, e a Dra. Lyanne disse que estava nos levando a algum lugar, mas Bridget disse que ela estava mentindo. Disse que estava acontecendo alguma coisa suspeita, e... — Nossa mão doía com o aperto dela. Com a força que ela fazia. — Todo mundo correu, mas a enfermeira chamou os guardas. Ela disparou o alarme e... eu estava com Cal, mas ele foi pego e... tinha tanta gente. Eu me escondi até todos irem embora. — Ela inspirou rápida e bruscamente. — Quero *sair* daqui, Addie. Eu...

— Você vai sair — falei. — Você vai sair. Agora.

Olhei para Ryan. Pensei em Cal e nas outras crianças, até mesmo em Bridget, mas olhei para Ryan e soube que não havia tempo. Não se quiséssemos colocar Kitty e Nina em segurança.

— Em outro momento — disse ele suavemente. — Vamos encontrá-los, Eva. Todos eles. Mas agora precisamos ir.

As manobras de Ryan tinham desligado também as luzes do saguão, mas as luzes de emergência ainda estavam ligadas e as lanternas dos guardas cruzavam o ar. Eles gritavam uns para os outros, *Ninguém aqui. Esta área está limpa...*

Ficamos agachados no vão da porta, escondidos pela semiescuridão, observando o tumulto.

Torcendo, rezando para que Lissa e Jaime já tivessem chegado à segurança das vans prometidas por Jackson.

Ryan tocou nosso ombro, nos tirando de nossos pensamentos. *No três*, ele murmurou. Eu peguei a mão de Kitty e a apertei.

Um.

Dois.

Três.

Estávamos quase, *quase* do outro lado do saguão quando um dos guardas gritou. Não diminuímos o passo. Apertei mais a mão de Kitty.

Nós corremos. Direto em frente. Sem saída. Viramos à esquerda. E ali. Ali... a placa de saída brilhando vermelha no final do longo corredor. O segurança nos mandando *parar, parar agora...*

E Jackson. Jackson surgindo da escuridão, com um homem atrás. Ele esticou a mão para mim, sinalizando para irmos mais rápido. O homem levantou Kitty do chão. Então estávamos do lado de fora, sob a luz da lua. Estávamos nos enfiando em uma van preta, quase caindo em cima de Lissa, que jogou os braços em volta de nós. E ali estava Jaime na traseira, e Ryan entrando depois de nós, Jackson batendo a porta antes de subir para o banco do carona.

Nós arrancamos, cantando pneus, no exato momento em que o segurança chegou ao estacionamento.

Capítulo 34

Tudo aconteceu muito rápido.

O percurso, o aeroporto, o voo, a identidade que tinha nossa foto, mas não nossos nomes. Tudo passou em um borrão de cor e barulho de motor. Antes que eu me desse conta, estávamos outra vez em um avião e Jaime murmurava no assento ao lado do nosso.

Kitty olhava pela pequena janela, com a palma da mão pressionada contra o painel de plástico. Lissa estava dormindo. Devon (agora ele era Devon) olhou para as mãos até também cair no sono.

Era estranho pensar que era apenas a segunda vez que voávamos. Eu não sentia nenhuma empolgação. Apenas exaustão.

Antes do aeroporto, houvera um pequeno quarto de hotel onde trocamos nosso azul da Nornand por roupas que pouco combinavam e não cabiam. Penteamos o cabelo, lavamos o rosto, olhamos para nosso reflexo, nossos olhos fundos.

O homem, como tínhamos descoberto, era Peter. Ele era ainda mais alto que Jackson, mais forte, e reconhecíamos a Dra. Lyanne em seu rosto, no castanho-acinzentado de seu cabelo. Ele tinha sorrido para nós, mas estávamos cansadas demais para retribuir o sorriso, embora tivéssemos tentado. Foi ele quem tirou o curativo de nossa testa enquanto mordíamos o lábio e tentávamos não nos retrair. Depois o substituiu por um Band-Aid quadrado menor. Os curativos em nossas pernas foram mais fáceis de cobrir com calças e os de nossas mãos, com mangas longas demais. Havia um boné de beisebol gasto para Jaime a fim de esconder a marca da incisão, os grampos em seu crânio. Mas não havia nada que pudesse ser feito com o corte na bochecha de Lissa, as contusões e o Band-Aid em nossa testa. Deixei o cabelo cair sobre o rosto, escondendo-o da melhor maneira que pude.

Peter e Jackson foram conosco no avião, mas sentaram-se a algumas fileiras de distância. Havia outro homem, mas ele estava em outro voo. Fora quem dirigira a segunda van, que tinha vindo vazia, mas deveria ter trazido o resto das crianças. As que não salvamos.

Aterrissamos em uma cidade banhada pelo mar. Tudo era um sonho barulhento e superlotado. Não havia ninguém nos esperando no aeroporto. Todos se amontoaram em uma van enorme, e o percurso foi feito em silêncio. As estrelas eram frias e nítidas nos pontos onde atravessavam as faixas negras de nuvens.

Chegamos ao apartamento um pouco depois do amanhecer. Duas mulheres esperavam no acostamento, uma com vinte e poucos anos, a outra mais ou menos da idade da nossa mãe. Elas riam e conversavam até van estacionar.

Peter e Jackson desceram. Jaime apoiava-se contra a janela, sussurrando para si mesmo, as mãos se revirando no colo. Devon estava sentado ao lado dele, em silêncio. Eu queria que fosse Ryan, que teria sorrido para mim, que não teria se isolado do resto de nós. Mas Ryan não estava ali, então desviei os olhos, tentando me concentrar no mundo do lado de fora da janela.

A estrada estava vazia. Uma suave névoa cor-de-rosa e amarela cobria as ruas, iluminando-as e escurecendo-as aqui e ali. Deixei nossos olhos perambularem pelo prédio, alto e feito de tijolos vermelhos, com uma grande escada de incêndio de metal torcendo-se pela lateral. Peter, Jackson e a mulher conversavam em voz baixa à sombra de um poste.

De repente, percebi sobre o que estavam discutindo.

— Não. — Abri a porta do carro. Lissa se sobressaltou de seu torpor. A última frase de Peter morreu em seus lábios.

— Não — repeti. — Vocês não vão nos separar.

Uma bolha de silêncio cresceu, redonda e sólida.

A mulher mais nova nos deu um sorriso hesitante. Seu cabelo cor de cappuccino enrolava-se como vapor ao redor do rosto. Seria suspeito demais manter as crianças juntas, disse ela. Todos ficaríamos próximos, ela prometeu.

Recusamos.

No final, eles cederam, e nós cinco nos apertamos no pequeno apartamento de Peter. Só tinha dois quartos, então as meninas dividiram um enquanto os meninos ficaram com o outro. Kitty nem sequer acordou quando Peter a carregou para cima e a colocou no quarto, deitando-a numa cama. Jackson foi procurar cobertores e travesseiros extras para que Lissa e eu pudéssemos fazer camas improvisadas no chão. Ninguém trocou de roupa. Não havia nada para vestir além dos uniformes, e ninguém queria tocá-los nunca mais. Mesmo assim, estávamos cansados demais, desmaiando em um monte de braços e pernas exaustos.

Eu mal consegui impedir Addie de gritar quando acordamos, após muitas horas, depois de ter pesadelos com Cal na mesa de operações, com bisturis traçando linhas sangrentas pelo rosto dele. Lissa murmurou ao nosso lado, mas não acordou.

Lentamente, me deitei de novo, colocando a mão sobre o travesseiro e pegando nosso chip. Já estávamos muito acostumadas a tê-lo depois de todas as noites na Nornand. A suave luz intermitente era reconfortante. As batidas de nosso coração desaceleraram até os dois ritmos se igualarem, pulsando em sincronia.

Então os flashes vermelhos começaram a acelerar.

Empurrei as cobertas e me sentei antes de perceber o que estava fazendo. Eu me movimentava com muito mais facilidade, era bem diferente dos dolorosos passos que dava antes. Talvez fosse o efeito colateral do Refcon que tinha deixado as coisas tão difíceis no começo.

Addie ficou quieta quando passei cuidadosamente por cima de Lissa e disparei para a porta.

Ryan esperava no corredor por nós. Por mim.

— Eva — disse ele, e meus braços foram parar ao redor de seu pescoço, minha cabeça, em seu ombro.

— Você está bem? — perguntei.

Ele riu.

— Eu ia perguntar a mesma coisa.

— Estou ótima — falei, com a voz abafada contra ele. Nós dois nos abaixamos juntos, sem nos soltar, as costas dele contra a parede. Ele estava em silêncio. Eu finalmente o soltei, inclinando-me para trás a fim de ver seu rosto.

— O que foi? — perguntou ele, a princípio num tom sério e depois sorrindo com hesitação quando comecei a rir. — Qual é a graça?

— Eu sei que é você — falei, rindo, e depois rindo mais porque era muito absurdo. Doía rir, só que doía mais não rir. Ryan tentou me silenciar, mas também estava rindo. Nossa risada era tensa, ofegante, desenfreada. Prendemos o fôlego, cobrindo a boca um do outro até conseguirmos nos controlar outra vez. — Está escuro, Ryan. Eu mal consigo ver seu rosto. Mas sei que é você.

Ele sorriu. Isso eu conseguia ver, mesmo na escuridão. Suas mãos ainda estavam em nossos ombros, seu rosto, a um pouco mais de trinta centímetros do meu.

— E você sabe que sou eu — falei. Ele assentiu. — Como você sabe que sou eu? — Engoli em seco, repentinamente envergonhada. Repentinamente consciente do quão perto estávamos, de que eu estava praticamente no colo dele, de que nunca tinha ficado tão perto de alguém na vida. Uma sensação sombria e inquietante se esgueirou para dentro de mim. Eu me enrijeci e desviei os olhos, mas a inquietação não era minha. Não pertencia a mim, e tentei afastá-la.

— Eva? — disse Ryan. A mão dele desceu por meu braço, seus dedos se fechando ao redor de meu pulso. — Eva? — repetiu ele, com mais suavidade. Ele se inclinou para a frente, tentando encontrar meu olhar. Esqueci todo o resto.

Houve um momento que foi como um soluço no tempo. Inexplicável. E então a boca dele estava contra a minha, seus lábios macios e urgentes. Durou um segundo. Um piscar de olhos. Uma batida do coração. Ele se afastou e não disse nada. Segurei o braço dele. Dessa vez, eu o beijei, e fiquei tão tonta que teria caído se já não estivéssemos no chão.

Mas algo se contorceu dentro de mim. Algo se retraiu, violento e frio. Algo gritou, e antes que eu me desse conta do que estava fazendo, me desprendi, tentando respirar.

Addie. Addie, Addie...

Ela não disse nada, mas a ouvi chorar e comecei a tremer. Eu me afastei, e Ryan não tentou me impedir, apenas olhou para mim, apenas me observou, e achei que ele tivesse entendido. Ele não se levantou, mas tocou minha mão antes que eu me virasse, e por apenas um instante, só existia eu e só existia ele, e ninguém mais no mundo.

Mas isso só durou um segundo. Porque eu nunca estava sozinha, e nem ele. Fugi para o banheiro. Já sentia meu controle escapando conforme as emoções de Addie turbilhonavam cada vez mais fortes. Quando fechamos a porta, estávamos chorando.

Desculpe, disse Addie. *Desculpe. Desculpe. Eu tentei...*

Tudo bem, falei, afinal, o que mais poderia dizer? Ela era Addie. Ela era a outra metade de mim.

Ela era mais importante do que qualquer outra pessoa.

É que eu nunca imaginei. Ela cobriu nosso rosto com as mãos, tentando abafar as lágrimas. *Eu nunca imaginei...*

Nunca imaginou que teria de observar, que teria de sentir quando beijássemos alguém que ela não queria beijar. Esse tinha sido meu medo particular. Meu fardo.

Eu não sabia o que dizer.

Quando ousamos voltar ao corredor, Ryan não estava mais lá.

Os dias passaram lentamente. Um. Dois. Uma semana. Peter não ficava muito em casa, mas quando estava, trazia os amigos, a mulher jovem com o cabelo de cappuccino, a mais velha com os óculos com armação de tartaruga, um homem com pele cor de noz-moscada, uma garota com postura de bailarina. Jackson, que nunca chegava sem dar um sorriso para mim e Addie. Eles se reuniam na mesa da sala de jantar, conversando em tom baixo durante horas. Uma vez, enquanto íamos à cozinha, ouvimos o outro homem perguntar como estávamos.

Eles estão se recuperando, respondeu Peter.

Recuperando?

Acho que estávamos.

Ryan e eu não nos evitávamos exatamente. Nunca estávamos presentes. Eu disse a Addie que me sentia cansada demais para tomar o controle, e sempre que olhávamos, falávamos ou até passávamos pelo garoto com o cabelo escuro cacheado, eu sabia que era Devon, não Ryan. Ele e Addie não se falavam muito. Se Hally ou Lissa tinha percebido, não comentaram. Elas estavam mais quietas do que nunca, passando muito tempo sozinhas ou com Jaime. Mas conforme os dias passavam, elas começaram a sorrir outra vez, só um pouco. Depois, cada vez mais.

Sempre havia comida na geladeira: leite, ovos, maçãs. Encontramos manteiga de amendoim e pão na despensa, e por algum tempo todos vivemos de sanduíches. Ninguém reclamava. O tremor de Jaime nunca desaparecia, mas ele sorria e nos ajudava a fazer o almoço, rindo quando o pegávamos lambendo a manteiga de amendoim direto da faca. Às vezes o encontrávamos murmurando para si mesmo, remanejando suas frases fragmentadas por aí como se esperasse recompor a alma gêmea que perdera. Mas em outros momentos ele estava animado e feliz, e eu entendia por que tinha ganhado o coração da Dra. Lyanne como nenhum outro paciente da Nornand conseguira.

Então chegou o dia em que a campainha tocou e não era a jovem com cachos de cappuccino ou o homem de pele escura. Era uma mulher cansada com cabelo castanho-acinzentado preso em um rabo de cavalo frouxo. Trazia consigo uma única mala e usava sapatos de aparência desconfortável.

Ela e Peter olharam um para o outro por um instante, rostos tão similares e diferentes ao mesmo tempo. Então ela olhou para nós e para Hally sentadas na mesa, tomando café da manhã. Os outros ainda não tinham acordado.

A Dra. Lyanne pegou sua mala e entrou, parando logo depois da porta. Havia um tremor em sua boca, que ela rapidamente suprimiu. Não disse nada, como se desafiasse alguém a julgar, a dizer que ela não podia ir adiante, que tinha de ir embora. Mas Peter simplesmente saiu do caminho, com um sorriso aparecendo nos lábios.

Nos sentamos na escada de incêndio. Nos últimos dias, tínhamos começado a passar cada vez mais tempo ali. Era a única maneira de pegar sol diretamente sem sair do apartamento, o que ainda não podíamos fazer. Claro, o sol já estava quase se pondo, então não ficaríamos bronzeadas, mas o ar ainda estava quente.

Passávamos muito tempo na escada de incêndio quando ainda morávamos na cidade. Lá, o ar era mais frio, as ruas, mais cheias, no entanto a escada de incêndio permitia a mesma sensação de paz e liberdade. Tínhamos proibido Lyle de ir conosco, reivindicando aquele como nosso lugar, e quase sempre que ele dava um chilique por causa disso, papai ficava do nosso lado. Talvez ele entendesse nossa necessidade de espaço, ou talvez quisesse manter Lyle afastado de nós, ou talvez só achasse que a escada de incêndio era perigosa demais para um menino pequeno. Eu nunca saberia. Mas, naquele momento, teria dado qualquer coisa para ter nosso irmão menor ali, saltitando pelo pequeno espaço com sua habitual falta de preocupação, nos chamando para olhar isso ou aquilo.

Eu teria dado qualquer coisa para saber que a mamãe estava do outro lado da janela, checando de vez em quando para ver se não tínhamos nos machucado de alguma maneira. E teria dado qualquer coisa para saber que veria o papai naquela noite, que nossa família nos aceitaria de volta, que arranjaríamos um jeito de fugir e ficaríamos seguros em algum lugar. Só que, mesmo então, haveria Ryan. Haveria Ryan e a família dele e todos os outros híbridos e todos os outros hospitais; todas as outras instituições em que pensar.

A janela se abriu atrás de nós, rangendo um pouco como sempre fazia; as dobradiças pediam óleo.

— Os outros estão chamando você para jantar — disse a Dra. Lyanne, e eu assenti.

Ela ficou na janela, olhando para o céu vermelho como nós estávamos fazendo. Antes que eu percebesse, falei:

— Você ainda não tinha vindo aqui?

Ela hesitou, depois passou para a escada de incêndio. Seus saltos a fizeram oscilar, e eu disfarcei um sorriso.

— É bonito — falei, voltando-me para as ruas cheias lá embaixo, os carros chispando em nuvens de fumaça de escapamento, as pessoas andando para lá e para cá. Addie preferia retratos de paisagens, mas talvez um dia fizesse minha vontade e pintasse a cena abaixo de nós. Não havia mais motivo algum para esconder aquela parte dela.

— É bonito — disse a Dra. Lyanne.

Um momento de silêncio se prolongou e se prolongou. Finalmente, perguntei:

— O que aconteceu no hospital?

A Dra. Lyanne se encostou à grade ao nosso lado, seu cabelo solto ao redor dos ombros. Ele escondia alguns dos traços mais acentuados de seu rosto.

— Na verdade, nada — disse ela. — As crianças foram embora.

— Para onde?

— Para instituições.

Eu desviei os olhos.

— E o Sr. Conivent? O Dr. Wendle? E eles?

Às vezes, quando Addie e eu não tínhamos pesadelos com bisturis e gaze manchada de sangue, sonhávamos com o Sr. Conivent deitado imóvel no chão.

Os lábios da Dra. Lyanne se contraíram.

— Não sei. Tecnicamente, as cirurgias eram legais. Eles nunca agiram sem a permissão dos pais. Mas... — disse ela enquanto nossa boca se abria. — Mas todos sabem que se notícias sobre isso se espalharem, haverá uma reação, legal ou não. Para o comitê de avaliação, para o governo, a clínica Nornand foi um completo fracasso. — Ela riu amargamente.

Então o Sr. Conivent está bem, disse Addie. *Ela diria se ele não estivesse. Se ele estivesse...*

Se ele estivesse morto. Porque esse era o medo que pesava em nossos membros. Que de alguma forma, em pânico, o tivéssemos atingido com força demais ou no lugar errado. Que o tivéssemos matado.

— Todos estão tentando salvar a própria pele — disse a Dra. Lyanne. — Mas tudo será abafado, tudo será apagado. Daqui a alguns anos será como se isso nunca tivesse acontecido.

Eu ri tão repentinamente que a Dra. Lyanne se sobressaltou.

— Com exceção de Jaime. E Sallie, e todas as outras crianças que *morreram*. Isso vai ficar. Isso nunca será apagado. E todas as crianças que não saíram. Elas ainda estão presas. Ainda estão em perigo. — Fechei nossos olhos por um instante, segurando a grade de ferro. — Poderia ter sido diferente — falei.

— Você me viu na mesa do Sr. Conivent. — A Dra. Lyanne ainda estava olhando para o céu cor de sangue. — A chave de fenda que ele achou era sua, não era?

Não falei nada.

— Obrigada — disse ela. — Por distraí-lo.

— Foi Cal — falei. — Não eu. — Lá embaixo, um casal de adolescentes passeava com um grande grupo, distantes o bastante a ponto de não ter rosto. Mas eu conseguia perceber a leveza com que se moviam. Virei-me para a Dra. Lyanne. — Era importante, pelo menos?

Ela ficou em silêncio.

— Provou para mim que Peter não estava mentindo. — Finalmente, ela olhou para nós. — Aquele papel, Addie...

— Eva — falei.

Demorou um instante, mas ela falou:

— Eva. Aquele papel tinha códigos, cada um para um país diferente. Os remédios de lugares diferentes são codificados de acordo com a região. Evidentemente, é preciso ter acesso especial para saber que número é o código de quê, mas...

— Mas o quê? — perguntei.

— Os remédios daquela caixa vinham do exterior, Eva — disse ela. — E não acho que sejam só remédios. Acho que estamos comprando peças deles também. Os projetos de nossas máquinas. A tecnologia de nossos equipamentos. Tudo do exterior.

Eu precisei me segurar à grade, porque meus joelhos tinham ficado moles.

As vacinas. Será que vinham de algum país estrangeiro também? Algum país híbrido?

Se eles eram híbridos, por que estavam ajudando o governo a nos exterminar?

— Como é que alguma coisa que o governo nos contou sobre o resto do mundo pode ser verdade se *são eles* que estão nos enviando suprimentos? — perguntou a Dra. Lyanne. — Eles estão em uma situação melhor que a nossa. Eles têm de estar. Ao menos alguns.

Algumas de nossas primeiras memórias eram de filmes das guerras: bombas caindo, cidades em chamas. Não tinham considerado o primeiro ou o segundo ano do colégio cedo demais para nos falar da destruição e da morte no exterior. Os países híbridos, engolidos por caos e guerras intermináveis, sempre prontos a se lançar em uma nova batalha diante da menor provocação. Supostamente, os americanos tinham rompido suas relações comerciais — na verdade, qualquer tipo de comunicação — desde os anos seguintes às invasões. Havíamos aprendido que não existia nada que valesse a pena trocar com eles, nada que valesse a pena ver.

Europa. Ásia. Oceania. Todos híbridos, todos devastados, todos em chamas.

— Tudo mentira — disse a Dra. Lyanne em um tom tão baixo que fiquei sem saber se ela queria falar conosco ou consigo mesma. — Tudo. Qualquer coisa que eles nos contaram pode ser... — Ela se calou. Afastou-se da grade. Tirou os sapatos para não cambalear ao voltar para a janela. Deixou-nos na beirada da escada de incêndio enquanto afundávamos em nosso choque, desejando estar em um lugar mais firme.

E de repente pensei no homem em Bessimir. O híbrido no centro da tempestade de pessoas furiosas, aquele que tinha sido acusado de inundar o museu de história. Aquele que, de alguns ângulos, se parecia com nosso tio.

São aqueles canos. Quantas vezes dissemos para consertar aqueles canos?

Não tinha sido ele. Talvez. Provavelmente. Era possível.

O que importava era que *não* importava. Ele podia nunca ter pisado naquele museu na vida e não teria feito diferença. Porque nosso governo mentia. Porque nosso presidente mentia. Porque nossos professores mentiam. Ou nem sequer sabiam a verdade sobre o que pregavam nas aulas, sobre o que escreviam em seus quadros-negros, sobre o que estava em seus livros didáticos.

— Michelle — disse a Dra. Lyanne.

Eu não precisei perguntar. Aparentemente, a pergunta ficou óbvia o bastante em nosso rosto.

— Você me perguntou se eu me lembrava do nome dela — disse a Dra. Lyanne.

Naquela noite no porão, disse Addie. *Depois de nossa queda.*

Como ela era? Havíamos sussurrado. *Sua outra alma. A que você perdeu. Você sequer se lembra do nome dela?*

— Era Michelle — disse ela, e as palavras se dissiparam no ar quente e salgado.

Capítulo 35

Nunca havíamos entrado no mar, nunca havíamos provado a água salgada enquanto pulávamos as ondas, nunca havíamos sentido a areia se deslocando sob nossos pés. Molhei Hally, e ela jogou a cabeça para trás, gargalhando. O vento soprava o cabelo de seu rosto. Kitty e Jaime estavam procurando conchas na areia, de costas para nós. Ninguém tinha roupas de banho, mas não era um problema. Tínhamos o verão inteiro pela frente. Tínhamos o verão depois desse, e o verão seguinte, e o seguinte.

Os dias estavam ficando cada vez mais quentes. Quando o sol estava forte e brilhando, eu quase conseguia incinerar nossas memórias mais frias dos corredores brancos da Nornand. Lyle, eu achava, adoraria aquilo. Afastei o pensamento. Doía demais. Fui caminhando com dificuldade através da arrebentação, a barra de nosso short pingando, nossa camisa se grudando à pele. Os machucados de nossas pernas tinham cicatrizado e o contato com a água salgada não os irritava. Até os velhos cortes na mão e na testa só ardiam um pouco quando uma onda batia contra eles. Deixariam uma cicatriz, mas não havia nada a fazer.

Jackson fora conosco, embora estivesse a uma boa distância da água. Talvez não quisesse se meter no grupo. Mas ele acenou para mim.

Sempre com aquele mesmo sorriso, disse Addie. *Como se ele sempre tivesse alguma coisa idiota do que sorrir.*

— Estão se divertindo? — perguntou Jackson quando saí da água e me aproximei. O azul profundo do mar diluía o azul dos olhos dele, fazendo-os parecer quase transparentes. Eu sorri, depois desviei os olhos outra vez, porque ele não era o garoto que eu estava procurando.

O sol me obrigava a apertar os olhos, mas encontrei Ryan facilmente. Ele estava na beira da água, a vários metros de onde Hally e eu estávamos. Ainda estava de sapatos. O vento levantava a parte de trás de seus cabelos, e meu sorriso se ampliou, depois desapareceu.

— O que foi? — perguntou Jackson.

— O quê? — questionei. — Nada.

— Uma garota não fica assim se não há nada errado — disse Jackson. Ele riu. — Ele não sabe que você gosta dele?

Eu corei e não olhei pra ele.

— Como você sabe que eu gosto dele?

Jackson apenas riu outra vez.

— Bom, ele sabe — falei. Eu nem precisava me concentrar para me lembrar do beijo no corredor, o calor de sua boca, a pressão de suas mãos. Um beijo no escuro que conseguia ofuscar todo o sol da praia.

— Ele não gosta de você? — disse Jackson, em tom de dúvida.

As costas de Ryan estavam viradas para nós. Ele olhou para a irmã, depois voltou-se para o mar, para sua imensa extensão cintilante.

— Não — respondi. — Não, não é isso. — Addie se remexeu, mas não disse nada. Eu também não queria dizer, pois como faria isso sem parecer que estava culpando-a? Eu não estava fazendo isso. Era simplesmente assim que as coisas eram. — Só que não depende só de nós, não é? — Dei as costas a Ryan e encontrei os olhos de Jackson. Ele era alto o bastante para eu precisar inclinar a cabeça para trás. — Addie...

O sorriso de Jackson diminuiu um pouco.

— Mas Addie não precisa estar presente.

— Claro que precisa. — Franzi a testa. — Esse é o problema. Somos híbridas. Nunca estamos sozinhas. Nós...

314

— Você nunca desapareceu e voltou? — perguntou Jackson. Eu olhei para ele.

O sol batia em nós, muito quente.

— Nunca? — disse ele em voz baixa. — Nunca foi dormir? Deixou Addie sozinha?

O verão de nosso décimo terceiro ano. Eu tinha sumido durante horas. Sem remédios. Sem drogas. Apenas eu, desejando desaparecer.

— Mas...

— É preciso prática — disse Jackson. Seus olhos estavam gentis. — Muita prática, se você quiser dominar a técnica completamente. Mas é normal, Eva. É o que todo mundo faz. Achei que você soubesse.

Como podíamos saber? Quem podia ter nos dito o que era normal e o que não era? Eu tinha passado a vida inteira me segurando, morrendo de medo de me soltar.

Hally chamou Kitty e Jaime para a água, rindo quando os dois largaram as conchas e obedeceram sem nem se dar ao trabalho de tirar os sapatos.

Eva?, disse Addie.

Não precisamos conversar sobre isso agora, falei. *Por favor, não vamos conversar sobre isso agora...*

Era demais por ora. Para aquele dia. Aquele momento. E Jackson também devia ter entendido isso, porque não disse mais nada, apenas sorriu para mim quando tentei sorrir para ele. Afastei-me.

Ryan ainda estava na beira da água.

Eu me aproximei cuidadosamente, temendo que se alternasse com Devon antes que eu o alcançasse. Mas ele não o fez. Apenas me olhou.

— Ei — disse ele quando eu estava a apenas alguns metros.

— Oi — falei e cheguei perto. Meus dedos afundavam na área.

Ryan percorreu os últimos metros. A água lambia seus sapatos, meus pés descalços.

— Você tem conversado com Peter.

Era verdade. Eu tinha começado a participar das reuniões com os amigos dele, ouvindo sobre o que significava ser híbrido, ser livre e lutar nesse país. Perguntando a ele se o que tínhamos ouvido sobre os países estrangeiros era verdade. Se estavam mesmo prosperando, se realmente nos mandavam suprimentos.

Era verdade. Eles estavam.

O rosto das outras crianças ainda assombrava nossos sonhos. Bridget. Cal. Remanejados para outro hospital. Outra instituição. Vestidos com outro uniforme.

Mas era isso o que Peter e os outros estavam combatendo. Eles estavam destruindo as instituições. Libertando todas essas crianças que eram sequestradas de suas casas. Cujas famílias nunca mais podiam falar delas.

Éramos parte disso agora.

— Ryan! — gritou Hally. Ela ria, acenando para nós. — Eva, o que você está fazendo, venha para cá.

Ryan sorriu para mim. Eu retribuí o sorriso. Ele pegou minha mão e me puxou mais para dentro da água, as ondas nos empurrando e puxando para a frente e para trás, para a frente e para trás.

— Seus sapatos... — falei, rindo, mas ele não parou. Ele também riu, e eu me senti mais leve do que nunca. Cheia de sol, ar e nuvens.

Fechei meus olhos, minha mão apertando a de Ryan. Seu toque me orientava da mesma forma que tinha feito tanto tempo antes quando eu estava deitada, cega e imobilizada no sofá da casa dele, assustada, confusa e sob o controle de todos, menos o meu. Deixei minha pele absorver a luz do sol.

Addie estava quente e radiante a meu lado, formando metade de *nós*. Mas eu... eu era Eva, Eva, Eva, até o fim.

Agradecimentos

Depois de passar dez minutos olhando para uma folha em branco, acho que está na hora de começar. É difícil saber por onde. Levar um livro até os leitores é um esforço de equipe, e muitas pessoas trabalharam juntas para transformar *O que restou de mim* em livro e lançá-lo no mundo. Se eu nomear cada um deles, a lista tomaria tantos meses para escrever quanto os dias que você levaria para ler!

Então, com muitas desculpas àqueles a quem não posso dar crédito pelo nome, meus infinitos agradecimentos vão para...

... Meus pais, acima de tudo, por me amarem tanto, por estarem sempre presentes quando preciso, por me dizerem que sou capaz de realizar todos os meus sonhos.

... Alyssa G. e Kirstyn S., que foram as primeiras pessoas a ver uma palavra de *O que restou de mim*, lendo as páginas conforme eu as escrevia. O encorajamento de vocês me motivou a seguir em frente, mesmo quando todas nós deveríamos estar estudando para as provas do IB. :) Uma vez, de brincadeira, eu disse que vocês estariam na página de agradecimentos se esta velha história um dia fosse publicada, e foi, então aqui estão vocês!

... As moças do Let The Words Flow, que são as melhores companheiras de escrita (e as amigas mais maravilhosas) que alguém poderia querer. Muito obrigada especialmente a Savannah Foley e Sarah Maas por terem lido pelo menos quatro ou cinco rascunhos de *O que restou de mim*, às vezes em menos de 24 horas, sem nunca perder a paciência.

... Todas as outras pessoas maravilhosas que leram os primeiros rascunhos do livro para mim, ajudando a tornar a história o que ela é hoje. Obrigada por suas observações e seu apoio. Eu admiro cada uma de vocês!

... Minha extraordinária agente, Emmanuelle Morgen: não sei onde eu e "As crônicas híbridas" estaríamos sem você! Adorei trabalhar com você e espero continuar por mais muitos anos. Uma grande obrigada para Whitney Lee também, que possibilitou que a Trilogia híbrida cruzasse oceanos e fosse publicada por todo o mundo.

... Minha fabulosa editora Kari Sutherland e toda a equipe da HarperCollins Children's. Muito obrigada por tudo. Kari, seus insights e sugestões, comentários e críticas tornaram *O que restou de mim* uma história mais forte.

... E finalmente, a certa Srta. V. Patterson, que talvez não se lembre de mim, mas de quem me lembro carinhosamente, por ter me apresentado à escrita profissional, por guiar uma menina de 12 anos a inscrever contos, por não me dizer que eu era nova demais e por me convencer de que eu tinha algo a oferecer ao mundo.

Este livro foi composto na tipologia Warnock
Pro, em corpo 11/14, e impresso em papel
off-white no Sistema Cameron da Divisão
Gráfica da Distribuidora Record.